Siempre Tuya

LA TRILOGÍA SECUESTRADA: TERCER LIBRO

Anna Zaires

Traducción de Scheherezade Surià

♠ Mozaika Publications ♠

Publicado por Mozaika Publications, de Mozaika LLC.
www.mozaikallc.com

Diseño de cuberta de Najla Qamber Designs
najlaqamberdesigns.com

e-ISBN: 978-1-63142-353-6
ISBN impreso: 978-1-63142-354-3

El Regreso

Julian

$\mathcal{U}$n grito ahogado me despierta y me saca a la fuerza de un sueño inquieto. Abro de golpe el ojo ileso en un subidón de adrenalina y me incorporo para sentarme. El movimiento repentino hace que se resientan las costillas fracturadas. Con la escayola del brazo izquierdo golpeo el monitor cardíaco que está al lado de la cama y la punzada de dolor es tan intensa que la habitación da vueltas a mi alrededor en una espiral nauseabunda. Me late el pulso con fuerza y tardo un momento en comprender qué me ha despertado.

Nora.

Creo que tiene otra pesadilla.

Relajo un poco el cuerpo, que se había puesto en tensión, preparado para el combate. No hay ningún peligro, nadie nos persigue. Estoy tumbado junto a Nora en la lujosa cama del hospital, a salvo, con toda la seguridad que Lucas nos puede proporcionar en la clínica de Suiza.

El dolor en las costillas y el brazo ha mejorado y ahora lo tolero mejor. Me muevo con cuidado y coloco la mano derecha sobre el hombro de Nora para despertarla con cuidado. Me da la espalda, mirando en dirección contraria a mí, por lo que no puedo verle la cara para ver si está llorando. Sin embargo, tiene la piel fría y empapada de sudor. Debe de llevar un rato teniendo la pesadilla. Además, está tiritando.

—Despierta, pequeña —murmuro, acariciándole el delgado brazo. Veo la luz filtrarse por los agujeros de la persiana de la ventana y supongo que ya debe ser de día—. Es solo un sueño. Despierta, mi gatita…

Se pone tensa al tocarla, de modo que no está despierta del todo y la pesadilla aún la tiene presa. Respira de manera audible, con fuertes jadeos, y noto que los temblores le recorren el cuerpo. Me aflige su angustia, me hiere más que cualquier herida, y saber que soy el responsable de nuevo, que no he podido mantenerla a salvo, me quema las entrañas con una ira corrosiva.

Ira hacia mí y hacia Peter Sokolov, el hombre que permitió que Nora arriesgara su vida para rescatarme.

Antes de mi puñetero viaje a Tayikistán, Nora estaba recuperándose poco a poco de la muerte de Beth. Sus pesadillas se habían vuelto menos frecuentes con el paso de los meses. Ahora, sin embargo, han vuelto y Nora está peor que antes, a juzgar por el ataque de pánico que tuvo ayer mientras hacíamos el amor.

Quiero matar a Peter por esto y puede que lo haga si alguna vez se vuelve a cruzar en mi camino. El ruso me salvó la vida, pero puso en peligro la de Nora al mismo tiempo y eso no se lo perdonaré nunca. ¿Y su puta lista de nombres? Que se vaya olvidando. No pienso premiarlo por traicionarme así, por mucho que Nora se lo prometiese.

—Vamos, pequeña, despierta —le ruego de nuevo, apoyando el brazo derecho para tumbarme en la cama. Me duelen las costillas al hacer el movimiento, pero esta vez con menos fiereza. Con cuidado, me acerco a Nora y me ciño a su espalda—. Estás bien. Ya se ha acabado todo, lo prometo.

Suelta un hipido profundo y siento cómo se alivia su tensión al observar dónde está.

—¿Julian? —musita, mientras se gira para mirarme, y veo que ha estado llorando. Tiene las mejillas mojadas por las lágrimas.

—Sí. Estás a salvo. Todo va bien. —Extiendo la mano derecha y paso los dedos por su mandíbula, maravillado por la belleza frágil de su rostro. Mi mano parece enorme y basta sobre su cara delicada; tengo las uñas hechas polvo y amoratadas por las agujas que usó Majid. El contraste entre nosotros es evidente, aunque Nora tampoco salió ilesa por completo. Un moratón en la parte izquierda de la cara desluce la pureza de su piel bronceada, allí donde los hijos de puta de Al-Quadar la golpearon y dejaron inconsciente.

Si no estuvieran muertos, los hubiera despedazado con mis propias manos por haberle hecho daño.

—¿Qué estabas soñando? —le pregunto con dulzura—. ¿Era Beth?

—No. —Niega con la cabeza y me doy cuenta de que su respiración está volviendo a la normalidad. Su voz, sin embargo, todavía mantiene los ecos del miedo cuando dice con gravedad—: Esta vez eras tú. Majid te estaba sacando los ojos y no podía pararlo.

Intento no reaccionar, pero es imposible. Sus palabras me lanzan de vuelta a aquella habitación fría y sin ventanas, a las emociones nauseabundas que he estado intentando olvidar estos últimos días. La cabeza comienza a palpitarme al recordar la angustia y la cuenca del ojo a medio curar me quema por su vacío una vez más. Noto que la sangre y otros fluidos me resbalan por la cara y se me revuelve el estómago ante tal recuerdo. El dolor e incluso la tortura no me son desconocidos (mi padre creía que su hijo debía ser capaz de aguantar cualquier cosa), pero perder el ojo había sido, con diferencia, la experiencia más atroz de mi vida.

Al menos, físicamente.

Sentimentalmente, la aparición de Nora en aquella habitación se lleva la palma.

Tengo que emplear toda mi fuerza de voluntad para volver al presente, lejos del terror de verla arrastrada por los hombres de Majid.

—Lo paraste, Nora. —Me mata admitirlo, pero de no haber sido por su valentía, casi seguro que ahora estaría descomponiéndome en algún contenedor en Tayikistán—. Viniste a por mí y me salvaste.

Aún me cuesta creer que lo hiciera, que, por voluntad propia, se pusiera en manos de unos terroristas psicóticos para salvarme la vida. No lo hizo con la convicción inocente de que no le harían daño. No, mi gatita sabía perfectamente de lo que eran capaces y, aun así, tuvo el valor de actuar.

Le debo la vida a la chica a la que secuestré y no sé muy bien cómo lidiar con ello.

—¿Por qué lo hiciste? —le pregunto, acariciándole el labio inferior con el pulgar. Muy en el fondo lo sé, pero quiero oírselo decir.

Me mira fijamente, con los ojos ensombrecidos por esa pesadilla.

—Porque no puedo vivir sin ti —dice despacio—. Ya lo sabes, Julian. Querías que te quisiera y lo hago. Te quiero tanto que hasta iría al mismísimo infierno por ti.

Saboreo sus palabras con codicia, con un placer descarado. Su amor nunca me parece suficiente. No me canso de ella. Al principio la quise por su parecido con María, pero mi amiga de la infancia nunca había provocado en mí ni una pequeña parte de los sentimientos que Nora suscita. El afecto que sentía por María era inocente y puro, como la propia María. Mi obsesión por Nora es por otra cosa.

—Escucha, mi gatita… —Mi mano abandona su cara para reposar en su hombro—. Necesito que me prometas que nunca volverás a hacer nada parecido. Me alegro de estar vivo, pero preferiría morir antes que verte en peligro. Nunca vuelvas a arriesgar tu vida por mí, ¿vale?

Asiente levemente, de manera casi imperceptible, y le veo un brillo rebelde en los ojos. No quiere que me enfade, por lo que no discrepa, pero tengo la sospecha de que va a hacer lo que crea conveniente sin importar lo que diga ahora. Esto, como es obvio, requiere más mano dura.

—Bien —digo con suavidad—, porque la próxima vez, si hay una próxima vez, mataré a todo aquel que te ayude a desobedecer mis órdenes y lo haré de manera lenta y dolorosa. ¿De acuerdo, Nora? Si alguien quisiera tocarte un pelo, ya sea para salvarme a mí o por cualquier otra razón, esa persona tendría una muerte muy desagradable. ¿Queda claro?

—Sí. —Ha empalidecido y aprieta los labios como si estuviera reprimiendo una protesta. Está enfadada conmigo, pero también asustada. No por ella, que ya ha superado ese miedo, sino por los otros. Mi gatita sabe que cumplo mi palabra.

Sabe que soy un asesino sin conciencia con una única debilidad: ella.

La cojo del hombro con más fuerza para inclinarme y le beso la boca sellada. Tensa los labios un momento, resistiéndose, pero según le paso la mano por el cuello y le acaricio la nuca, suspira y los relaja, dejándome entrar. La explosión de calor en mi cuerpo es fuerte e inmediata. Su sabor hace que la polla se me ponga dura de manera incontrolable.

—Eh… disculpe, señor Esguerra… —Una voz de mujer acompañada de un golpe tímido en la puerta hace que me dé cuenta de que las enfermeras están realizando su ronda matutina.

¡Joder! Me entran ganas de no hacerles caso, pero presiento que volverán dentro de un rato, seguramente cuando se la esté metiendo a Nora hasta el fondo.

De mala gana, la dejo, me giro sobre la espalda, conteniendo el aliento por el dolor, y veo cómo Nora salta de la cama y se pone una bata a toda prisa.

—¿Quieres que abra la puerta? —me pregunta, y yo asiento, resignado. Las enfermeras me tienen que cambiar los apósitos y asegurarse de que estoy lo suficientemente bien para viajar hoy y estoy dispuesto a colaborar con sus planes.

Cuanto antes terminen, antes podré salir de este puto hospital.

En cuanto Nora abre la puerta, dos enfermeras entran acompañadas de David Goldberg, un hombre bajo y calvo, mi doctor personal en la finca. Es un excelente cirujano de traumatología y lo he hecho venir para que me supervise los arreglos del rostro y para asegurarme de que los cirujanos plásticos no la caguen.

Si puedo evitarlo, no quiero ahuyentar a Nora con mis cicatrices.

—El avión ya está preparado —dice Goldberg mientras las enfermeras empiezan a desenrollar los vendajes de la cabeza—. Si no hay signos de infección, podremos irnos a casa.

—Excelente —me quedo tumbado y hago caso omiso del dolor que me provocan las enfermeras. Mientras, Nora saca algo de ropa del armario y desaparece en el baño colindante a nuestra habitación. Oigo el agua correr, es decir, ha decidido aprovechar este rato para darse una ducha. Debe de ser la forma de evitarme un rato, puesto que aún estará preocupada por mi amenaza. Mi gatita es sensible a la violencia dirigida hacia los que considera inocentes, como ese gilipollas, Jake, al que besó la noche que la rapté. Todavía quiero arrancarle los huevos por tocarla… Quizá algún día lo haga.

—No hay señales de infección —me dice Goldberg cuando las enfermeras han acabado de quitarme las vendas—. Estás cicatrizando bien.

—Genial. —Respiro con lentitud y profundidad para controlar el dolor mientras las dos enfermeras me curan los puntos y me vuelven a vendar las costillas. He tomado la mitad de la dosis prescrita de analgésicos durante los últimos dos días y lo estoy notando. En el próximo par de días dejaré de tomarlos todos para evitar volverme dependiente. Con una adicción basta.

Al tiempo que las enfermeras me vendan, Nora sale del baño, aseada y vestida con unos vaqueros y una blusa de manga corta.

—¿Todo bien? —pregunta, mirando a Goldberg.

—Está listo —contesta, ofreciéndole una cálida sonrisa. Creo que le gusta, lo que me parece bien, dada su orientación homosexual—. ¿Cómo te encuentras?

—Estoy bien, gracias. —Levanta el brazo para mostrar la tirita enorme que cubre el área de la que los terroristas le extrajeron por error el implante anticonceptivo—. Estaré más contenta cuando los puntos se caigan, pero no me molesta mucho.

—Estupendo, me alegra oír eso. —Girándose hacia mí, Goldberg me pregunta—: ¿A qué hora salimos?

—Que Lucas tenga preparado el coche para dentro de veinte minutos —le digo, balanceando los pies sobre el suelo a la par que las enfermeras salen de la habitación—. Me visto y nos vamos.

—Bien —dice Goldberg, que se gira para salir de la habitación.

—Espere, doctor Goldberg, iré con usted —dice Nora a toda velocidad y hay algo en su voz que capta mi atención—. Necesito algo de abajo —explica.

Goldberg parece sorprendido.

—Sí, claro.

—¿Qué es, mi gatita? —Me pongo de pie, y me da igual estar desnudo. El doctor aparta la mirada con educación cuando cojo a Nora por el brazo para impedir que se vaya—. ¿Qué necesitas?

Parece incómoda y desvía la mirada.

—¿Qué es, Nora? —pregunto con curiosidad. Le aprieto el brazo al acercarla a mí.

Me mira. Tiene las mejillas sonrosadas y un aire desafiante.

—Tengo que tomarme la pastilla del día después, ¿vale? Quiero asegurarme de tomármela antes de irnos.

—Ah. —Me quedo en blanco por un segundo. Por lo que sea, no había caído en que, sin su implante, Nora podía quedarse embarazada. La he tenido en mi cama durante unos dos años y, durante todo ese tiempo, el implante la protegía. Me había acostumbrado tanto a eso que no se me había ocurrido siquiera que necesitáramos tener precaución ahora. Pero a Nora sí se le había ocurrido.

—¿Quieres la pastilla del día después? —repito lentamente, todavía procesando que Nora, mi Nora, pueda estar embarazada.

Embarazada de mi hijo. Un hijo que claramente no quiere.

—Sí. —Me mira con sus enormes ojos negros—. Es improbable que ocurra por haberlo hecho solo una vez, pero no quiero correr riesgos.

No quiere correr riesgos de quedarse embarazada. Siento una presión extraña en el pecho al mirarla y al ver el miedo que intenta ocultar con tanto empeño. Le preocupa mi reacción, tiene miedo de que le impida tomarse la píldora, miedo a que la fuerce a tener un hijo que no quiere.

—Estaré fuera —dice Goldberg, que, al parecer, siente la creciente tensión en la habitación y me deja con la palabra en la boca al escabullirse por la puerta y dejarnos solos.

Nora levanta la barbilla, enfrentándose a mi mirada. Veo la convicción en su rostro cuando dice:

—Julian, sé que nunca hemos hablado de esto, pero…

—Pero no estás preparada —la interrumpo con una presión en el pecho que se vuelve más intensa—. Ahora mismo no quieres un bebé.

Asiente con los ojos como platos.

—Exacto —dice con cautela—. No he terminado siquiera los estudios y te han herido…

—Y no estás segura de querer un hijo con un hombre como yo.

Traga saliva con nerviosismo, pero no lo niega ni aparta la mirada. Su silencio es mortal y la presión en el pecho se transforma en un dolor extraño.

Le suelto el brazo y retrocedo.

—Puedes decirle a Goldberg que te dé la pastilla y cualquier método anticonceptivo que considere mejor. —Mi voz suena inusualmente fría y distante—. Me lavo y me visto.

Sin que pueda mediar palabra, voy al baño y cierro la puerta.

No quiero ver su cara de alivio.

No quiero pensar en cómo me haría sentir eso.

2

Nora

Estupefacta, observo cómo la figura desnuda de Julian entra en el baño. Las heridas hacen que vaya más lento y sus movimientos son más rígidos que de costumbre, aunque aún hay cierta elegancia en su modo de andar. Incluso después de ese sufrimiento horrible, tiene el cuerpo musculoso, duro y atlético. La venda blanca alrededor de las costillas le realza la anchura de los hombros y la tonalidad bronceada de la piel.

«No se ha opuesto a que me tome la píldora», pienso.

Según voy asumiéndolo, noto que me ceden las piernas del alivio y la tensión producida por la adrenalina desaparece con un zumbido repentino. Estaba casi segura de que iba a negarse; su expresión al hablar era indescifrable, ininteligible… tenía una opacidad peligrosa. Me ha calado a pesar de mis excusas sobre mis estudios y sus heridas; el ojo ileso le resplandecía con una fría luz azul que me contraía el estómago de miedo.

Pero no me ha negado la píldora. Al contrario, me ha propuesto que pidiera un nuevo método anticonceptivo al doctor Goldberg.

Me siento casi aturdida por la felicidad. Julian debe de estar de acuerdo con la parte de «no tener hijos», a pesar de su extraña reacción.

Como no quiero poner a prueba mi buena suerte, me doy prisa y salgo de la habitación para alcanzar al doctor. Quiero asegurarme de conseguir lo que necesito antes de irnos de la clínica. Los implantes anticonceptivos no se encuentran con facilidad en nuestra finca en la jungla.

—Me he tomado la pastilla —le digo a Julian una vez nos hemos acomodado en el jet privado, el mismo avión que nos llevó de Chicago a Colombia cuando Julian volvió a por mí en diciembre—. Y me han puesto esto. —Levanto el brazo derecho para mostrarle una pequeña venda en el lugar en que me han introducido el nuevo implante. Me duele un poco, pero estoy tan feliz de llevarlo que no me importa la molestia.

Julian levanta la vista del portátil con la expresión aún hermética.

—Bien —dice bruscamente y continúa trabajando en el correo electrónico para uno de sus ingenieros. Está describiéndole los requisitos exactos del nuevo dron que quiere que diseñe. Lo sé porque se lo he preguntado hace unos minutos y me lo ha explicado. Se ha abierto mucho más en el último par de meses, por lo que me resulta extraño que parezca querer evitar el tema de los anticonceptivos.

Me pregunto si no quiere hablarlo porque está el doctor Goldberg presente. El pequeño hombre está sentado en la parte delantera del jet, a unos cuatro metros, pero la intimidad no es total. En cualquier caso, decido, por ahora, dejarlo pasar y sacar el tema en un momento más oportuno.

Según va subiendo el avión, me entretengo mirando los Alpes suizos hasta que sobrepasamos las nubes. Después, me recuesto en el asiento y espero a que la preciosa azafata, Isabella, venga con nuestros desayunos. Esta mañana hemos salido del hospital tan rápido que solo he podido tomarme un café.

Isabella entra a la cabina unos minutos después enfundada en un vestido rojo y ajustado. Lleva una bandeja con café y una bandejita con pastas. Parece que Goldberg se ha dormido, así que se nos acerca con una sonrisa seductora.

La primera vez que la vi, cuando Julian volvió en diciembre, me puse celosa de una forma enfermiza. Desde entonces he descubierto que Isabella nunca ha tenido una relación con él y que, en realidad, está casada con uno de los guardias de la finca, lo que ha contribuido a tranquilizar al monstruo de ojos verdes de mi interior. Solo he visto a esta mujer una o dos veces durante los últimos dos meses. A diferencia de la mayoría de los empleados de Julian, pasa la mayor parte del tiempo fuera de las instalaciones, trabajando como su mano derecha en varias compañías aéreas de lujo privadas.

—Te sorprendería cómo se le suelta la lengua a la gente después de un par de copas a 9000 metros de altura —me explicó Julian una vez—. Ejecutivos, políticos, jefes de bandas… A todos les gusta tener cerca a Isabella y no siempre controlan lo que dicen en su presencia. Gracias a ella, he conseguido de todo, desde información privilegiada sobre negocios hasta información sobre tráfico de drogas en la zona.

Así que ya no tengo celos de Isabella, pero sigo opinando que su manera de tratar a Julian es demasiado coqueta para una mujer casada. Aunque, de nuevo, puede que no sea la más indicada para juzgar si el comportamiento de una mujer casada es apropiado o no. Si yo mirara a un hombre durante más de un minuto, estaría firmando su sentencia de muerte.

Julian es superposesivo, mucho más de lo habitual.

—¿Le apetece café? —pregunta Isabella, parándose al lado de su asiento. Hoy mira con más cautela, pero sigo deseando abofetearle esa preciosa cara por los ojitos que le pone a mi marido.

Lo reconozco: no solo Julian tiene problemas de posesividad. Por raro que parezca, siento que el hombre que me raptó es mío. No tiene sentido, pero he dejado de intentar que nuestra relación de locos tenga sentido desde hace mucho tiempo. Es más fácil aceptarlo.

Ante la pregunta de Isabella, Julian levanta la vista del portátil.

—Sí, claro —dice y me mira—. ¿Nora?

—Sí, por favor —respondo con educación—. Y un par de esos cruasanes.

Isabella nos sirve un café a cada uno, coloca la bandeja de las pastas en mi mesa y se aleja pavoneándose hacia la parte delantera del avión, con las caderas exuberantes contoneándose. Siento una envidia momentánea antes de recordar que Julian me quiere a mí. De hecho, me quiere demasiado, pero esa es otra historia.

Durante la siguiente media hora leo con tranquilidad, me como los cruasanes y bebo el café. Julian parece concentrado en el correo sobre el diseño del dron, por lo que no lo molesto; en lugar de eso, me esfuerzo en centrarme en el libro, una novela de suspense y de ciencia ficción que he comprado en la clínica. Sin embargo, mi atención continúa vagando y cada dos páginas pienso en otra cosa.

Me parece extraño estar sentada aquí leyendo. Es casi surrealista, como si nada hubiera ocurrido. Como si no acabáramos de sobrevivir al horror y la tortura. Como si no hubiera volado los sesos a un hombre a sangre fría. Como si no hubiera estado a punto de perder a Julian de nuevo.

Se me acelera el corazón y las imágenes de la pesadilla de esta mañana me invaden la mente con una claridad alarmante. *Sangre... El cuerpo de Julian cortado y machacado... Su preciosa cara con una de las cuencas vacías...* El libro se me escapa de las manos temblorosas y cae al suelo mientras intento respirar a pesar del nudo que de repente se me ha formado en la garganta.

—¿Nora? —Unos dedos fuertes y cálidos se me cierran alrededor de la muñeca y, aunque se me nubla la vista por el pánico, veo delante de mí la cara vendada de Julian. Me sujeta con fuerza. Su portátil ha quedado olvidado en la mesa de al lado—. Nora, ¿me oyes?

Consigo asentir y me paso la lengua por los labios para humedecerlos. Me noto la boca seca por el miedo y se me pega la blusa a la espalda por el sudor. Tengo las manos clavadas en el borde del asiento y las uñas hundidas en el suave cuero. Una parte de mí sabe que mi mente me está engañando, que esta ansiedad extrema es infundada, pero mi cuerpo reacciona como si la amenaza fuera real. Como si estuviéramos de vuelta en la zona de la obra de Tayikistán, a merced de Majid y los otros terroristas.

—Respira, pequeña. —La voz de Julian es reconfortante; me sujeta la barbilla con suavidad—. Respira lenta y profundamente… Muy bien…

Obedezco mirándolo fijamente mientras respiro profundamente para controlar el pánico. Un poco después, mi corazón se apacigua y suelto el borde del asiento. Todavía estoy temblando, pero el miedo sofocante ha desaparecido.

Avergonzada, envuelvo la palma de Julian con los dedos y le alejo la mano de la cara.

—Estoy bien —consigo decir con una voz más o menos calmada—. Lo siento. No sé qué me ha pasado.

Me observa con su ojo resplandeciente y veo una mezcla de rabia y frustración en su mirada. Nuestros dedos están entrelazados, como si fuera reacio a soltarme.

—No estás bien, Nora —dice con brusquedad—. Estás de todo menos bien.

Tiene razón. No quiero reconocerlo, pero tiene razón. No estoy bien desde que Julian se fue de la finca para capturar a los terroristas. Estoy hecha un lío desde su partida y parece que estoy aún peor ahora que ha vuelto.

—Me encuentro bien —digo, sin querer que piense que soy débil. Fue a Julian a quien torturaron y parece tenerlo controlado, mientras yo me derrumbo sin ninguna razón.

—¿Bien? —Alza las cejas—. En las últimas veinticuatro horas has tenido dos ataques de pánico y una pesadilla. No te encuentras bien, Nora.

Trago saliva y bajo la mirada hacia mi regazo, donde nuestras manos están unidas con fuerza y posesión. Odio no poder restar importancia a esto del modo en que Julian parece hacerlo. Sí, él aún tiene pesadillas con lo que le ocurrió a María, pero esta dura experiencia con los terroristas parece que ni lo haya perturbado siquiera. Él estaría en todo su derecho de perder los nervios, yo no. Apenas me han tocado, mientras que él ha pasado por días de tormento. Soy débil y odio serlo.

—Nora, pequeña, escúchame.

Levanto la vista, movida por el dulce tono de la voz de Julian y me encuentro prisionera de su mirada.

—No es culpa tuya —dice con tranquilidad—. Nada. Has pasado por muchas cosas y estás traumatizada. No tienes que fingir delante de mí. Si empiezas a sentir miedo, dímelo y te ayudaré a superarlo. ¿Me entiendes?

—Sí —susurro, extrañamente aliviada por sus palabras. Sé que es paradójico que el hombre que trajo toda la oscuridad a mi vida sea el que me ayude a lidiar con ella, pero ha sido así desde el principio. Siempre he encontrado consuelo en los brazos de mi captor.

—Bien. Recuérdalo. —Se inclina sobre mí para besarme y yo me acerco también, con cuidado para no hacerle daño por las costillas fracturadas. Me roza con los labios en los míos con una ternura inusual y cierro los ojos. La ansiedad desaparece a medida que un deseo intenso se apodera de mi cuerpo. Me sorprendo rodeándole la nuca con las manos y un gemido surge de la parte más profunda de mi garganta cuando me invade la boca con la lengua con un gusto familiar y seductor al mismo tiempo.

Gime cuando le devuelvo el beso y juntamos las lenguas. Me rodea la espalda con el brazo derecho, acercándome a él y siento cómo crece la tensión en su cuerpo portentoso. Se le acelera la respiración y me besa con más violencia y exigencia, lo que hace que mi cuerpo palpite como respuesta.

—A la habitación. Ahora. —Sus palabras son como un gruñido cuando aparta la boca, se pone de pie y me levanta del asiento. De un plumazo, me agarra de la muñeca y me dirige hacia la parte trasera del avión. Para mis adentros, doy las gracias por que el doctor Goldberg esté dormido e Isabella haya vuelto a la parte delantera del avión; no hay nadie que pueda ver a Julian arrastrarme hasta la cama.

Al entrar en la pequeña habitación, cierra la puerta con el pie y me empuja sobre la cama. Incluso herido, es muy fuerte. Su fuerza me excita y me intimida, no porque tema que me vaya a hacer daño —sé que lo hará y que lo disfrutaré—, sino porque he visto lo que puede hacer. He visto que le basta la pata de una silla para matar a un hombre.

El recuerdo debería asquearme, pero es excitante y aterrador a la vez. Por otro lado, Julian no es el único que se ha llevado por delante una vida esta semana. Ahora ambos somos asesinos.

—Desnúdate —me ordena, deteniéndose a medio metro de la cama y soltándome la muñeca. Le han arrancado las mangas de la camisa para que pueda meter la escayola y eso, junto a la venda alrededor de la cara, le da aspecto de herido y peligroso al mismo tiempo, como un pirata contemporáneo tras un asalto. Los músculos sobresalen del brazo derecho y el ojo destapado es exageradamente azul sobre el moreno de su cara.

Lo quiero tanto que duele.

Doy un paso atrás y comienzo a desvestirme. Primero la blusa, luego los vaqueros. Me quedo solo con un tanga blanco y un sujetador a juego. Julian dice bruscamente:

—Súbete a la cama. Ponte a cuatro patas con el culo hacia mí.

El calor me baja por la columna y me aumenta el dolor en la entrepierna. Me giro para hacer lo que me ha dicho, con el corazón palpitando expectante. Recuerdo la última vez que nos acostamos en este avión… y los moratones que me cubrieron los muslos durante días.

Sé que Julian no se encuentra lo bastante bien para algo tan extenuante, pero ese pensamiento no disminuye mis nervios o mis ganas. Con mi marido, el miedo y el deseo van de la mano.

Tras colocarme en la posición que satisface a Julian, con mi trasero a la altura de su ingle, da un paso hacia mí, sujeta la goma de mi ropa interior y me la baja hasta las rodillas. Me estremezco ante su tacto y se me contrae el sexo. Gime al pasarme la mano por el muslo para introducirse entre mis pliegues.

—Tienes el coño tan mojado, joder —murmura con brusquedad y me introduce dos dedos—. Está mojadísimo y tenso… Te gusta esto, ¿eh, pequeña? Quieres que te haga mía, que te folle…

Jadeo cuando dobla los dedos y alcanza un punto que hace que todo el cuerpo se me ponga tenso.

—Sí… —Apenas puedo hablar por las oleadas de calor que me sobrepasan y me nublan la mente—. Sí, por favor…

Suelta una carcajada ronca y llena de placer oscuro. Retira los dedos dejándome vacía y palpitante por el deseo. Antes de que pueda protestar, oigo cómo se baja la cremallera y noto la suave y amplia cabeza de su pene rozarme los muslos.

—¡Ah! Lo haré —murmura con voz grave, dirigiéndose hacia mi abertura—. Te complaceré tantísimo, joder. —Me penetra con la punta de la polla y se me corta la respiración—. Gritarás para mí, ¿verdad, pequeña?

Sin esperar una respuesta, me aprieta la cadera derecha y se mete hasta el fondo, provocando que se me escape un grito entrecortado. Como siempre, la embestida me nubla los sentidos. Su anchura me hace ceder hasta casi provocarme dolor. Si no hubiera estado tan cachonda, me habría dolido. Tal como estoy, su aspereza solo añade un punto delicioso a la intensidad de mi excitación y me inunda el sexo con más humedad. Con la ropa interior alrededor de las rodillas, no puedo abrir más las piernas y parece enorme dentro de mí, todo él es duro y ardiente.

Después de esa primera embestida, suponía que establecería un ritmo brutal, pero ahora que está dentro, se mueve despacio. Lenta y deliberadamente, cada uno de sus movimientos calculados al máximo para darme placer. *Dentro y fuera, dentro y fuera...* Parece que me esté acariciando desde dentro, exprimiendo todas las sensaciones que puede producir mi cuerpo. *Dentro y fuera, dentro y fuera...* Estoy a punto de llegar al orgasmo, pero no puedo, no con él moviéndose a ritmo de caracol. *Dentro y fuera...*

—Julian —gimo y reduce el ritmo aún más, haciendo que gimotee de la frustración.

—Dime qué quieres, pequeña —murmura, retirándose casi del todo—. Dime exactamente qué quieres.

—Fóllame. —Suspiro arrugando las sábanas con los puños—. Por favor, haz que me corra.

Suelta una carcajada de nuevo, pero suena forzada. Su respiración se vuelve más fuerte y entrecortada. Siento la polla crecer dentro de mí y tenso los músculos interiores a su alrededor, deseando que se mueva solo un poco más rápido para darme esa pizca extra que necesito...

Y, al final, lo hace.

Me sujeta por la cadera, retoma el ritmo y me folla con más fuerza y rapidez. Sus sacudidas reverberan dentro de mí, haciendo que mi cuerpo irradie ondas de placer. Sigo aferrándome a las sábanas con las manos. Cada vez grito más alto mientras la tensión en mi interior se vuelve insoportable, intolerable… Y después me rompo en mil pedazos; mi cuerpo palpita sin cesar alrededor de su enorme erección. Gime y clava los dedos en mi piel mientras me agarra la cadera con más fuerza y siento que explota contra mi trasero con su polla sacudiéndose dentro de mí cuando encuentra su liberación.

Cuando ha terminado, sale de mí y retrocede. Temblando por la intensidad del orgasmo me desmorono sobre el costado y giro la cabeza para mirarlo.

Está de pie con la cremallera de los vaqueros bajada y su pecho sube y baja debido a su respiración acelerada. Su mirada está llena de deseo constante al observarme, su ojo fijo en mis muslos, donde su semen gotea lentamente de mi sexo.

Me sonrojo y echo un vistazo a la habitación en busca de un pañuelo. Por suerte, hay una caja en una estantería cerca de la cama. La alcanzo y me limpio los indicios de nuestra unión.

Julian observa en silencio mis movimientos. Luego, retrocede con expresión indescifrable de nuevo mientras se introduce el pene flácido en los vaqueros y sube la cremallera.

Agarro la manta y tiro de ella para taparme el cuerpo desnudo. De repente, me siento fría y expuesta; el calor de mi interior se ha disipado. Normalmente, Julian me abraza después del sexo, reforzando nuestra cercanía y usando la ternura para compensar su aspereza. Hoy, sin embargo, no parece dispuesto a hacerlo.

—¿Va todo bien? —pregunto dubitativa—. ¿He hecho algo malo?

Me dedica una sonrisa fría y se sienta en la cama, a mi lado.

—¿Qué podrías haber hecho mal, mi gatita? —Mirándome, levanta la mano y me retira uno de los bucles del pelo, frotándolo entre los dedos. A pesar de su gesto juguetón, un brillo frío en su ojo aumenta mi inquietud.

De repente caigo en la cuenta.

—Es por la pastilla del día después, ¿verdad? ¿Estás enfadado porque me la haya tomado?

—¿Enfadado? ¿Porque no quieras tener un hijo conmigo? —Ríe, pero con un tono tan áspero que me noto un nudo en la garganta—. No, mi gatita, no estoy enfadado. Sería un padre horrible y lo sé.

Lo miro, intentando entender por qué sus palabras me hacen sentir culpable. Es un asesino, sádico, un hombre que me raptó sin compasión y que me mantuvo presa, y aun así me siento mal, como si lo hubiera herido sin querer, como si hubiera hecho algo malo de verdad.

—Julian… —No sé qué decir. No voy a mentirle diciendo que sería un buen padre. Se daría cuenta, así que, en lugar de eso, le pregunto con cautela—: ¿Quieres tener hijos?

Después, contengo la respiración, esperando su respuesta.

Me mira con expresión ininteligible una vez más.

—No, Nora —dice con suavidad—. Lo último que necesitamos tú y yo son niños. Puedes ponerte todos los implantes anticonceptivos que quieras. No te obligaré a quedarte embarazada.

Suspiro de alivio.

—Bien, genial. Entonces, ¿por qué…?

Sin siquiera acabar la pregunta, Julian me deja con la palabra en la boca, se levanta y se va.

—Estaré en la cabina principal —dice en un tono llano—. Tengo trabajo. Vuelve conmigo cuando te vistas.

Y con estas palabras, se va de la habitación y me deja tumbada en la cama, desnuda y confundida.

3

Julián

Estoy en mitad de la revisión de la propuesta que mi gestor de cartera ha hecho sobre una posible inversión cuando Nora se sienta a mi lado. Incapaz de resistir al encanto de su presencia, me giro para mirarla y veo cómo comienza a leer su libro.

Ahora que he estado unos minutos lejos de ella, la necesidad irracional de explotar y hacerle daño ha desaparecido. En su lugar ha aparecido una tristeza inexplicable… un extraño e inesperado sentimiento de pérdida.

No lo entiendo. No le he mentido cuando le he dicho que no quiero hijos. Nunca había pensado en ello, pero ahora que me lo estoy planteando, ni siquiera me imagino siendo padre. ¿Qué haría con un niño? Sería otro punto flaco que mis enemigos podrían explotar. No me interesan los bebés ni sé cómo criarlos. Mis padres no fueron un modelo que seguir precisamente. Debería alegrarme de que Nora no quiera hijos, pero, en lugar de eso, cuando ha sacado el tema de la píldora, me ha sentado como una patada. Me lo he tomado como el peor rechazo de todos.

He intentado no pensar en ello, pero cuando la he visto limpiarse el semen de los muslos, esos sentimientos desagradables han despertado de nuevo y me han recordado que no quiere eso de mí, que nunca lo querrá.

No entiendo por qué me importa. Nunca he planeado crear una familia con Nora. El matrimonio ha sido solo un modo de consolidar nuestro vínculo, nada más. Es mi gatita… mi obsesión y mi posesión. Me quiere porque he hecho que me quiera y la quiero porque la necesito para vivir. Los niños no son parte de esta dinámica. No puede ser.

Nora me pilla mirándola y me dedica una sonrisa vacilante.

—¿En qué estás trabajando? —me pregunta, dejando el libro sobre el regazo—. ¿Todavía estás con el diseño del dron?

—No, pequeña. —Me obligo a centrarme en que vino a Tayikistán por mí, que me quiere lo suficiente como para hacer una locura tan grande, y eso me levanta el ánimo y hace desaparecer la presión persistente que siento en el pecho.

—Entonces, ¿qué es? —insiste y sonrío sin querer, divertido por su curiosidad. Ya no está contenta con quedarse al margen de mi vida; quiere saberlo todo y se envalentona cada vez más en su búsqueda de respuestas.

Si fuera cualquier otra persona, me enfadaría. Pero tratándose de Nora, no me importa. Disfruto con su interés.

—Estoy mirando una posible inversión —le explico.

Me mira intrigada, así que le cuento que estoy leyendo sobre un nuevo negocio biotecnológico especializado en las drogas químicas que afectan al cerebro. Si decido llevarlo a cabo, sería lo que suele llamarse un «ángel inversor», uno de los primeros en financiar la compañía. Siempre me ha interesado el capital de riesgo; me gusta estar en la cima de la innovación en todos los campos y aprovecharme de eso en la medida de mis posibilidades.

Escucha mi explicación muy fascinada, con sus ojos oscuros fijos en mi cara todo el tiempo. Me gusta cómo absorbe conocimiento como si fuera una esponja. Me resulta divertido enseñarla, mostrarle las diferentes partes de mi mundo. Las pocas preguntas que hace son perspicaces, lo que me demuestra que entiende a la perfección de lo que hablo.

—Si esa droga puede borrar los recuerdos, ¿no podría usarse para tratar enfermedades como el TEPT o alguna por el estilo? —me pregunta tras describirle uno de los productos más prometedores del negocio, y estoy de acuerdo: he llegado a esa conclusión hace solo unos minutos.

No había previsto esto cuando la rapté, el simple placer que significaría pasar tiempo con ella. La primera vez que la capturé, la veía solo como un objeto sexual, una chica bonita que me obsesionaba tanto que no podía olvidarla. No esperaba que se convirtiera en mi compañera, además de en mi alma gemela en la cama, no pensaba que fuera a disfrutar simplemente estando con ella.

No sabía que llegaría a ser tan suyo como ella era mía.

Sin duda, es mejor que se haya acordado de tomarse la píldora. Cuando nos hayamos curado los dos, podremos volver a nuestra vida normal. Al menos, a nuestra idea de normalidad.

Nora estará conmigo y no la volveré a perder de vista.

Es de noche cuando aterrizamos. Guío a Nora, que está adormilada, fuera del avión y nos metemos en el coche para irnos a casa.

A casa. Es raro pensar en este sitio otra vez como mi casa. Era mi casa cuando era un niño y la odiaba. Lo odiaba todo, desde el calor húmedo hasta el olor acre de la vegetación de la jungla. Sin embargo, ahora que he crecido, me siento atraído por lugares como este, sitios tropicales que me recuerdan a la jungla en que me crie.

Tuvo que venir Nora para darme cuenta de que no odiaba la finca, de que este lugar nunca había sido la causa de mi odio, sino la persona a la que pertenecía: mi padre.

Nora se acurruca cerca de mí en el asiento trasero, interrumpiendo mis cavilaciones, y bosteza con delicadeza sobre mi hombro. El sonido recuerda tanto a un gato que me río y le paso el brazo derecho alrededor de la cintura para atraerla más hacia mí.

—¿Tienes sueño?

—Mmm-mmm. —Frota la cara contra mi cuello—. Hueles bien —murmura.

Y solo con eso, se me pone dura como reacción a sentir sus labios rozarme la piel.

Mierda. Dejo escapar un suspiro frustrado cuando el coche se para delante de la casa. Ana y Rosa están de pie en el porche de la entrada, preparadas para saludarnos, y me noto la polla a punto de explotar. Me hago a un lado, intentando apartar a Nora de mí para que se me baje la erección. Me roza con el codo en las costillas y me tenso por el dolor. En ese momento maldigo mentalmente a Majid con todas mis fuerzas.

No veo la hora de curarme, joder. Incluso el sexo de hoy ha sido doloroso, sobre todo en el momento final en que he acelerado el ritmo. No es que disminuyera mucho el placer, ya que estoy seguro de que podría follarme a Nora en el lecho de muerte y seguiría disfrutándolo, pero me fastidia. Me gusta el dolor mientras follo, pero solo cuando soy yo quien lo provoco.

El lado bueno es que ya no se me nota tanto la erección.

—Ya estamos aquí —le digo a Nora mientras se frota los ojos y bosteza de nuevo—. Te llevaría hasta el umbral, pero me temo que esta vez no seré capaz.

Parpadea y me mira confundida por un instante, pero luego una enorme sonrisa le ilumina la cara. Ella también se acuerda.

—Ya no soy una recién casada —dice soltando una risita—. Estás libre de culpa.

Le sonrío con una alegría inusual que me llena el pecho y abro la puerta del coche.

En cuanto salimos, las dos mujeres nos avasallan, llorando. O, mejor dicho, avasallan a Nora. Observo asombrado cómo Ana y Rosa la abrazan, riendo y sollozando a la vez. Una vez que han terminado con Nora, se giran hacia mí y Ana solloza con más fuerza al echar un vistazo a mi cara vendada.

—*Ay, mijo…* —dice en español, como hace a veces cuando está preocupada, y Nora y Rosa intentan tranquilizarla diciendo que me recuperaré, que lo importante es que estoy vivo.

La preocupación del ama de llaves es conmovedora y desconcertante. Siempre he tenido la vaga impresión de que esta anciana se interesaba por mí, pero no me había percatado de que sus sentimientos fueran tan fuertes. Desde que tengo memoria, Ana ha sido una presencia cálida y reconfortante en la finca (alguien que me daba de comer, que limpiaba lo que ensuciaba y que me curaba los arañazos y los moratones). Sin embargo, nunca he dejado que se acercara mucho y, por primera vez, siento una punzada de arrepentimiento por eso. Ni ella ni Rosa, la criada amiga de Nora, intentan abrazarme como han hecho con mi esposa. Creen que no me lo tomaría bien y es probable que estén en lo cierto.

Solo quiero afecto, bueno, ansío afecto, de Nora y esto es reciente.

Cuando las tres mujeres han acabado con la emotiva reunión, nos dirigimos al interior de la casa. A pesar de la hora tardía, Nora y yo tenemos hambre y devoramos la comida que Ana nos ha preparado en tiempo récord. Luego, saciados y exhaustos, subimos a nuestra habitación.

Una ducha rápida y un polvo igual de rápido y me quedo dormido con la cabeza de Nora apoyada sobre el brazo que no tengo herido.

Estoy preparado para volver a nuestra vida normal.

Me despierta un grito que me hiela la sangre. Lleno de desesperación y miedo, retumba en las paredes y me inunda las venas de adrenalina.

Me incorporo y salto de la cama antes incluso de darme cuenta de lo que está ocurriendo. Según se va amortiguando el sonido, alcanzo el arma que tengo escondida en la mesilla de noche y al mismo tiempo golpeo el interruptor con el dorso de la mano.

He encendido la lámpara de la mesilla para iluminar la habitación y veo a Nora acurrucada en el centro de la cama, temblando bajo la manta.

No hay nadie más en la habitación, ninguna amenaza visible.

Mi acelerado corazón comienza a bajar el ritmo. No nos han atacado. Nora debe de haber gritado, habrá tenido otra pesadilla.

Joder. El ansia de violencia es casi tan fuerte que no puedo controlarlo. Se apodera de cada célula de mi cuerpo hasta el punto de temblar de rabia, con las ganas de matar y destruir a todo hijo de puta responsable de esto, empezando por mí.

Me giro e inspiro profundamente varias veces, tratando de contener la ira convulsa de mi interior. No hay nadie a quien pueda atacar aquí, ningún enemigo al que machacar para saciar mi sed de sangre.

Solo está Nora, que me necesita calmado y racional.

Pasados unos minutos y con la certeza de que no le voy a hacer daño, me giro para mirarla y devuelvo el arma al cajón de la mesilla de noche. Luego, me meto en la cama otra vez. Me duelen ligeramente las costillas y el hombro y me zumba la cabeza por los movimientos tan repentinos que he hecho, pero ese dolor no es nada comparado con la presión que siento en el pecho.

—Nora, pequeña… —Me inclino sobre ella, separo la manta de su cuerpo desnudo y coloco la mano derecha en su hombro para despertarla—. Despierta, mi gatita. Solo es un sueño. —Está sudada y sus gimoteos me duelen más que cualquier tortura de Majid. Una nueva rabia me brota por dentro, pero la reprimo y mantengo la voz baja y calmada—. Despierta, pequeña. Solo es un sueño, no es real.

Se gira sobre la espalda, temblando todavía, y veo que tiene los ojos abiertos. Abiertos y cegados mientras jadea en busca de aire; el pecho le sube y le baja y aprieta las sábanas con desesperación.

No es un sueño, está en medio de un ataque de pánico, posiblemente de uno causado por una pesadilla.

Quiero echar la cabeza hacia atrás y sacar mi rabia con un rugido, pero no lo hago. Ahora me necesita y no le voy a fallar. Otra vez no.

Me arrodillo, me coloco a ahorcajadas sobre ella y me agacho para sujetarle la barbilla con la mano derecha.

—Nora, mírame. —Convierto mis palabras en órdenes con un tono brusco y autoritario—. Mírame, mi gatita. Ahora.

A pesar del pánico, me obedece. Es un ataque de pánico fortísimo. Me mira y veo que tiene las pupilas dilatadas y los iris casi negros. Además está hiperventilando e intenta tomar aire con la boca abierta.

Joder, joder, joder. Mi primer instinto es abrazarla, ser dulce y amable, pero me acuerdo del ataque de pánico que tuvo la noche anterior mientras hacíamos el amor y que nada parecía ayudarla. Nada excepto la violencia.

Así que, en vez de murmurar inútiles palabras de cariño, me agacho apoyándome sobre el codo derecho y la beso en la boca con fuerza, aprovechando que tengo su mandíbula sujeta para mantenerla quieta. Mis labios chocan con los suyos e hinco los dientes en su labio inferior mientras fuerzo la lengua a entrar dentro, la invaden y le hacen daño. Mi monstruo sádico interno tiembla de placer ante el sabor metálico de la sangre, al tiempo que me retuerzo de arriba abajo de dolor ante la angustia que está sintiendo.

Jadea en mi boca, pero ahora es un sonido distinto, más sorprendido que desesperado. Siento que se le expande el pecho al respirar profundamente y me doy cuenta de que mi duro método para llegar a ella está funcionando, que ahora se está centrando en el dolor físico y no en el mental. Abre los puños, ya no se aferra a las sábanas, y se queda quieta debajo de mí. Todo el cuerpo se le tensa como si tuviera un miedo distinto, un miedo que excita mi parte más oscura, más agresiva, la parte que quiere dominarla y devorarla.

La rabia que todavía me hierve se suma a esta hambre, se mezcla con ella y la alimenta hasta convertirse en necesidad, en un deseo intenso, terrible y sin sentido. Me concentro más hasta que todo mi yo es consciente del tacto suave de sus labios, con sabor a sangre, y de las curvas de su cuerpo desnudo, pequeño e indefenso bajo el mío. Tengo una erección dolorosa cuando me sujeta el antebrazo derecho con ambas manos y surge un sonido suave y agonizante del fondo de su garganta.

De repente, un beso ya no basta. La quiero entera.

Le suelto la mandíbula, me levanto sobre un brazo y me pongo de rodillas. Me mira con los labios hinchados y teñidos de rojo. Aún jadea y el pecho le sube y baja a toda velocidad, pero ya no está cegada. Está conmigo, totalmente presente y eso es lo que mi demonio interior quiere en este momento.

Me alejo de ella con un rápido movimiento, haciendo caso omiso a la punzada de dolor en las costillas y alcanzo el cajón de la cabecera de nuevo, solo que esta vez, en lugar del arma, saco un azotador de cuero trenzado.

Nora pone los ojos como platos.

—¿Julian? —dice casi sin aliento por el pánico que acaba de sentir.

—Gírate —Las palabras salen con brusquedad, lo que demuestra la rabia y necesidad de violencia que llevo dentro—. Ahora.

Duda un momento, luego se tumba sobre el estómago.

—Ponte de rodillas.

Se pone a cuatro patas y se gira para mirarme, esperando las siguientes instrucciones. Una gatita muy bien entrenada. Su obediencia intensifica mi lujuria y mi hambre desesperada por poseerla. Con esta postura se le ve más el culo y el coño, con lo que la polla se me hincha aún más. Quiero engullirla entera, reclamar hasta el último centímetro. Se me tensan los músculos y, casi sin pensar, bajo el azotador con fuerza y marco las tiras de cuero en la suave piel de su trasero.

Grita y se le cierran los ojos mientras se le tensa el cuerpo y la oscuridad interior se apodera de mí, destruyendo cualquier resto de pensamiento racional. Casi como si lo viera desde la distancia, observo cómo el látigo le besa la piel una y otra vez y le deja marcas rosadas y rojas en la espalda, el culo y los muslos. Se encoge ante las primeras sacudidas, gritando de dolor, pero en cuanto encuentro el ritmo, comienza a relajar el cuerpo, anticipándose más que resistiéndose a la cuerda. Suaviza los gritos y los pliegues del coño comienzan a brillar de la humedad.

Está respondiendo a los azotes como si fueran caricias sensuales.

Se me endurecen los testículos cuando dejo caer el látigo y gateo para ponerme detrás de ella. Presiono la polla contra su sexo y gimo al sentir su calor resbaladizo en la punta, cubriéndola de una humedad cremosa. Jadea, arquea la espalda, y me introduzco dentro de ella, obligando a su piel a envolverme, al entrar en su interior.

Noto su coño increíblemente tenso y sus músculos internos me aprietan como si fueran un puño. No importa con cuánta frecuencia me la folle; cada vez es una experiencia nueva de algún modo, las sensaciones son más agudas e intensas que en mis recuerdos. Podría estar dentro de ella eternamente, sintiendo su suavidad, su cálida humedad. Pero no puedo, el ansia primitiva de moverme, de entrar en ella, es demasiado fuerte y no puedo pasar de ella. Noto cómo la sangre me bombea en los oídos; el cuerpo me palpita por el deseo salvaje.

Me quedo quieto todo lo que puedo y, luego, comienzo a moverme. Cada sacudida hace que le presione la ingle contra el culo recién azotado. Jadea con cada golpe y se tensa alrededor de mi polla. Las sensaciones de uno se apoyan en el otro y se intensifican hasta un nivel insoportable. Se me ponen los pelos de punta ante mi inminente orgasmo y comienzo a entrar en ella más rápido, con más fuerza, hasta que siento que empieza a contraerse y el coño se le estremece a la vez que grita mi nombre.

Es la gota que colma el vaso. El orgasmo que he estado conteniendo me supera con una fuerza explosiva e irrumpe en sus profundidades con un gemido brusco. Un placer impresionante se dispara a través de mi cuerpo. Es un gozo como ningún otro, un éxtasis que va muchísimo más allá de la satisfacción física. Es algo que solo he experimentado con Nora, que solo experimentaré con ella.

Respirando con dificultad, salgo de ella y dejo que se desplome sobre la cama. Luego, me inclino sobre mi costado derecho y la acerco a mí, sabiendo que necesita ternura después de mi brutalidad.

En cierto sentido, yo también la necesito. Necesito consolarla, tranquilizarla, atarla a mí en su momento más vulnerable para asegurarle mi amor.

Puede parecer cruel, pero no dejo al azar cosas tan importantes como esta.

Se da la vuelta para mirarme y esconde la cara en el hueco de mi cuello, con los hombros temblando por sus sollozos silenciosos.

—Abrázame, Julian —musita, y le hago caso.

La abrazaré siempre, pase lo que pase.

4

Nora

—Julian, ¿podemos hablar?

Entro en el despacho de mi marido y me acerco a su escritorio. Alza la vista a modo de saludo y me quedo maravillada una vez más por lo muchísimo que ha avanzado su proceso de recuperación durante las últimas seis semanas.

Ya le han quitado la escayola y los vendajes. La verdad es que Julian había afrontado su curación de la misma forma en que suele acometer cualquier otra ambición: con una obstinación implacable y una gran convicción. En cuanto el doctor Goldberg dio el visto bueno para quitarse la escayola, le faltó tiempo para ir a rehabilitación. Se había pasado los días ejercitándose durante horas para restablecer la movilidad y el funcionamiento del lado izquierdo del cuerpo. Sus cicatrices se notan cada vez menos, por lo que hay días en los que casi olvido que estuvo gravemente herido y que pasó por un infierno del que había salido relativamente ileso.

Incluso su implante ocular ya no me choca tanto como antes. Nuestra estancia en la clínica de Suiza y todas las operaciones le habían costado millones —había visto la factura en su bandeja de entrada—, pero los médicos habían hecho un trabajo fenomenal con su rostro. El implante encaja a la perfección con el ojo auténtico de Julian, tanto que cuando me sostiene la mirada resulta casi imposible ver que es un ojo de pega. No tengo ni idea de cómo se las han apañado para conseguir esa tonalidad exacta de azul, pero el caso es que lo han hecho; han imitado cada estría y cada variación natural del color. La pupila falsa incluso se encoge bajo la luz intensa y se dilata cuando Julian se entusiasma o se excita, gracias a un dispositivo de biorretroalimentación que lleva en la muñeca. Como si fuese un reloj de pulsera, le mide el pulso y la conductividad de la piel y manda la información directa al implante, permitiendo que produzca una respuesta lo más natural posible. Lo único que el implante no hace es reproducir el movimiento ocular normal… ni permitir que Julian vea con ese ojo.

—Esa parte, la conexión con el cerebro, tardará unos años más en desarrollarse —me había comentado Julian hacía un par de semanas—. Están investigándolo actualmente en un laboratorio de Israel.

Sí, el implante es increíblemente realista. Julian está aprendiendo a hacer que no parezca tan extraño que solo pueda mover un ojo girando la cabeza por completo para enfocar la mirada de frente, como está haciendo conmigo ahora mismo.

—¿Qué pasa, mi gatita? —pregunta, esbozando una sonrisa. Sus atractivos labios están curados del todo y las pálidas cicatrices que surcan su mejilla izquierda le dan un toque peligroso y atrayente. Es como si una pizca de su oscuridad interna se reflejara en su rostro; algo que, en lugar de echarme para atrás, me atrae aún más hacia él.

Quizá sea porque en este mismo instante siento la necesidad de esa oscuridad. Al fin y al cabo, es lo único que logra mantenerme en mis cabales.

—Don Bernard me ha contado que tiene un amigo que estaría interesado en exponer mis cuadros —explico, intentado hacer como si estuviera acostumbrada a que me diesen esas noticias todos los días profesores de arte de renombre mundial—. Al parecer es el dueño de una galería de arte en París.

Julian arquea las cejas.

—¿En serio?

Asiento, sin apenas poder contener mi entusiasmo.

—¡Sí! ¿Te lo puedes creer? Don Bernard le envió fotos de mis últimos trabajos y el propietario de la galería dijo que eran exactamente lo que había estado buscando.

—Es maravilloso, cariño. —La sonrisa de Julian se ensancha y él se acerca para tirar de mí hasta sentarme en su regazo—. Estoy muy orgulloso de ti.

—Gracias.

Tengo ganas de ponerme a saltar, pero me conformo con rodearle el cuello con los brazos y plantarle un beso ilusionado en la boca. Naturalmente, en cuanto nos rozamos los labios, Julian coge las riendas del beso, convirtiendo mi gesto espontáneo de gratitud en un asalto prolongado y sensual que me deja aturdida y sin aliento.

Cuando finalmente puedo volver a coger aire, tardo un segundo en recordar cómo he acabado en su regazo.

—Estoy muy orgulloso de ti —repite Julian con suavidad mientras me mira. Noto el bulto de su erección, pero no da un paso más allá. En su lugar, me dedica una cálida sonrisa y añade—: Voy a tener que agradecer a don Bernard que hiciera esas fotos. Si el dueño de la galería acaba exhibiendo tu trabajo, puede que hagamos una escapada a París.

—¿De verdad?

Lo miro boquiabierta. Es la primera vez que Julian insinúa la posibilidad de salir de la finca. ¿Escaparnos a París? Apenas puedo creer lo que estoy oyendo.

Él asiente, sin dejar de sonreír.

—Sí. Al-Quadar ya no es una amenaza. Al menos, no más de lo que lo ha sido siempre, así que no veo por qué no podemos visitar París dentro de poco. Sobre todo, si hay una razón de peso para hacerlo.

Esbozo una amplia sonrisa, intentando no pensar en cómo Al-Quadar ha dejado de ser una amenaza. Julian no me ha dado muchos detalles sobre la operación, pero lo poco que sé es suficiente. Cuando el equipo de rescate que vino a por nosotros irrumpió en el solar en obras de Tayikistán, descubrieron una increíble cantidad de información valiosa. Después de volver a la finca, acabaron con todas las personas que habían tenido algún tipo de conexión —por remota que fuese— con la organización terrorista. Algunas murieron rápidamente, mientras que otras sufrieron una agonía lenta y dolorosa. No sé cuántas muertes se han producido en las últimas semanas, pero no me sorprendería que el número de cadáveres alcanzara las tres cifras.

El hombre que me tiene entre sus brazos ahora mismo es el responsable de lo que se suele calificar como una masacre. Y aun así sigo queriéndolo con todo mi corazón.

—Sería fantástico viajar a París —digo y aparto de mi mente todo lo relacionado con Al-Quadar. En su lugar, me concentro en la posibilidad alucinante de que mis cuadros puedan acabar expuestos en una galería de arte de verdad. Mis cuadros… Me resulta tan difícil de creer que no puedo evitar hacer una pregunta a Julian con voz cautelosa—: No le habrás dicho tú a don Bernard que hiciera esto, ¿no? ¿Ni habrás sobornado a su amigo?

Desde que Julian había aprovechado su tirón financiero para colarme en el selectísimo programa online de la Universidad de Stanford, no me extrañaría en absoluto que todo esto fuese cosa suya.

—No, cariño —responde Julian, sonriendo aún más—. Te prometo que no he tenido nada que ver. Tu talento es auténtico y tu profesor lo sabe.

No me cuesta creerlo, aunque solo sea porque don Bernard lleva semanas encantado con mis cuadros. La oscuridad y la complejidad que advirtió en mi arte desde el principio se manifiesta ahora de una forma incluso más evidente. Pintar me ha ayudado a lidiar con las pesadillas y los ataques de pánico. El dolor sexual también, pero eso ya es otro tema.

Como no quiero dejarme llevar por ese estado psicológico de mierda, salto del regazo de Julian.

—Voy a contárselo a mis padres —le digo alegremente al dirigirme a la puerta—. Les hará mucha ilusión.

—Estoy seguro de que sí. —Me regala una última sonrisa antes de volver a concentrarse en la pantalla del ordenador.

La videollamada con mis padres dura cerca de una hora. Como siempre, tengo que estar veinte minutos asegurando a mi madre que estoy bien, que sigo en la finca de Colombia y que nadie viene a por nosotros. Después de mi desaparición en el Chicago Ridge Mall, mis padres están convencidos de que los enemigos de Julian andan por todas partes, preparados para atacar en cualquier momento, sin previo aviso. Así que tengo que llamarlos o mandarles un correo todos los días si no quiero que teman por mí.

Es evidente que no se creen que esté a salvo con Julian. Para ellos, no es tan distinto de los terroristas que me secuestraron. De hecho, creo que mi padre piensa que Julian es incluso peor, porque ya son dos las veces que mi marido me ha secuestrado.

—¿Una galería de arte en París? ¡Eso es maravilloso, tesoro! —exclama mi madre cuando consigo darles la buena noticia—. ¡Nos alegramos mucho por ti!

—¿Sigues centrada en tus clases?

A mi padre no le entusiasma tanto mi dedicación al mundo del arte. Creo que tiene miedo de que abandone la universidad y me convierta en una artista muerta de hambre; un temor fuera de toda lógica, dadas las circunstancias. Si hay algo por lo que no debo preocuparme ahora en absoluto, es por el dinero. Julian me contó hace poco que había creado un fondo fiduciario a mi nombre y que además figuraba como única beneficiaria en su testamento. Si le ocurriese cualquier cosa, no me faltaría de nada, lo que significa que tendría suficiente dinero como para gobernar un país pequeño.

—Sí, papá —contesto con paciencia—. No he dejado de ir a clase. Te dije que este semestre iba a cursar menos asignaturas para no agobiarme. Lo compensaré yendo a algunas clases este verano.

Julian se empeñó en que no cargara con tantas asignaturas a la vez cuando volvimos y, a pesar de mis objeciones iniciales, me alegro de que insistiera. No sé por qué, pero todo parece más difícil este semestre. Tardo siglos en hacer los trabajos y se me hace un mundo estudiar para los exámenes. Pese a haber reducido el número de asignaturas, sigo sintiéndome un poco abrumada, pero no quiero comentárselo a mis padres. Ya es suficiente con tener preocupado a Julian.

Tan preocupado como para hacerme ver a un loquero, de hecho.

—¿Estás segura, cielo? —pregunta mi madre, mirándome con una sombra de inquietud—. Quizás deberías tomarte el verano libre, ya sabes, relajarte durante unos meses. Pareces muy cansada.

Mierda. Esperaba que las pedazo de ojeras que tengo no se apreciaran tanto a través de la cámara.

—Estoy bien, mamá —le aseguro—. Anoche me quedé despierta hasta tarde estudiando y pintando, eso es todo.

Además, me desperté gritando en mitad de la noche y no pude volver a dormirme hasta que Julian no me azotó y me folló, pero mis padres tampoco tienen por qué saber eso. No entenderían que ese dolor es mi tratamiento y que había llegado hasta el punto de necesitar aquello que una vez había temido tanto.

Que había aceptado la faceta cruel de Julian con todo mi corazón.

Mientras la conversación va tocando a su fin, me acuerdo de algo que Julian me prometió en una ocasión: me llevaría a visitar a mi familia cuando remitiera el peligro de Al-Quadar. Mi corazón da un vuelco de emoción solo de pensarlo, pero decido callarme hasta que tenga la oportunidad de preguntar a Julian durante la cena. De momento, les digo a mis padres que hablaremos pronto y cierro la sesión.

Ahora ya tengo dos temas de los que hablar con Julian esta noche… y ambos tienen pinta de ser espinosos.

—¿Un viaje a Chicago? —repite Julian, vagamente sorprendido cuando saco el tema—. Pero si viste a tus padres hace menos de dos meses.

—Sí, la noche antes de que Al-Quadar me secuestrara —replico, antes de soplar la crema de champiñones e introducir la cuchara en el líquido humeante—. Además, estaba preocupadísima por ti, así que no creo que esa noche cuente como pasar un buen rato en familia.

Julian me observa durante un segundo antes de murmurar:

—Está bien. Quizás tengas razón. —Me quedo mirándolo mientras empieza a comer, incapaz de creerme lo fácil que ha sido hacer que estuviese de acuerdo.

—¿Eso es un sí?

Quiero asegurarme de que no lo he malinterpretado. Se encoge de hombros.

—Si quieres, te llevaré cuando acaben los exámenes. Tendremos que reforzar la seguridad en torno a tus padres, claro, y tomar algunas precauciones adicionales, pero no creo que haya problema.

La sonrisa que comienza a asomárseme se congela cuando me viene a la mente algo que me dijo una vez.

—¿Crees que el hecho de que vayamos pondría a mis padres en peligro? —pregunto, notando cómo se me retuerce el estómago, preso de unas náuseas repentinas—. ¿Y si pasan a estar en el punto de mira al haberlos visto en contacto contigo?

Julian me lanza una mirada inescrutable.

—Es una posibilidad. Improbable, pero no del todo imposible. Obviamente, el peligro era mucho mayor cuando los terroristas andaban por ahí sueltos con esa sed de sangre, pero sí es cierto que tengo otros enemigos. Ninguno con intenciones tan claras, al menos hasta donde yo sé, pero sí, la verdad es que a más de uno le encantaría ponerme las manos encima.

—Ya.

Trago una cucharada de crema, pero me arrepiento inmediatamente a medida que el líquido espeso me provoca otra oleada de náuseas.

—¿Y crees que pueden utilizar a mis padres para chantajearte?

—Es improbable, pero no puedo descartarlo del todo. Por eso he querido dejar claro el detalle de la seguridad de tu familia desde el principio. Es una precaución, nada más; pero es necesaria, a mi juicio.

Respiro hondo, haciendo todo lo posible por hacer caso omiso de mi estómago revuelto.

—Entonces supondría un riesgo para ellos que fuésemos a Chicago, ¿sí o no?

—No lo sé, mi gatita —responde Julian, dejando entrever una ligera consternación en su tono de voz—. Quiero suponer que no, pero no puedo garantizarlo.

Bebo un sorbo de agua, intentando deshacerme del asqueroso sabor grasiento de la crema.

—¿Y si voy yo sola? —sugiero, sin meditarlo demasiado—. Así nadie pensará que tienes una relación cercana con tus suegros.

El rostro de Julian se oscurece por un instante.

—¿Tú sola?

Asiento. Me tenso casi por instinto ante su cambio de humor. Aunque sé que Julian no me haría daño, no puedo evitar desconfiar de su temperamento. Puede que ahora esté con él de manera voluntaria, pero no ha dejado de ejercer un control absoluto sobre mi vida, justo como cuando me tenía cautiva en aquella isla.

Se mire por donde se mire, continúa siendo mi secuestrador, peligroso e inmoral.

—No vas a ir a ninguna parte tú sola. —Por muy tranquila que suene la voz de Julian, su mirada es tan rígida como el acero—. Si quieres que te lleve a Chicago, lo haré, pero no vas a poner un pie fuera de este recinto sin mí. ¿Me entiendes, Nora?

—Sí. Lo he entendido.

Doy unos cuantos sorbos más, sin dejar de notar el regusto de la crema en la garganta. ¿Qué coño ha echado Ana esta noche a la crema? Hasta el olor es desagradable. Mis palabras suenan sosegadas en lugar de resentidas, sobre todo porque no me encuentro lo bastante bien como para enfadarme por la actitud autoritaria de Julian. Me termino lo que queda de caldo y añado:

—Solo era una sugerencia.

Julian se queda mirándome fijamente durante un momento y mueve la cabeza en un largo gesto de asentimiento.

—De acuerdo.

Y no añado nada más, ya que Ana entra en el comedor con nuestro siguiente plato: pescado con guarnición de arroz y judías. Frunce el ceño cuando se percata de que casi ni he tocado la crema.

—¿No te ha gustado, Nora?

—No es eso, está deliciosa —miento—. Es solo que no tengo mucha hambre y quería reservarme un hueco para el plato principal.

Ana me lanza una mirada cargada de preocupación, pero retira nuestros platos sin hacer más comentarios. Mi apetito ha sido impredecible desde que volvimos, así que no es la primera vez que dejo un plato prácticamente intacto. No me he pesado, pero creo que he perdido unos cuantos kilos en estas últimas semanas, lo cual no me conviene en absoluto.

Julian también frunce el ceño; sin embargo, no dice ni una palabra cuando empiezo a jugar con el arroz en mi plato. La verdad es que ahora mismo no me apetece comer nada, pero me obligo a pinchar un buen trozo con el tenedor y a llevármelo a la boca. El sabor vuelve a resultarme demasiado fuerte, pero mastico con decisión y me lo trago, porque no quiero bajo ningún concepto, que Julian se percate de lo poco que estoy comiendo.

Tengo asuntos más importantes que tratar con él.

En cuanto Ana sale por la puerta, dejo el tenedor en el plato y miro a mi marido.

—He recibido otro mensaje —susurro con suavidad.

Julian aprieta la mandíbula.

—Ya lo sé.

—¿Estás rastreando mi correo electrónico?

Se me vuelve a revolver el estómago, esta vez con una mezcla de náuseas y rabia. Supongo que no debería sorprenderme, teniendo en cuenta los localizadores que aún tengo implantados en el cuerpo, pero hay algo fortuito en esta invasión de mi intimidad que me molesta de verdad.

—Por supuesto —contesta, sin rastro alguno de arrepentimiento o culpabilidad en su voz—. Imaginaba que volvería a ponerse en contacto contigo.

Tomo aire despacio, recordándome que discutir sobre esto es inútil.

—Entonces sabrás que Peter no nos dejará en paz hasta que no le entregues esa lista —le digo, con toda la serenidad de la que soy capaz—. No sé cómo, pero sabe que Frank te la hizo llegar la semana pasada. Su mensaje decía: «Es hora de que recuerdes tu promesa». No se largará, Julian.

—Si continúa acosándote por correo, me aseguraré de que desaparezca para siempre —sentencia Julian, con un tono endurecido—. No debe utilizarte para llegar hasta mí, parece mentira que no lo sepa.

—Nos salvó la vida, a ti y a mí —le recuerdo por enésima vez—. Sé que te pone histérico que desobedeciera tus órdenes, pero si no lo hubiera hecho, ahora estarías muerto.

—Y tú no tendrías esas pesadillas ni sufrirías esos ataques de pánico. —Julian aprieta sus labios sensuales hasta convertirlos en una fina línea—. Han pasado seis semanas y no has mejorado todavía, Nora. Apenas comes, ni duermes y ya ni me acuerdo de cuándo fue la última vez que saliste a correr. No tendría que haberte puesto en peligro de esa manera.

—¡Hizo lo que tuvo que hacer! —Doy un golpe con las palmas de las manos contra la mesa y me pongo de pie. No soy capaz de quedarme quieta—. ¿Te crees que me sentiría mejor si murieses? ¿Te crees que no tendría pesadillas si Majid nos hubiera enviado tu cuerpo en pedacitos? ¡Lo que pase por mi puta cabeza no es culpa de Peter, así que deja de responsabilizarlo de esta mierda! ¡Le prometí que le entregaría esa lista y lo voy a hacer!

Para cuando llego a la última frase, ya estoy gritando, demasiado enfadada como para preocuparme por el mal genio de Julian.

Se queda mirándome fijamente, con los ojos entrecerrados. Su tono de voz destila una calma peligrosa cuando me ordena:

—Siéntate, Nora. Ahora.

—¿O qué? —Lo reto, en un arrebato inesperado de osadía—. ¿O qué, Julian?

—¿De verdad quieres seguir por ese camino, gatita mía? —pregunta, sin abandonar ese tono suave. Cuando ve que no respondo, hace un gesto señalando a la silla en la que había estado sentada y añade—: Siéntate y termina de comerte lo que Ana te ha preparado.

Le sostengo la mirada durante unos segundos, sin dar mi brazo a torcer, pero termino dejándome caer en la silla. El arrebato atrevido que había surgido de forma tan repentina en mi interior se desvanece, y me deja vacía y con ganas de llorar. Odio que Julian se salga con la suya en todas las discusiones tan fácilmente y no soporto mi falta de valentía cuando se trata de poner a prueba sus límites.

Al menos, esta vez ha sido sobre algo tan insignificante como terminarse la cena.

Si voy a desafiarlo, que sea cuando tratemos una cuestión que de verdad importe.

Clavo los ojos en el plato, agarro el tenedor y pincho un trozo de pescado, tratando de hacer caso omiso del mareo, cada vez más fuerte. Se me revuelve el estómago con cada bocado, pero me empeño en continuar hasta que me acabo casi la mitad. Mientras tanto, Julian se termina el plato. Es obvio que nuestra discusión no ha alterado su apetito.

—¿Postre? ¿Té? ¿Café? —ofrece Ana cuando vuelve para retirarnos los platos. Niego con la cabeza sin decir nada, sin ganas de prolongar la tensión de esta cena.

—Yo tampoco quiero nada, Ana, gracias —contesta Julian con educación—. Todo estaba muy bueno, como siempre.

Ana le sonríe, visiblemente complacida. He notado que Julian la elogia mucho más desde nuestro regreso y que, en general, se dirige a ella de un modo más afectuoso. No sé cuál ha sido el motivo de ese cambio, pero es evidente que Ana lo agradece. Rosa me ha dicho que la asistenta parece estar en una nube últimamente.

En cuanto Ana empieza a despejar la mesa, Julian se levanta y me ofrece el brazo. Le apoyo la mano en la parte interna del codo y subimos las escaleras en silencio. Mientras caminamos, el corazón me late más rápido y el mareo se vuelve más intenso.

La discusión de esta noche no hace sino confirmar lo que sé desde hace un tiempo: Julian no va a entrar en razón respecto al asunto de la lista de Peter. Si quiero mantener la promesa que hice, tendré que tomar cartas en el asunto yo misma y afrontar las consecuencias del disgusto de mi marido.

Incluso cuando el solo hecho de pensarlo me pone literalmente enferma.

5

Julian

En cuanto entramos en el dormitorio, Nora se disculpa y va a refrescarse.

Entra en el cuarto de baño mientras yo me desvisto, disfrutando de la liberación que supone no tener ningún brazo escayolado. Todavía me duele el hombro izquierdo cuando hago ejercicio, pero estoy recuperando la fuerza y la amplitud de mis movimientos. Ni siquiera la pérdida del ojo me incomoda demasiado; los dolores de cabeza y los efectos de la vista cansada están remitiendo día tras día y he aprendido a compensar el ángulo muerto de visión hacia la izquierda girando la cabeza con mayor frecuencia.

En resumidas cuentas, casi he vuelto a la normalidad, pero no puedo decir lo mismo de Nora.

Cada vez que sus gritos me despiertan o empieza a hiperventilar de forma súbita, me inunda el pecho una mezcla tóxica de rabia y culpa. Nunca he sido propenso a vivir en el pasado, pero no puedo evitar que me embargue el deseo de ser capaz de retroceder en el tiempo y deshacer todas las putas decisiones que han desencadenado consecuencias indeseadas.

Y así poder volver a tener a Nora, a mi Nora, de vuelta.

Sale del cuarto de baño unos minutos después, recién duchada y con una bata blanca. Su piel suave resplandece por la temperatura elevada del agua y su larga melena oscura permanece recogida de cualquier manera en un moño en lo alto de la cabeza, dejando expuesto su cuello esbelto.

Un cuello que empezaba a parecer demasiado delicado, casi frágil diría yo, por el peso que ha perdido recientemente.

—Ven aquí, cariño —murmuro, dando una palmadita a mi lado en la cama. Había estado pensando en castigarla por lo de la cena, pero ahora solo quiero abrazarla. Bueno, follármela y abrazarla, pero el sexo puede esperar.

Camina hacia mí y no tardo en tenerla a mi alcance. Cuando la siento en mi regazo, me doy cuenta de la ligereza alarmante de su cuerpo y de esas sombras que tiene bajo los ojos, que delatan su cansancio.

Está completamente agotada y ya no sé qué hacer. El psicólogo que traje a la finca hace tres semanas parece que no sirve de mucho; Nora ni siquiera consiente tomarse los ansiolíticos que le recetó. Podría obligarla, pero la verdad es que no me fío de esas pastillas. Lo último que quiero es que Nora desarrolle una adicción a los fármacos.

Solo la liberación sentimental que obtiene por el dolor sexual parece ayudarla —al menos durante un rato—. Lo necesita, me lo suplica prácticamente cada noche.

Mi gatita se ha vuelto adicta a recibir el dolor que le inflijo. Y esa novedad me encanta y me destruye por dentro al mismo tiempo.

—Apenas has comido otra vez —le digo con suavidad, reacomodándomela sobre las rodillas. Levanto el brazo y le quito la horquilla que le sujeta el pelo, observando cómo cae en una oscura, espesa y sedosa cascada—. ¿Por qué, cielo? ¿Le pasaba algo a la comida de Ana?

—¿Qué? No… —empieza a decir, pero entonces rectifica y añade—: Bueno, tal vez. Es solo que no me ha gustado la crema. La he notado demasiado fuerte.

—En ese caso, pediré a Ana que no vuelva a prepararla.

Recuerdo con claridad lo mucho que le gustaba esa receta a Nora, pero decido no mencionarlo. No me importa lo que coma siempre y cuando su estado de salud sea bueno.

—Por favor, no le digas que me he quejado —me ruega Nora, con la inquietud reflejada en la mirada—. No quiero que se ofenda.

Una sonrisa tira de mis labios.

—Por supuesto que no. Me llevaré el secreto a la tumba, te lo prometo.

A modo de respuesta, aparece en su rostro un gesto de alegría que le ilumina los rasgos. Compruebo cómo se disipa esa tirantez persistente entre nosotros.

—Gracias —susurra, mirándome. Acto seguido, me coloca una mano en el hombro y otra en la nuca, cierra los ojos y me besa con sus suaves labios.

Inspiro con brusquedad, mientras mi cuerpo se tensa bajo una sensación de lujuria instantánea. Saboreo su aliento dulce y mentolado y aprecio entre mis brazos la cálida temperatura de su cuerpo ligero. Noto el tacto de sus finos dedos sobre mi piel, inhalo su delicada fragancia y un hormigueo me recorre la espina dorsal, mientras mi apetito aumenta y mi pene se endurece en contacto con la curva de su culo.

Aunque, en esta ocasión, el hambre no viene acompañada de la necesidad de hacerle daño, sino que viene salpicada de ternura. Los impulsos más oscuros siguen ahí, pero los eclipsa con crudeza saber de su fragilidad. Hoy más que nunca quiero protegerla, curarla de esas heridas que nunca debería haber tenido que sufrir. Quiero ser su héroe, su salvador.

Solo por una noche, quiero ser el marido de sus sueños.

Cierro los ojos y me concentro en su sabor, en la forma en que le cambia la respiración a medida que profundizo el beso. Inclina la cabeza hacia atrás y se le derrite el cuerpo contra el mío, mientras con las uñas me araña el cuero cabelludo con delicadeza y me acaricia el pelo. Ella es mi mundo, mi todo, y la quiero tanto que hasta me duele.

Aún lleva puesta su bata de felpa y el material suave me roza el pene y los muslos desnudos. Sin embargo, por muy agradable que me resulte el tacto, sé que su piel desnuda será aún mejor y doy un tirón para deshacer el nudo que le mantiene la bata cerrada a la altura de la cintura. Al mismo tiempo, levanto la cabeza y abro los ojos para observarla.

Cuando la bata se abre, desvela una zona de piel suave y bronceada. Contemplo las curvas de sus pechos y su vientre plano y terso, pero los pezones y la parte inferior de su cuerpo siguen tapadas, como si estuviese hecho a propósito.

Es una visión erótica que se vuelve incluso más sensual por la forma en que respira, se le mueven las costillas arriba y abajo a un ritmo rápido y jadeante. Tiene los labios enrojecidos por el beso y la piel levemente ruborizada.

Mi gatita está al rojo vivo.

Como si notara mis ojos puestos sobre ella, sus largas pestañas se separan. Nos miramos y la punzante necesidad se abre camino dentro de mí. En cierto modo, es una sensación diferente a la lujuria que me atraviesa el cuerpo, un deseo complejo por encima de mi avidez obsesiva.

Una sensación de anhelo cuya intensidad me aterroriza.

—Dime que me quieres. —De repente, necesito que me lo diga—. Dímelo, Nora.

No parpadea.

—Te quiero.

La estrecho entre mis brazos.

—Otra vez.

—Te quiero, Julian. —Me sostiene la mirada con sus dulces ojos oscuros—. Más que a nada en este mundo.

Joder. Se me forma un nudo en el estómago. No siento alivio alguno, sino un dolor aún más intenso. Es demasiado, pero a la vez no es suficiente.

Inclino la cabeza para volver a buscar sus labios, quiero reflejar en un beso todo lo que no puedo expresar con palabras. Percibo que su respiración es cada vez menos profunda y sé que la estoy sujetando demasiado fuerte, pero no lo puedo evitar. Noto una oleada de un miedo extraño e irracional, que se mezcla con un deseo abrumador.

Miedo de que puede que la pierda. De que se escape, como un sueño maravilloso y efímero.

No. Inclino la cabeza para ahondar aún más en su boca, dejando que su sabor y su esencia me absorban, ahuyentando las sombras. No se marchará, no lo permitiré. Es real y es mía. No dejo de besarla hasta que nos quedamos sin aliento, hasta que el temor dentro de mí amaina, abrasado por el calor.

Y después le hago el amor con toda la ternura de la que soy capaz.

Cuando caigo dormido un rato después, Nora está a salvo, refugiada entre mis brazos.

6

Nora

Tengo que hacer acopio de toda mi fuerza de voluntad para mantenerme despierta mientras escucho el ritmo constante de la respiración de Julian. Me pesan los párpados y siento el cuerpo adormecido por la extenuación de haber saciado mi apetito sexual. Solo quiero cerrar los ojos y dejar que me engulla la oscuridad reconfortante, pero no puedo.

Antes debo hacer una cosa.

Espero hasta que me cercioro de que Julian está dormido y entonces me libero cuidadosamente de su abrazo. Compruebo con alivio que no se mueve, me levanto y doy con la bata, que había caído antes al suelo.

Me la pongo con sigilo y camino descalza sin hacer ruido hasta el cuarto de baño. Mi estómago sigue sin estar bien y vuelven a aparecer las náuseas. Tengo que tragar saliva varias veces para no vomitar.

Probablemente hacer esto sintiéndome mal no sea la mejor idea, lo sé, pero también soy consciente de que, si no lo hago ahora, puede que no tenga el coraje de intentarlo más tarde. Y necesito hacerlo. Necesito cumplir mi promesa, saldar mi deuda con Peter. Es importante para mí. No quiero ser la chica que no puede hacer nada por su cuenta, la esposa que permanece siempre a la sombra de su marido.

No quiero ser la inútil gatita de Julian el resto de mi vida.

Me lavo la cara con agua fría, respiro hondo unas cuantas veces para reprimir las náuseas y vuelvo a la habitación. Las persianas están bajadas casi del todo, pero esta noche hay luna llena y entra suficiente luz para permitirme ver por dónde voy.

Me dirijo hacia la cómoda, donde reposa el portátil de Julian. No siempre se lo trae al dormitorio, pero esta noche sí; otra razón por la que no quiero esperar para poner en práctica mi plan.

El plan en sí mismo es bastante simple: coger el portátil, acceder al correo electrónico de Julian y enviar la lista a Peter. Si todo va bien, Julian tardará un tiempo en enterarse. Y cuando lo haga, será demasiado tarde. Ya habré saldado mi deuda con el ex asesor de seguridad de Julian y mi conciencia estará tranquila.

Bueno, tan tranquila como puede estar sabiendo que es probable que Peter acabe con todos los que aparecen en esa lista de mil maneras horripilantes.

«No, no pienses en eso», me digo, recordándome que esa gente es responsable de la muerte de la mujer y el hijo de Peter. No son inocentes y no debería pensar en ellos como si lo fueran.

Ahora mismo solo debería preocuparme por hacer llegar la lista a Peter sin despertar a Julian.

Cruzo la habitación con cautela, mientras el corazón me late con fuerza. Cuando alcanzo la cómoda, me detengo y permanezco a la escucha.

Todo en silencio. Julian debe de seguir dormido.

Me muerdo el labio mientras me hago con el portátil. Vuelvo a prestar atención, pero en el dormitorio todo continúa en calma.

Suelto el aire despacio y regreso al cuarto de baño, acunando el portátil contra el pecho. Cuando llego, me cuelo dentro, cierro la puerta detrás de mí y me siento en el borde del jacuzzi.

Hasta ahora, todo genial. Hago caso omiso de mi estómago revuelto y abro el portátil.

Aparece una ventana que me pide una contraseña.

Respiro hondo de nuevo, luchando contra las náuseas, que empeoran a pasos agigantados. Me lo esperaba. Julian es un paranoico con la seguridad y cambia de contraseña al menos una vez a la semana. Sin embargo, la última vez que la cambió fue el día después de que Frank, el contacto de la CIA de Julian, le enviase esa lista.

Julian la había modificado cuando ya estaba tramando mi plan y me aseguré de andar rondando por allí cerca mientras lo hacía. Obviamente, no me quedé con la mirada fija en el portátil; eso habría levantado las sospechas de Julian. En su lugar, lo grabé, discreta, con el teléfono móvil y fingí estar comprobando mi correo electrónico.

Ahora solo falta interpretar bien las pulsaciones en el teclado.

Contengo el aliento, escribo «NML_#042160» y presiono el intro.

La luz de la pantalla parpadea… y ya estoy dentro.

Lanzo un suspiro de alivio. Ahora tengo que encontrar el correo de Frank, abrir el archivo adjunto, iniciar sesión en mi propia cuenta y enviar la lista a la misma dirección de correo a través de la que Peter se ha puesto en contacto conmigo.

No debería ser muy difícil, sobre todo si consigo no vomitar lo poco que he cenado.

—¿Nora?

Unos golpecitos en la puerta me sobresaltan de tal manera que casi se me cae el ordenador. El pánico empieza a atenazarme los pulmones y me quedo paralizada mirando hacia la puerta.

Julian vuelve a llamar.

—Cariño, ¿estás bien?

No sabe que tengo su portátil. Cuando me doy cuenta, comienzo a respirar de nuevo.

—¡Estoy en el baño! —grito, esperando que Julian no perciba cómo me tiembla la voz por la adrenalina. Al mismo tiempo, abro su programa de correo electrónico y me pongo a buscar el nombre de Frank—. Ya mismo termino.

—Por supuesto, cariño, tómate tu tiempo. —Las palabras llegan acompañadas del sonido de sus pasos que se alejan.

Dejo escapar un suspiro de alivio. Tengo unos minutos más.

Comienzo ojeando los correos que contienen la palabra «Frank». Hay alrededor de una decena con fecha de la última semana, pero el que quiero debería tener justo al lado un pequeño icono indicando un archivo adjunto… ¡Ajá! Ahí está. Lo abro deprisa.

Es una hoja de cálculo con nombres y direcciones. Les echo un vistazo; hay unas doce filas y las direcciones abarcan tanto ciudades europeas como estadounidenses. Me llama la atención una en particular: Homer Glen, Illinois.

Se trata de un lugar cerca de Oak Lawn, mi ciudad natal. A menos de cuarenta y cinco minutos en coche de la casa de mis padres.

Atónita, leo el nombre que figura junto a la dirección: George Cobakis.

Gracias a Dios. No me suena.

Vuelvo a oír la voz de Julian:

—¿Nora?

Descubro en ella un rastro de tensión que me sube el corazón a la garganta. Sus siguientes palabras confirman mis temores.

—Nora, ¿tienes mi ordenador?

—¿Qué? ¿Por qué? —Espero no sonar tan culpable como me siento en realidad. Mierda. Mierda, mierda,

mierda. Atacada, guardo la lista en la pantalla del escritorio y abro una nueva pestaña en el navegador.

—Porque mi portátil ha desaparecido. —Su voz denota que está empezando a impacientarse—. ¿Lo tienes ahí dentro?

—¿Qué? ¡No! —Incluso yo misma puedo notar la falsedad que rezuma mi tono de voz. Me han empezado a temblar las manos, pero entro en la página de *Gmail* y tecleo mi nombre de usuario y mi contraseña.

Empieza a sacudir el pomo de la puerta.

—Nora, abre la puerta. Ahora mismo.

No respondo. Me tiemblan tanto las manos que me equivoco al escribir la contraseña y tengo que hacerlo de nuevo.

—¡Nora! —grita Julian, sin dejar de golpear la puerta—. ¡Abre la puta puerta antes de que la eche abajo!

Consigo entrar en *Gmail*. Me martillea el corazón mientras busco el último correo de Peter.

Pum. La puerta tiembla al recibir una fuerte patada.

Las náuseas son cada vez más intensas y se me acelera el pulso cuando encuentro el correo.

Pum, pum. Más patadas contra la puerta mientras hago clic en «Responder» y adjunto la lista.

Pum, pum, pum.

Hago clic en «Enviar» y la puerta se sale de las bisagras, estrellándose contra el suelo frente a mí.

Veo a Julian desnudo. Sus ojos parecen gélidas rendijas azules que se abren en su hermoso rostro. Tiene los puños apretados, se le han ensanchado las fosas nasales y le arden las mejillas.

Resulta majestuoso y terrorífico, como un arcángel que entra en cólera.

—Dame el portátil, Nora. Ahora.

Su voz destila una tranquilidad aterradora.

La bilis me sube por la garganta, obligándome a tragar de forma convulsiva. Me pongo de pie y camino hacia él con las piernas temblorosas. Le entrego el ordenador. No me da tiempo ni a retroceder, lo coge con una sola mano y me aprisiona la muñeca derecha rodeándola con la otra.

Entonces, mira la pantalla.

Advierto en su expresión el momento exacto en que se percata de lo que acabo de hacer.

—¿Se la has enviado? —Deja el ordenador sobre el mueble del baño, me agarra del otro brazo y tira de mí para que me acerque. Los ojos le arden de furia—. Joder, ¿se la has enviado?

Me sacude con fuerza y me clava los dedos en la piel.

Se me revuelve el estómago y las náuseas arremeten contra mí en una oleada repulsiva.

—Julian, déjame…

Y dando un tirón para deshacerme de él en un impulso alimentado por la desesperación, me tiro de cabeza hacia la taza del váter. Casi no me da tiempo a alcanzarla antes de empezar a vomitar.

—¿Cuánto hace que tienes náuseas? —pregunta el doctor Goldberg, tomándome el pulso mientras permanezco tumbada en la cama. Julian se pasea por el dormitorio como un león enjaulado.

—No lo sé —respondo, sin dejar de seguir con la mirada los movimientos de Julian. Ahora lleva puesta una camiseta y unos vaqueros, pero sigue descalzo. No para de caminar en círculos frente a la cama, con cada músculo de su cuerpo en tensión y la mandíbula apretada con fuerza.

O sigue enfadado conmigo o está loco de preocupación por mí. Supongo que es una combinación de ambas cosas. Unos minutos después de haber vomitado, ya había hecho venir al médico y me había dejado arropada en la cama.

Eso me recuerda a lo rápido que actuó en la isla cuando tuve la apendicitis.

—Creo que he comido algo en mal estado o quizás haya cogido un virus —susurro, devolviendo mi atención al doctor—. He empezado a sentirme mal durante la cena.

—Ajá. —El doctor Goldberg saca una aguja envuelta en plástico con una cánula sujeta a un vial—. ¿Puedo?

—Claro —asiento. No es que tenga muchas ganas de que me saquen sangre, pero tengo la sensación de que Julian no va a permitir que me oponga—. Adelante.

El médico me encuentra la vena e introduce la aguja mientras miro hacia otro lado. Las náuseas no se han ido del todo y no quiero poner a prueba la entereza de mi estómago ante la visión de la sangre.

—Esto ya está —dice después de un momento, retirando la aguja y frotándome la piel con una torunda de algodón empapada en alcohol—. Te haré saber los resultados de los análisis en cuanto los tenga.

—Siempre está cansada —dice Julian en voz baja, parándose junto a la cama—. Y no duerme bien, tiene pesadillas.

—Bien. —El doctor se pone de pie, agarrando el vial—. Tengo que analizar la muestra en el laboratorio. Vuelvo dentro de una hora.

Sale corriendo de la habitación y Julian se sienta en la cama, sin dejar de mirarme. Su rostro tiene una palidez inusual y el ceño fruncido le marca la frente.

—¿Por qué no me dijiste que estabas enferma, Nora? —pregunta con calma, inclinándose para cogerme de la mano. Percibo la calidez de sus dedos sobre la palma. Su apretón es suave a pesar del nerviosismo que lucha por salir de su interior.

Parpadeo, sorprendida. Pensaba que me preguntaría algo acerca de la lista de Peter, pero no esto.

—No me sentía tan mal durante la cena —contesto, no sin cierta prudencia—. Me sentí mejor después de la ducha y luego… bueno, ya sabes.

Con la mano libre, hago un gesto abarcando la cama.

—¿Follamos? —La expresión tensa de Julian se suaviza levemente, con una chispa inesperada de diversión centelleándole en los ojos.

—Exacto —asiento. El calor me sube por todo el cuerpo cuando sus palabras me evocan todas esas imágenes.

No estaré tan enferma cuando puedo ponerme a tono así de rápido—. Me hizo sentir mucho mejor.

—Ya veo. —Julian me lanza una mirada pensativa mientras me acaricia la parte interna de la muñeca con el pulgar—. Y como te encontrabas tan bien, se te ha ocurrido entrar en mi ordenador.

Y ahí está: Julian ajustando cuentas, tal y como esperaba. Solo que no parece tan enfadado como antes, sino que su contacto me reconforta en lugar de dejar entrever un aire de severidad.

Parece que las intoxicaciones alimentarias, o lo que quiera que sea, también tienen sus ventajas.

Le ofrezco una sonrisa cautelosa.

—Bueno, sí. Imaginé que sería una oportunidad tan buena como cualquier otra.

No me molesto en pedir disculpas ni en desmentir mis acciones. No tiene sentido. Lo hecho hecho está. Y he saldado mi deuda con Peter.

—¿Cómo sabías mi contraseña? —El pulgar de Julian continúa con sus movimientos circulares sobre mi muñeca—. Nunca te la he dicho.

—Te grabé mientras la cambiabas hace unos días. Después averigüé que Frank te mandaría la lista.

Las comisuras de los labios de Julian se crispan de forma casi imperceptible.

—Ya lo había pensado. Me preguntaba qué hacías tanto rato ese día con el teléfono.

Me paso la lengua por los labios.

—¿Vas a castigarme?

Julian no parece enfadado, sino que en ese momento da la sensación de estar divirtiéndose, pero no creo que me deje impune.

—Claro que sí, mi gatita. —No hay rastro de duda en su tono de voz.

Se me dispara el pulso.

—¿Cuándo?

—Cuando yo quiera. —Le chispean los ojos y me suelta la mano—. ¿Quieres agua o algo?

—Unas galletitas saladas y una manzanilla no estarían nada mal —digo automáticamente, con la mirada clavada en su rostro. Es cierto que me esperaba esto, pero sigo sin poder evitar ponerme nerviosa.

—Voy a por ello. Vuelvo enseguida.

Julian se levanta y sale por la puerta. Cierro los ojos; vuelvo a sentir cansancio y ya no queda nada del subidón de adrenalina. Quizá pueda echarme una siestecita rápida antes de que Julian vuelva…

Me sobresalta de nuevo un golpe en la puerta y doy un respingo.

—Nora, soy David Goldberg. ¿Puedo pasar?

—Claro.

Vuelvo a tumbarme. El corazón me sigue latiendo a una velocidad de vértigo.

—¿Ya has analizado la muestra? —pregunto en cuanto traspasa el umbral de la puerta.

—Sí.

Su expresión se torna en una mueca extraña cuando se detiene junto a la cama.

—Nora, últimamente te has estado sintiendo fatigada, ¿verdad? ¿Y más estresada de lo normal?

Asiento con el ceño fruncido: me empiezo a sentir intranquila.

—¿Por qué?

—¿Te has notado algo más? ¿Cambios de humor? ¿Antojos atípicos o asco hacia algunos alimentos? ¿Sensibilidad en los pechos?

Me lo quedo mirando. Siento como si me propinasen un puñetazo helado en el pecho.

—¿Qué insinúas?

Todos esos síntomas… No puede ser…

—Nora, las muestras de sangre revelan una presencia importante de la hormona hCG —dice el doctor Goldberg con suavidad—. Estás embarazada. —Hace una pausa y añade en voz baja—: Por la fecha de la extracción del implante, calculo que estás de seis semanas.

7

Julian

Subo las escaleras hacia la habitación con una bandeja de té y galletitas saladas. Debería estar furioso con Nora, pero, en lugar de eso, siento una preocupación teñida de una cierta admiración.

Me ha desafiado, se ha encerrado en el baño y se ha colado en mi ordenador para pagar una deuda que creía que debía. Sabía que la descubriría, pero aun así lo ha hecho y no puedo evitar respetarla por ello. Yo hubiese hecho lo mismo si estuviera en su lugar.

En realidad, debería habérmelo esperado. Llevaba días insistiendo con querer la lista para Peter, así que no me sorprende que haya decidido actuar por su cuenta. Desde el principio, percibí que en ella había un alma obstinada, un espíritu luchador que contradice su aspecto delicado.

Puede que mi gatita sea obediente la mayor parte del tiempo, pero solo porque es lo bastante inteligente para escoger sus batallas y debería haber sabido que escogería luchar en esta.

Cuando me estoy acercando a la habitación, reconozco el tono ligeramente nasal de Goldberg. Ya tiene los resultados y Nora parece estar disgustada.

Mierda. Me atenaza un miedo helado y agudo. Si es algo serio, si realmente está enferma... Me recompongo y llego a la puerta en dos zancadas. El té se desborda, pero apenas lo noto: estoy centrado en Nora.

Agarro la bandeja con una sola mano, empujo la puerta y entro.

Ella está sentada en la cama con los ojos desorbitados y la cara pálida.

—Me temo que sí es posible... —dice Goldberg.

Se me congela el corazón.

—¿Qué es posible? —pregunto de forma brusca—. ¿Qué pasa?

Goldberg se gira para mirarme.

—Ah, aquí estás. —Parece aliviado—. Solo le explicaba a tu mujer que la pastilla del día después es solo un noventa y cinco por ciento efectiva si se toma dentro de un plazo de veinticuatro horas y aunque la posibilidad de concepción es baja dado el momento en el que se le extrajo el implante, aún existe una pequeña posibilidad de embarazo...

—¿Embarazo? —Parece que esté hablando en un idioma desconocido—. Pero ¿qué dices?

Goldberg suspira, parece cansado.

—Julian, Nora está embarazada de seis semanas. Parece que la pastilla del día después no funcionó.

Lo miro totalmente aturdido.

—Escuchad, sé que cuesta asimilarlo. ¿Por qué no os dejo solos, habláis y me preguntáis todo lo que queráis por la mañana? Por ahora, lo mejor que puede hacer Nora es descansar, que el estrés no es nada bueno en su estado.

Asiento, aún mudo de la impresión. El médico se va rápidamente y me deja a solas con Nora, que parece una muñeca de cera allí inmóvil y con la cara completamente blanca, tanto como la bata que lleva puesta.

El líquido caliente me salpica en la mano y me quema, lo que me recuerda que sostengo una bandeja. El dolor me aclara la mente y me ayuda a procesar las palabras de Goldberg.

Nora está embarazada. No está enferma, está embarazada.

El miedo desaparece y lo sustituye una nueva emoción, totalmente desconocida.

Coloco la bandeja con media taza de té en la mesita de noche, para sentarme cerca de mi esposa y rodearle las palmas con las manos.

—Nora —digo, mientras tiro de sus manos para que me mire. Veo que sigue conmocionada, con la mirada vacía y distante—. Nora, cariño, dime algo.

Ella parpadea, como si volviera en sí y me suelta las manos. La suelto y veo cómo se aparta, cómo dobla las rodillas a la altura del pecho y se abraza a sí misma.

Me mira fijamente, y nos miramos en silencio mientras pasan los segundos.

—¿Lo has hecho tú? —pregunta finalmente en un susurro—. ¿Le pediste al doctor Goldberg que me diese un placebo en lugar de la pastilla del día después? ¿Mi nuevo implante es falso?

—No. —Su acusación no me ofende. Si hubiese querido dejarla embarazada, se me habría ocurrido algo similar a lo que me acusa y Nora lo sabe, no es tonta—. No, mi gatita. Esto me ha sorprendido tanto como a ti.

Ella asiente y sé que me cree. No tengo ninguna razón para mentir; es mía y puedo hacer con ella lo que me plazca. Si la hubiese dejado embarazada a propósito, no lo negaría.

—Ven —murmuro, alargando el brazo hacia ella. La noto tensa cuando me la acerco, pero no hago caso a su resistencia. Necesito abrazarla, sentirla entre mis brazos. Su pelo me hace cosquillas en la barbilla al subirla a mi regazo e inhalo profundamente, mientras cierro mis ojos.

Nora no está enferma.

Está embarazada de mi hijo.

Suena irreal, antinatural. Se ve pequeña entre mis brazos, poco más grande que un niño, y ahora será madre… y yo voy a ser padre. Padre como el hombre que me trajo a la vida y me hizo el hombre que soy hoy.

De repente, me viene a la cabeza un recuerdo.

—¡Cógela! —dice mientras me tira la pelota riendo.

Salto para cogerla y mis manos de niño de cinco años la atrapan al vuelo.

—¡La tengo! —Me siento muy orgulloso de mí mismo y lleno de alegría—. Padre, ¡la he atrapado al primer intento!

—Bien hecho, hijo —me felicita y en ese momento lo quiero.

Su aprobación es lo que más me importa en el mundo. Olvido el dolor frecuente que me produce su cinturón y todas las veces que me grita y me llama inútil.

Es mi padre y en este momento lo quiero.

Abro los ojos, miro fijamente a la pared y sujeto a Nora. No puedo creer que alguna vez quisiera a ese hombre. Ha sido el objeto de mi odio durante tanto tiempo, que había olvidado ese tipo de momentos.

Había olvidado que había ocasiones en las que me hacía feliz.

¿Podré hacer feliz a este niño? ¿O me odiará? Le dije a Nora que sería un padre terrible, pero no sé si es verdad. Por primera vez, trato de imaginarme cogiendo a un bebé recién nacido, jugando con un chiquillo de mejillas regordetas, enseñando a un niño de cinco años a nadar… Las imágenes me llegan con una facilidad pasmosa y me llenan de una inquietante mezcla de miedo y anhelo. De un deseo que no sabía qué quería.

Me sobresalta un sollozo apagado: es Nora.

Está llorando y su delgado cuerpo se estremece entre mis brazos. Noto sus lágrimas en el cuello y me queman como si fueran ácido.

Por un instante había olvidado lo poco que desea a este niño. Lo poco que desea tener un hijo conmigo.

—Shhh, mi gatita. —Las palabras salen con más brusquedad de lo que pretendía, pero no puedo evitarlo. El desasosiego que siento en el pecho ha vuelto y, con él, la necesidad irracional de hacerle daño. Lucho contra ese sentimiento y digo en un tono más calmado—: No es el fin del mundo, créeme.

Ella se calma y se queda en silencio un momento, para después comenzar a sollozar de nuevo.

No puedo soportarlo. La tristeza me invade como si me hundieran un cuchillo ardiente; es una situación agonizante y desesperante.

Le introduzco la mano en el pelo, cierro el puño alrededor de su sedoso cabello y tiro de su cabeza hacia atrás, la obligo a mirarme. Sus ojos desorbitados y horrorizados se clavan en los míos. Veo lágrimas brillar en sus pestañas y eso me hace enfurecer todavía más; despierta a la bestia que hay en mi interior.

Le tiemblan los labios, que abre como si fuese a hablar, pero agacho la cabeza y silencio sus palabras con un beso brusco y profundo. La excitación, afilada e intensa, me llena las venas, me la pone dura y me nubla el juicio. La deseo y, al mismo tiempo, quiero castigarla. Noto cómo se resiste contra mí, pruebo la sal de sus lágrimas y eso me excita, aumenta mi hambre retorcida.

No sé cómo acabamos en la cama, con ella estirada e indefensa debajo de mí, pero la ropa que llevamos se me antoja una barrera intolerable, así que la rompo y me siento más animal que hombre. Cierro los dedos alrededor de sus muñecas, que sujeto con la mano izquierda y coloco las rodillas entre sus muslos, separándolos bruscamente.

Oigo que Nora suplica y me ruega que pare, pero no puedo. Las ganas de poseerla me invaden como si hubiera fuego en mi piel; un fuego que consume todo pensamiento racional a su paso. Me agarro la polla, la guio hasta su sexo y la penetro con una sola estocada profunda; la tomo con la intención de reclamar su cuerpo y su alma.

La noto pequeña y tensa; contrae los músculos desesperadamente para que no la penetre, pero esa presión no hace más que aumentar mis ganas de follarla. Su resistencia me enfada, hace que la folle con mayor dureza, que la penetre con fuerza y la inmovilice debajo de mí. Cada embestida es una despiadada demanda, una conquista brutal de lo que ya me pertenece. Parece que me paso horas follándomela; no soy consciente de nada, salvo del hambre feroz que me invade.

Hasta que caigo rendido encima de ella, respirando con dificultad por el intenso orgasmo, no se despeja la neblina de la lujuria y me doy cuenta de lo que he hecho.

Le suelto las muñecas, me apoyo sobre los codos y la miro con la polla aún enterrada en su interior. Ella está tumbada debajo de mí con los ojos cerrados y el rostro pálido. Veo un rastro de sangre en su labio inferior y no sé si se lo he hecho con los dientes o se lo ha hecho ella misma por el dolor que sentía.

Mientras la observo, abre despacio los ojos, me mira… y por primera vez en décadas, siento el agrio sabor del remordimiento.

8

Nora

Tengo la mente en blanco, vacía de todo pensamiento racional al mirar a Julian. Apenas noto que sigue dentro de mí, pero no puedo procesar nada más en este momento. Me siento rota, destruida, el descarnado dolor aumentado de mi cuerpo por el intenso y punzante dolor de mi alma.

No sé porque este sexo duro me ha parecido como una violación ni por qué me ha recordado a esos primeros días en la isla, cuando Julian era mi cruel captor y no el hombre al que amo. Solo hace un par de días, me torturó con un azotador y pinzas para pezones y lo disfruté, le supliqué. También le he suplicado hoy, pero no para que continuase. No quería sexo, no cuando se me rompe el alma por la pequeña vida que crece en mi interior.

Por el niño inocente que ha sido concebido por dos asesinos.

—Nora… —La voz de Julian es un susurro. El dolor en su voz ablanda lo poco que me queda de corazón. No quiero odiarlo por hacerme daño, es parte de su naturaleza. Él es así.

Y por eso nuestro hijo está condenado.

Le mantengo la mirada y siento como si me rompiera en mil pedazos.

—Déjame, Julian, por favor.

—No puedo —dice con una mueca, que le resaltan las cicatrices alrededor del ojo—. No puedo, Nora.

Trago saliva con fuerza. Sé que no habla de la postura en que nos encontramos.

—No te estoy pidiendo eso. Por favor, necesito… solo necesito un minuto.

Se aparta de mí, rodando hasta quedar boca arriba y yo me alejo a mi lado de la cama, encogiendo las rodillas a la altura del pecho. Las náuseas que tenía antes se han ido, pero me siento débil, exhausta. El cuerpo me duele por la brutalidad de Julian y me invade una sensación de angustia, lo que se añade a mi desesperación creciente.

Apenas noto como se levanta Julian. Solo cuando me pone un trapo con agua caliente entre las piernas me doy cuenta de que ha ido al baño y ha vuelto. No tengo energía para moverme, por lo que me quedo tumbada hasta que termina de limpiar los restos que ha dejado este encuentro sexual entre mis muslos.

Después, me sostiene entre sus brazos y nos cubre con las mantas. Cuando la familiar calidez de su cuerpo se filtra, como invitándome a dormir, sueño que noto el roce de sus labios contra mi sien y lo oigo susurrar:

—Lo siento.

—Como os conté anoche, este embarazo era improbable pero no imposible —dice el doctor Goldberg mientras me siento en el sofá junto a Julian—. La pastilla del día después es ineficaz en un cinco por ciento y la probabilidad de concebir unos días después de la extracción del anterior implante ronda también el cinco por ciento, así que si hacéis las cuentas… —dice, encogiéndose de hombros con una sonrisa avergonzada.

—¿Pasa algo porque Nora lleve algún anticonceptivo? —pregunta Julian frunciendo el ceño—. Le pusimos un nuevo implante en el brazo hace unas semanas.

—Ya veo —dice el médico—, pues tendremos que extraerlo lo antes posible y empezar a darle vitaminas prenatales a Nora. —Hace una pausa y añade con delicadeza—: Si queréis seguir adelante con el embarazo, claro.

—Sí —responde Julian enseguida sin ni siquiera poder procesar la pregunta— y queremos asegurarnos de que esté sano —dice mientras estira la mano para rodear mi palma y darle un apretón—. Y, por supuesto, Nora también.

Por fin comprendo las palabras del doctor Goldberg y miro a Julian. Tiene la mandíbula contraída y una expresión seria. No había contemplado el aborto, pero me sorprende que Julian esté en contra de una manera tan contundente. Decía que no quería tener hijos y no creo que sea tan hipócrita como para tener objeciones morales o religiosas contra el aborto.

—Por supuesto —dice el doctor—, la ginecología no es mi especialidad, pero puedo examinar a Nora, retirarle el implante y recetarle las vitaminas adecuadas. También puedo recomendaros a una ginecóloga excelente que puede seguir el embrazo de Nora aquí. Ya te he mandado por correo su información de contacto.

—Bien —dice Julian, que me suelta la mano para levantarse. Parece intranquilo y tenso—. Quiero los mejores cuidados para Nora.

—Los tendrás —promete el médico al tiempo que se levanta. Dirigiéndose a mí, dice—: Al menos esto explica algo.

—¿El qué? —También me levanto, incómoda al ser la única que permanecía sentada.

—Tus pesadillas y ataques de pánico —dice él y me lanza una mirada comprensiva—. Es normal que las hormonas del embarazo aumenten la ansiedad, sobre todo si has sufrido episodios traumáticos.

—Ah. —Lo miro fijamente—. ¿Así que no estoy exagerando?

—No —me asegura el doctor Goldberg—, las embrazadas son más proclives a sufrir depresión y ansiedad. Tienes que tomártelo con calma y relajarte todo lo que puedas, por tu bien y el del bebé. El estrés agudo durante el embarazo puede provocar todo tipo de complicaciones, incluso el aborto.

—Me aseguraré de que descanse y no tenga estrés. —Julian vuelve a acercarse para entrelazar nuestras manos. Es como si no pudiese dejar de tocarme—. ¿Y por las comidas y bebidas?

—Os haré una lista de qué hay que evitar —dice él—. Probablemente ya sepáis que no debe tomar alcohol o cafeína, pero hay un par de cosas más, como el sushi o el marisco con alto contenido en mercurio.

—De acuerdo. —Julian vuelve la cabeza para mirarme—. Cariño, ¿qué te parece si el médico te examina y te extrae el implante ahora?

Su voz es inusualmente suave y su mirada está colmada con una emoción indescifrable.

—Claro. —No veo razón para aplazarlo y me alegra que Julian me lo pregunte en vez de ordenarlo con su despotismo habitual.

—Bien. —Me suelta la mano, pero antes, me da un beso en el dorso de la muñeca—. Volveré dentro de un rato.

Asiento y Julian sale en silencio y cierra la puerta detrás de él.

—De acuerdo, Nora —dice el doctor mientas sonríe, coge su maletín y saca unos guantes de látex—, ¿empezamos?

Cuando el médico se ha ido, me pongo un bañador y voy hacia el porche trasero, cogiendo de paso el libro de psicología. Embarazada o no, tengo que estudiar para un examen y pienso hacerlo, aunque solo sea para distraerme de la situación que estoy viviendo. Vuelvo a llevar una tirita en el brazo e intento olvidar el dolor que siento. No quiero pensar demasiado en que el implante ya no está y la razón para ello.

Es raro, pero ya no tengo sensación de desamparo; ahora siento una especie de dolor distante. Debería estar dolida y enfadada con Julian, pero no lo estoy. Como los días posteriores a mi secuestro, anoche parece pertenecer a otra época antes de que nos convirtiéramos en los que somos hoy. Me estoy engañando otra vez, solo existo en este momento y relego todo lo malo a un rincón de mi mente. Necesito hacerlo para no volverme loca.

Lo necesito porque no puedo dejar de amar a mi captor, haga lo que haga.

Y no ayuda mucho que el Julian de esta mañana esté a años luz del ser salvaje de anoche. En cuanto me he levantado me ha tratado como si fuera de porcelana: desayuno en la cama, masaje en los pies, besos y muestras de afecto constantes. Si no lo conociera, diría que se siente culpable.

Sé de qué pie calza, claro. Solo una fina línea separa al monstruo en que se convirtió anoche del tierno amante de esta mañana. La culpa y la clemencia son sentimientos ajenos a mi esposo.

Cuando llego al porche de atrás, cojo una tumbona, la coloco debajo de una sombrilla y me acomodo. Como siempre, el aire de fuera es caliente y húmedo, tan denso que es casi asfixiante, pero no me importa, ya estoy acostumbrada. Si se hace insoportable, solo tengo que meterme en la piscina. Abro el libro de texto y empiezo a releer el capítulo sobre los neurotransmisores.

Solo voy por la mitad cuando una sombra me hace levantar la vista.

Es Julian, vestido con un bañador negro. Está junto a mi tumbona y me recorre con una mirada hambrienta que ni se molesta en ocultar.

Me relamo al mirarlo. A la luz del sol, es demasiado guapo, las nuevas cicatrices le dan más masculinidad a su rostro. Desde los hombros a las pantorrillas, cada parte de su cuerpo está cubierto de músculos tersos. Su fuerte pecho está recubierto de vello oscuro, tiene los abdominales marcados y una línea de vello que va desde el ombligo hasta debajo del bañador.

Es asombroso; es el hombre más espectacular que jamás haya conocido y lo deseo. Lo deseo a pesar de lo que pasó anoche, a pesar de todo.

—¿Cómo te sientes, cariño? —pregunta en voz baja y algo ronca—. ¿Tienes náuseas? ¿Estás cansada?

—No. —Me siento, bajo los pies al suelo y cierro el libro—. Me encuentro bien.

Julian se sienta a mi lado y me coloca un mechón de cabello detrás de la oreja.

—Bien —dice suavemente—, me alegro.

—¿Has salido a nadar? —Trato de hacer caso omiso del calor que su roce me provoca en la entrepierna—. Creía que te ibas a la oficina.

—Ya he ido, pero solo un momento. Me tomaré el resto del día libre.

—¿En serio? —Julian tenía tan pocos días libres que casi ni tenía días libres, en realidad—. ¿Por qué?

—No podía concentrarme —dice con una sonrisa burlona.

—Oh. —Lo miro con cautela—. ¿Entonces quieres nadar un rato? Estaba pensando en meterme cuando terminase este capítulo, pero puedo ir ahora.

—Claro. —Julian se levanta y me ofrece la mano—. Vamos.

Le cojo la mano y dejo que me guíe hasta la piscina. Cuando nos acercamos al agua, se agacha, me pasa un brazo bajo las rodillas y me levanta.

Sorprendida, rio y me abrazo a su cuello.

—¡Julian! Ni se te ocurra tirarme, necesito entrar poco a poco…

—No voy a tirarte, mi gatita —murmura mientras entra en la piscina. Le brillan los ojos—. ¿Crees que soy un monstruo o qué?

—Esto… ¿tengo que contestar? —No puedo creer que tenga ganas de provocarlo, pero de repente, me siento despreocupada. Deben de ser las hormonas, pero no me importa, prefiero mil veces sentirme despreocupada a deprimida.

—Tienes que contestar —dice y una mirada perversa se asoma a su rostro. El agua le llega por la cintura, para y sujetándome contra su pecho, dice—: Si no…

—Si no… ¿qué?

—Esto. —Julian me baja un par de centímetros y noto el frío en los pies, que ahora rozan la superficie del agua. Trata de parecer amenazador, pero veo que las comisuras le tiemblan al tratar de contener una sonrisa.

—¿Está amenazándome con tirarme, señor? —Muevo el pie derecho en el agua y finjo una mirada acusatoria—. Creía que habíamos acordado que no me tirarías.

—¿Quién ha dicho que voy a tirarte? —Se mete más en la piscina y el agua me llega más arriba de las pantorrillas. Deja de fruncir el ceño y esboza una sonrisa sensual—. Hay otras maneras de tratar a las chicas malas.

—Dime… —Se me contraen los músculos al imaginármelo—. ¿Qué maneras son esas?

—Bueno, para empezar… —Mientras aguanto la respiración, inclina la cabeza y acerca los labios a los míos—, hay que refrescarse un poco.

Y entonces, sin dejarme reaccionar, se hunde, sumergiéndonos a ambos en el agua, que enseguida me llega hasta la barbilla.

—¡Julian! —Rio, me suelto y lo empujo por los hombros. La piscina está climatizada, pero el agua está fría comparada con mi piel, caliente por el sol—. Has dicho que no lo harías.

—He dicho que no te tiraría —me corrige, con el ceño fruncido—, no he dicho nada de meterte conmigo.

—Vale, tú lo has querido. —Logro soltarme y me aparto unos centímetros—. ¿Quieres guerra? Pues la tendrás, señorito.

Le lanzo agua y lo miro, riendo, mientras le da directamente en la cara.

Se seca, pestañeando con incredulidad y me alejo, riéndome aún más.

Julian se recupera de la impresión y comienza a acercarse.

—¿Me acabas de tirar agua? —dice con voz baja y amenazadora—. ¿Acabas de lanzarme agua a la cara, mi gatita?

—¿Qué? No… —Pestañeo fingiendo inocencia e intento alejarme—. No me atrevería… —Termino gritando cuando Julian se abalanza hacia mí, acortando la distancia entre nosotros. En el último momento, consigo alejarme lo suficiente y me voy nadando, sin dejar de reír.

Soy buena nadadora, pero a los dos segundos Julian me agarra por el tobillo.

—¡Te atrapé! —dice, arrastrándome hacia él. Cuando estoy lo bastante cerca, me sujeta del brazo para colocarme en posición vertical y enrosca sus musculosos brazos alrededor de mi espalada, mientras se burla de mis intentos fallidos de zafarme de él.

—De acuerdo, me has pillado —confieso y rio—. ¿Y ahora qué?

—Ahora esto. —Inclina la cabeza y me besa. La calidez de su gran cuerpo contrarresta el frío del agua.

Cuando me mete la lengua en la boca, me tenso involuntariamente; me vienen los recuerdos de anoche. Por un instante, revivo el sentimiento de desamparo y dolor y no sé si puedo separar lo bueno de lo malo. Me gustaría fingir que hoy es como cualquier otro día, pero no lo es. Ningún momento divertido cambiará que el alma de Julian sea perversa.

El monstruo siempre estará al acecho.

Y ahora, mientras continúa besándome, el calor del deseo me crece en el vientre y me atrapa en su hechizo. Es delicado conmigo, me deshago y me dejo llevar por esa delicadeza, en la calidez de su abrazo. Quiero pensar en su cariño, en su mirada llena de amor y dejo que los recuerdos lúgubres se desvanezcan, me quedo con este presente tan brillante.

Me quedo con el hombre al que amo.

9

Julian

Nadamos y jugamos en la piscina hasta que Ana viene a buscarnos y nos dice que la comida ya está lista. Para entonces ya estoy hambriento y supongo que Nora también debe de tener hambre. Me van a explotar las pelotas de tantos preliminares, pero tendré que esperar.

Prefiero que Nora coma mucho a follármela.

Ver a mi gatita así —tan feliz, vibrante y sin preocupaciones— me ha ayudado a aliviar la presión en el pecho, pero no la ha eliminado del todo. La expresión de su cara después de poseerla me persigue, me invade los pensamientos, aunque me esfuerzo por borrarla de mi mente. Sé que le he hecho cosas peores en el pasado, pero siento que lo de anoche fue lo peor con diferencia.

Siento que le he hecho daño.

Quizás sea porque ahora es completamente mía, ya no tengo que manipularla ni moldearla a mi gusto. Me ama lo bastante como para arriesgar su vida, lo suficiente para estar conmigo por voluntad propia. Todo lo que le hice en el pasado estaba calculado hasta cierto nivel, pero anoche le hice daño sin razón alguna.

Le hice daño cuando lo único que quería era sostenerla, curarla.

Hice daño a la mujer que va a tener a mi hijo y, aunque parece que ella me ha perdonado, yo no puedo perdonármelo.

—¿Te traigo algo, Nora? —pregunta Ana cuando nos sentamos a la mesa del comedor. La mujer es muy cordial con mi esposa y mucho más feliz de lo que jamás la haya visto—. ¿Tostadas? ¿Un poco de arroz hervido?

Nora pone unos ojos como platos al oír al ama de llaves, pero consigue mantener la compostura.

—Comeré lo que hayas preparado, Ana. Hoy me encuentro mejor, en serio.

No puedo evitar sonreír, a pesar de todo lo que estaba pensando antes. A Goldberg debe habérsele escapado algo o puede que Ana nos haya oído esta mañana. Por eso tiene una sonrisa que no le cabe en la cara: sabe que Nora está embarazada y está encantada con la noticia.

Ana sonríe aún más al ver a Nora tranquila.

—Qué bien. Ayer debías sentir malestar por el embarazo. Suele pasar, ya sabes —dice en tono confidencial—. Dicen que suele comenzar a las seis semanas.

—Genial. —Nora intenta que no se le note la melancolía, pero no lo consigue—. Lo estoy deseando.

—Me aseguraré de que tengas los mejores cuidados, cariño —murmuro mientras alargo el brazo para tomarle la mano a Nora—. Te daré todo lo que necesites para que estés bien.

Ya he contactado con la ginecóloga que Goldberg me recomendó; le escribí un correo cuando estaba examinando a Nora. Puede que no haya planeado tener un hijo, pero, ahora que está aquí, es inconcebible que le pase algo malo. Cuando Goldberg comentó la posibilidad de abortar, me entraron ganas de descuartizarlo.

Planeado o no, este bebé es mío y mataré a todo aquel que quiera hacerle daño.

Nora me sonríe.

—Todo irá bien, las mujeres tienen hijos todos los días. —A pesar de sus palabras tranquilizadoras, suena tensa; sé que aún está preocupada por lo que está pasando.

Preocupada por estar embrazada de mi hijo.

Suspiro profundamente e intento contener el enfado. Entiendo su miedo: es racional. Nora me ama, pero sabe cómo soy.

Seguro que lo sabe, sobre todo después de anoche.

—Sí, todo irá bien —digo con tranquilidad, dándole un pequeño apretón en la mano antes de soltarla—. Me aseguraré de ello.

Evitamos el tema durante el resto de la comida, ambos contentos de centrarnos en algo diferente.

Estoy el resto del día con Nora, pasando de todo el trabajo que me espera. Por primera vez desde hace años, no me importan los problemas de fabricación en Malasia o que el cártel mexicano esté exigiendo precios más bajos por las ametralladoras personalizadas. Los ucranianos tratan de arreglar las cosas y sobornarme para que deje la alianza con los rusos, la Interpol está indignada porque la CIA me enviase la lista de Peter Sokolov, ha surgido un nuevo grupo terrorista en Iraq que quiere entrar en la lista de espera para conseguir el explosivo… y a mí no me importa una mierda nada de eso.

Ahora solo me importa Nora.

Después de comer, damos una vuelta por la finca y le enseño mis lugares preferidos de cuando era niño, incluido un laguito en el límite de la propiedad en que una vez vi a un jaguar.

—¿En serio? ¿Un jaguar? —Nora me mira boquiabierta cuando salimos del área boscosa y llegamos a un pequeño claro lleno de césped frente al lago. Los altos árboles de alrededor ofrecen sombra e intimidad a los guardias; por eso pasaba tanto tiempo aquí de niño.

—A veces salen de la jungla —digo respondiendo a su pregunta—, es infrecuente, pero puede pasar.

—¿Cómo escapaste de él? —Me mira preocupada—. Me has dicho que tenías nueve años.

—Llevaba pistola.

—¿Lo mataste?

—No, disparé a un árbol que había cerca para asustarlo. —Podría haberlo matado porque mi puntería ya era excelente entonces, pero lastimar a una criatura tan fiera me resultaba repulsivo. No era culpa del jaguar nacer depredador y no quería castigarlo por tener la mala suerte de entrar en territorio humano.

—¿Qué dijeron tus padres cuando se lo contaste? —Nora se sienta en un tronco roto y me mira. Sus suaves hombros resplandecen con la luz que se refleja en el lago—. Los míos estarían aterrados.

—No se lo conté. —Me siento a su lado e, incapaz de resistirme, me inclino para besarle el hombro derecho. Su piel huele que alimenta y se me pone dura cuando vuelvo a sentir ese deseo que ha surgido con los jueguecitos en la piscina.

—¿Por qué? —pregunta con la voz ronca, girándose para mirarme mientras levanto la cabeza—. ¿Por qué no se lo contaste?

—Mi madre ya tenía demasiado miedo a la jungla y mi padre habría estado decepcionado por no haberle traído la piel del jaguar: no tenía sentido decírselo.

Le acerco la mano a la cabeza e introduzco los dedos en su gruesa y suave melena, disfrutando de la sensación de su pelo al fluir entre mis manos. Tengo la polla dura, pero no quiero ir más allá de momento.

No nos acostaremos hasta esta noche, cuando esté cómoda en nuestra cama y pueda asegurarme de no hacerle daño.

—Oh. —Nora ladea la cabeza, la acerca a mis manos y me mira con los ojos medio cerrados. Su expresión me recuerda a la de un gato al acariciarlo—. ¿Ni siquiera a tus amigos? ¿No les contaste lo que pasó?

—No —murmuro. A pesar de mis buenas intenciones, aumenta mi excitación—, no sé lo conté a nadie.

—¿Por qué? —ronronea ella cuando vuelvo a acariciarle el pelo y a masajearle el cuero cabelludo—. ¿Creías que no iban a creerte?

—No, sabía que no me creerían. —Le retiro las manos del pelo porque ha aumentado el deseo, poniendo a prueba mi autocontrol—. No tenía amigos íntimos, vaya.

Un sentimiento similar a la pena se le refleja en la mirada, pero no dice nada ni hace más preguntas. En lugar de eso se acerca y me besa, con sus manitas sujetando ambos lados de mi cara.

Su tacto es extrañamente inocente e inseguro, como si me besara por primera vez. Apenas me roza los labios con los suyos, cada roce es una pista, una promesa de lo que está por venir. Casi puedo probarla, sentirla y las ganas de follarla son tan fuertes que me estremezco. Solo los recuerdos de anoche —la mirada herida y traicionada en sus ojos— me ayudan a quedarme quieto y aceptar esos «casi besos», con las manos descansando en sus hombros. Sé que debo pararla, apartarla, pero no puedo.

Sus besos dubitativos son la cosa más dulce que jamás haya sentido.

Cuando creo que no puedo aguantarlo más, su boca caliente me recorre la mandíbula y me baja hasta el cuello, besando y mordisqueando con la misma delicadeza tortuosa.

Me suelta la cara y me recorre el cuerpo con las manos. Con los dedos me agarra la parte inferior de la camisa y empieza a levantármela. Me quejo cuando me recorre los costados desnudos con los nudillos y su roce me calienta la piel.

—Nora… —Contengo la respiración cuando se agacha y se arrodilla entre mis piernas a la altura de mi ombligo—. Nora, cariño, deja de torturarme.

No me hace ni caso y sigue levantándome la camisa hasta el pecho.

—¿Quién te está torturando? —susurra, mirándome. Y sin siquiera dejarme contestar, se agacha y me da un cálido y húmedo beso en el estómago.

Mierda. Me estremezco entero y se me contraen las pelotas por la salvaje llegada de la lujuria. Verla arrodillada ante mí me excita de todas las maneras posibles e invoca mis deseos más oscuros. Aprieto los puños y tomo una corta y profunda bocanada de aire, mientras recuerdo lo frágil que es en estos momentos. Está embarazada de mi hijo y que no puedo tomarla como un animal otra vez.

Pero justo ahora me lame el vientre, lo está lamiendo de verdad, va trazando cada músculo con su lengua, como si tratara de grabarlos en su memoria.

—Nora —digo con voz ronca—, cariño, ya basta.

Se aleja, mirándome a través de sus pestañas largas y espesas.

—¿Estás seguro? —murmura sin soltarme la camisa—. Porque yo quiero más.

Se acerca de nuevo, me raspa los abdominales con los dientes y después los chupa. Noto su boca húmeda y caliente contra mi piel desnuda. Piel que está justo encima de mi polla ansiosa, aún confinada en los pantalones.

Joder.

—Nora… —Apenas puedo hablar. Araño la corteza del árbol en un esfuerzo por no agarrarla—. No quieres hacerlo, cariño, para…

—¿Y eso quién lo dice? —Se aparta un poco y levanta la vista de nuevo; su mirada es oscura y ardiente—. Sí quiero, Julian… tú haces que me apetezca.

Inspiro fuertemente; la polla se estremece cuando me suelta la camisa y alcanza la hebilla del cinturón.

—No quiero hacerte daño.

Esboza una sonrisa.

—Sí, Julian, sí quieres. —Me desabrocha el cinturón y me mete las manos por dentro del pantalón. Sus finos dedos rodean mi miembro hinchado y lo aprietan—. ¿O no?

Casi exploto y la agarro antes de pensármelo dos veces.

—Sí… —digo en un gruñido cuando me la subo al regazo, obligándola a sentarse a horcajadas—. Quiero hacerte daño, follarte, tomarte de cualquier forma posible. Quiero marcar tu preciosa piel y oírte gritar mientras me introduzco en tu coño y hago que te corras encima de mi polla. ¿Eso quieres oír, mi gatita? —Le ciño los brazos y la miro—. ¿Quieres eso, ¿no??

Se relame con unos ojos que brillan con una luz particular.

—Sí —susurra—. Sí, Julian. Eso es exactamente lo que quiero.

Mierda. Cierro los ojos, estoy temblando por el deseo. Está sentada en mi regazo con el vestido subido y solo un delgado tanga separa su coño de mi polla. Si la subo un par de centímetros, podría estar dentro de ella, follándomela…

La tentación es insoportable.

«Uno, dos, tres, cuatro…» Me obligo a contar mentalmente hasta que pueda recuperar un poco de control.

Abro los ojos y la miro.

—No, Nora. —Mi voz suena casi firme cuando le suelto las manos y pongo las mías en su cara—. Eso no va a pasar.

Parpadea y parece sorprendida.

—¿Qué…?

Ladeo la cabeza y la interrumpo con un beso. Lenta y profundamente, invado su boca, saboreándola, acariciándola con la lengua. Entonces, le meto la mano en el pelo y la empujo hasta mi entrepierna, disfrutando de la expresión de desconcierto que le asoma a la cara.

—Ahora me chuparás la polla —digo bruscamente— y después, si has sido buena chica, recibirás un premio, ¿entendido?

Se le ponen los ojos como platos, pero enseguida obedece. Me saca la polla de los pantalones para envolverla con sus labios y empezar a acariciarla rítmicamente con la mano. El interior de su boca es cálido, sedoso y húmedo, casi tan delicioso como su coño. La presión que ejerce con la mano es casi perfecta. Estoy tan a punto que al cabo de un par de minutos, el orgasmo empieza a brotar de mis pelotas y el éxtasis se me extiende por todas las terminaciones nerviosas del cuerpo. Gimo, la agarro del pelo y me empujo más adentro de su garganta, obligándola a tragarse hasta la última gota.

La saco, me arrodillo junto a ella y le hago tumbarse en el césped.

—Ábrete de piernas —ordeno mientras le subo el vestido para dejarla desnuda de cintura para abajo.

Obedece con una mirada de deseo y algo de cautela. Coloco las manos en sus caderas estilizadas y bronceadas y las aprieto, disfrutando de la delicada textura de su piel. Me agacho y le aparto el tanga rosa con los dedos para dejar expuesto su coño mojado.

—Tienes un coñito tan apetecible, cariño. —Las palabras suenan bajas y roncas como mi hambre, apenas saciada y que vuelve ahora con ganas. Me agacho más e inhalo su dulce esencia—. Qué coño tan bonito y mojado.

Se le acelera la respiración y le vibra un gemido en la garganta al acercarle los labios a sus pliegues y los beso suavemente.

—Julian, por favor. —Parece atormentada—. Por favor, te… te necesito.

—Sí. —Mi aliento le acaricia la piel—. Lo sé. —La lamo largo y tendido—. Me necesitarás siempre, ¿verdad?

—Sí. —Levanta las caderas, rogándome—. Siempre.

—Entonces, mi gatita, aquí está tu premio.

Con la lengua en el clítoris, comienzo a complacerla, disfrutando de sus gemidos. Cuando finalmente tiembla y llora por el orgasmo, la lamo un par de veces más para prolongar su placer. Después me tumbo en el césped a su lado, doblo el brazo izquierdo bajo mi cabeza para usarlo como almohada y le coloco la cabeza en mi hombro derecho.

Estamos tumbados durante un rato, observando el agua cristalina del lago y escuchando a los insectos. Aún la necesito, pero el deseo es más suave ahora, más controlado. Esta vez no le he hecho daño, pero sigo notándome la presión en el pecho que me agobia.

Al final no soporto más el silencio.

—Nora, lo de anoche… no fue por la lista de Peter. —No sé porque me siento obligado a decírselo, pero lo hago. Quiero que entienda que no pretendía castigarla en ese momento, que el dolor que le provoqué no fue por crueldad. No sé si eso le importará mucho, viniendo de su secuestrador, o si en realidad importa, pero necesito que lo sepa—. Fue un error. No tendría que haber pasado.

Ella no responde, no reacciona a mis palabras de ninguna manera, pero al cabo de un rato, se gira en mis brazos y me pone la mano derecha en el pecho, justo encima de mi corazón.

10

Nora

Durante las siguientes dos semanas, hago todo lo que puedo para manejar la nueva realidad de mi situación o, mejor dicho, seguir con mi vida y fingir que nada ha pasado.

Las náuseas van y vienen. Me he dado cuenta que hacer comidas pequeñas y frecuentes me ayuda, al igual que consumir platos más simples. Bajo la atenta mirada de Ana y Julian, tomo vitaminas prenatales de forma obediente y evito aquellos alimentos que están en la lista del doctor Goldberg. Aun así, trato de no obsesionarme con esas cosas. Hasta que no se me note la barriga de embarazada, pienso hacer como si todo fuese normal.

Por suerte, mi cuerpo está cooperando, al menos por ahora. Mis pechos se han vuelto un poco más grandes y son más sensibles, pero este es el único cambio que he notado. Sigo teniendo el vientre plano y no he engordado. En todo caso, como he tenido el estómago un poco revuelto, he perdido un par de kilos; algo que, por cierto, le preocupa a Julian, que está haciendo todo lo posible por consentirme hasta la saciedad.

—No necesito descansar —protesto exasperada, ya que, una vez más, él intenta que me eche una siesta durante el día—. En serio, estoy bien. Anoche dormí diez horas, ¿cuántas horas necesita dormir una persona?

Y es cierto. Durante las últimas semanas he estado durmiendo mucho mejor. Por extraño que parezca, saber que mi ansiedad se debe a las hormonas me ha aliviado en gran parte y ha reducido mis pesadillas y ataques de pánico de forma significativa.

Mi psicóloga me dice que es porque estoy menos preocupada por los daños psicológicos que pueda tener a raíz de todo lo que ha pasado. Por lo visto, estresarse por estar más estresado de la cuenta es algo particularmente malo para la mente, mientras que los factores estresantes menos complejos, como tener un hijo con un traficante de armas un tanto sádico, provocan menos ansiedad.

—El cerebro humano es bastante impredecible —dice la doctora Wessex mientras me mira a través de sus gafas de Prada—. Puede que lo que crees que te asusta no sea tan importante en el subconsciente al fin y al cabo. Puede que estés preocupada por este bebé, pero no te asusta tanto como la posibilidad de no llegar a controlar tu ansiedad.

Asiento y sonrío, como si todo tuviera mucho sentido. Lo hago a menudo cuando hablo con ella. Si Julian no hubiese insistido en que continuara con mi sesión de terapia dos veces a la semana, ya lo hubiera dejado. No es que no me guste la doctora Wessex —una mujer estilosa, alta, cuarentona, muy competente y aparentemente no es de las que juzgan—, pero he descubierto que hablar con ella es resaltar la locura que significa mi relación con Julian.

Así que sí, doctora, mi marido —ya sabe, el hombre que la contrató e insistió en que viniera a la mitad de la nada para atenderme—, ese que me ha mantenido cautiva en esta isla durante quince meses, y me ha lavado el cerebro, hace que ya no pueda vivir sin él ni sin su sexo desmedido. Ah, y por cierto, vamos a tener un bebé. Eso no es nada retorcido, no. Somos la típica familia criminal corriente y moliente.

Sí, seguro.

En cualquier caso, los numerosos intentos de Julian de obligarme a echarme siestas son el ejemplo menos indignante de sus cuidados excesivos. También me controla la dieta y se ha asegurado de que la rutina de ejercicios que he retomado haya sido aprobada por un doctor, pero lo peor de todo es que en la cama me trata como a una muñeca de porcelana. Por mucho que lo provoque, lo único que hace es mantenerme sujeta en la cama. Es como si tuviera miedo de desatar su brutalidad, de perder el control.

—Ya te lo he dicho, el obstetra me dijo que el sexo duro está bien siempre y cuando no manche o se vierta el líquido amniótico —le digo a Julian mientras me lo hace suavemente otra vez—. Estoy sana, todo va bien y no hay peligro.

—No voy a arriesgarme —me responde, mientras me besa la oreja y sé que no tiene ni la más mínima intención de seguir hablando del tema.

Una parte de mí todavía no puede creer que quiera eso de él, pero echo de menos el lado oscuro de nuestras relaciones sexuales. No es que no esté satisfecha —Julian se asegura de que tenga varios orgasmos cada noche—, pero hay algo dentro de mí que ansía esa embriagadora combinación de placer y dolor, la avalancha de endorfinas que obtengo del sexo más duro. Incluso el miedo que me infunde él es adictivo de alguna forma, aunque no quiera admitirlo.

Es enfermizo, pero la noche que supe que estaba embarazada —la noche que él me forzó— se ha repetido en mis fantasías más de una vez en los últimos días.

¿Qué diría la doctora Wessex sobre eso? Ni lo sé, ni me importa. Los recuerdos del trauma y de mi estancia en la isla bastan para que, de alguna manera, hayan adquirido un matiz erótico en mi mente. Ya es suficiente con saber que estoy totalmente pervertida.

Por supuesto, esa delicadeza en la cama, tan impropia de Julian, no es el único problema. Otra víctima de su preocupación asfixiante es el entrenamiento de defensa propia. Lo cual es realmente frustrante, ya que, por primera vez en varias semanas, tengo energía. Dormir bien ha reducido el cansancio y las tareas escolares ya no me agotan tanto. He conseguido volver a correr —no sin antes aclararlo previamente con la doctora, claro— pero

Julian se niega a dejarme hacer cualquier cosa que pueda provocarme un moratón. El tiro es otra actividad impensable, ya que, por lo visto, disparar una pistola libera partículas que, con la cantidad adecuada, pueden dañar al feto.

Hay tantas restricciones que me dan ganas de gritar.

—Sabes que esto es temporal, Nora —dice Ana, tras haber cometido el error de mostrar mi frustración delante de ella durante el desayuno—. Solo unos meses más y tendrás al bebé entre tus brazos, y todo habrá merecido la pena.

Asiento y esbozo una sonrisa, pero las palabras de la ama de llaves no me hacen sentir mejor. Me llenan de temor.

Dentro de poco más de siete meses seré la responsable de un niño y esa idea me aterroriza ahora más que nunca.

—¿Todavía no les has dicho nada a tus padres sobre el bebé? —Rosa me mira sorprendida mientras salimos de casa para hacer nuestra caminata matutina.

—No —digo, mientras pego un sorbo a un batido de frutas con vitaminas en polvo—. No ha habido ocasión aún.

—Pensaba que hablabas con ellos todos los días.

—Y así es, pero no ha salido el tema. —Puede que parezca que estoy a la defensiva, pero no puedo evitarlo.

En lo que se refiere a cosas que me dan verdadero pavor, decirles a mis padres que estoy embarazada está ahí, a la par del nacimiento del niño.

—Nora. —Rosa se detiene debajo de un grueso árbol rodeado de hiedras—. ¿Te preocupa que tus padres no se alegren por ti?

Me imagino la reacción de mi padre al saber que su hijita de veintipocos años está embarazada de su secuestrador.

—Se podría decir que sí.

—Pero ¿por qué no iban a alegrarse? —Mi amiga parece estar realmente confundida—. Estás casada con un hombre rico que te quiere y que se preocupa por ti y por el bebé. ¿Qué más podrían querer?

—Bueno, para empezar, que no estuviera casada con este hombre —digo con una cierta tirantez—. Rosa, ya te he contado nuestra historia. Mis padres no son precisamente los mayores fans de Julian.

Rosa agita la mano, como queriendo restarle importancia al asunto.

—Todo eso es… ¿cómo podría decirlo? Ah, sí, agua pasada. Qué más da cómo empezó, lo que importa es el presente, no el pasado.

—Ah sí… *Carpe diem* y todo ese rollo.

—No hace falta ser sarcástica —dice Rosa mientras retomamos nuestra caminata—. Deberías hablar con tus padres, Nora. Es su nieto. Merecen saberlo.

—Ya, seguramente se lo diga pronto. —Tomo otro sorbito de batido—. No tengo elección.

Caminamos en silencio durante varios minutos. Al cabo de un rato, Rosa pregunta en voz baja:

—No quieres este hijo ¿verdad?

Me paro y la miro.

—Rosa… — ¿Cómo le explico mis inquietudes a una chica que se ha criado en la isla y que cree que este tipo de vida es normal y que mi relación con Julian es romántica?—. No es que no quiera al bebé. Es que el mundo de Julian, nuestro mundo, está demasiado jodido como para traer un niño a él. ¿Cómo podría alguien como él ser un buen padre?, ¿cómo alguien como yo podría ser una buena madre?

—¿A qué te refieres? —pregunta Rosa, frunciendo el ceño—. ¿Por qué no serías una buena madre?

—Estoy enamorada de un capo del crimen que me secuestró y que, como negocio, tiene que matar y torturar a personas — digo con cuidado—. Eso me descalifica a mí como una buena madre, precisamente. Sería un caso de estudio para uno de los documentos de la doctora Wessex, tal vez, pero no me haría buena madre.

—Por favor. —Rosa pone los ojos en blanco—. Hay muchos hombres que hacen muchas cosas malas. Los americanos sois tan sensibles... El señor Esquerra está muy lejos de ser de lo peor de por aquí y no deberías culparte por preocuparte por él. Eso no te hace mala a ti de ninguna forma.

—Rosa, no es solo eso —vacilo, pero entonces elijo lo que voy a decir—. Cuando estuvimos en Tayikistán, maté a un hombre. —Respiro lentamente, mientras revivo la oscura emoción de cuando disparé el gatillo y los sesos de Majid se esparcieron por toda la pared—. Lo disparé a sangre fría.

— ¿Y? —Pestañea fuertemente—. Yo también he matado.

La miro boquiabierta, mientras nos envuelve un silencio estremecedor. Y entonces Rosa comienza a explicarse:

—Fue cuando asaltaron la isla. Encontré una pistola, me escondí entre los arbustos y disparé al hombre que nos estaba atacando. Herí a uno y maté a otro. Más tarde supe que al que había herido también acabó muriendo.

—Pero eras solo una niña. —Estoy en shock—. ¿Me estás diciendo que mataste a dos personas cuando tenías… cuántos, diez, once años?

—Casi once —me contesta mientras se encoge de hombros—. Y sí, lo hice.

—Pero pareces tan…

—¿Normal? —me responde, mirándome con una sonrisa extraña—, ¿agradable? pues claro, ¿por qué no iba a serlo? maté para proteger a aquellos que me importan. Maté a esos hombres que venían aquí a destruirnos y asesinarnos. No es muy diferente de cortar la cabeza de la serpiente que quiere morderte. Si no los hubiese matado, hubiese muerto más gente. Probablemente hubiesen matado a mi madre, a mi hermano y a mi padre.

No sé qué responder a eso. Jamás hubiese imaginado que Rosa, la Rosa amigable y de mejillas sonrojadas, fuera capaz de hacer algo así. Siempre había pensado que la maldad dejaba un rastro. Lo veo en Julian, está tan grabado a fuego en su alma que ya es una parte de él. También lo veo en mí. Pero no lo veo en Rosa. Para nada.

—¿Cómo lo haces para que no te afecte? —le pregunto—. ¿Cómo mantienes tu inocencia?

Me mira y, por primera vez, parece aparentar más de veintiún años.

—Puedes dejar que la maldad te mancille, Nora, o puedes quitarle importancia —me dice en voz baja—. Yo opté por lo segundo. He matado, sí, pero no es lo que realmente soy. No dejo que eso me defina. Ocurrió y ya está hecho. Está en el pasado. No puedo cambiarlo, así que no voy a torturarme por ello. Y tú tampoco deberías. Lo único que importa es tu presente y tu futuro.

Me muerdo el labio, mis ojos empiezan a estar llorosos, como si fuese a estallar en lágrimas.

—Pero ¿qué clase de futuro puede tener este hijo con unos padres como nosotros, Rosa? Mira lo que nos ha pasado a Julian y a mí durante el paso de estos dos años. ¿Cómo puedo saber que sus enemigos no nos secuestrarán o torturarán a mi bebé?

—No puedes estar segura. —La mirada de Rosa es inquebrantable—. Nadie puede estar seguro de nada. Las cosas malas pueden ocurrirle a cualquiera y en cualquier lugar. Hay soldados que viven hasta una edad avanzada y hay oficinistas que mueren jóvenes. No hay unas razones específicas para vivir, Nora. Puedes elegir vivir con miedo siempre o disfrutar de la vida. Disfruta de lo que tienes con Julian. Disfruta de este bebé que está creciendo dentro de ti. Traer a un niño al mundo es una bendición, no una maldición. Puede que no hayas escogido tenerlo, pero ahora está ahí y lo que único puedes hacer es quererlo. Atesóralo. No dejes que tus miedos lo arruinen. —Hace una pausa y añade dulcemente—: No dejes que tu alma se deteriore por algo que no puedes cambiar.

Julián

—¿Cuáles son los daños? —pregunto a Lucas mientras dejamos el área de entrenamiento. Me cuesta respirar, mis músculos están resentidos y me duele el hombro izquierdo, pero me siento satisfecho.

Ya casi vuelvo a tener mi antigua figura de luchador y los tres guardias que están cojeando han sido testigos.

—Hubo un golpe en Francia y dos más en Alemania. —Lucas se limpia el sudor de su cara con una toalla pequeña—. No está perdiendo el tiempo.

—No creía que lo hiciera. —Dado el particular interés de Peter Sokolov en la venganza, sabía que era cuestión de tiempo antes de que acabase eliminando al resto de los hombres de aquella lista—. ¿Cómo lo ha hecho esta vez?

—Al francés lo encontraron flotando en un río, con marcas de tortura y de estrangulación, así que supongo que Sokolov lo secuestraría primero. Con respecto a los alemanes, uno fue por un coche bomba y a otro lo eliminó un francotirador. —Lucas sonríe de forma sombría—. No lo habrían cabreado tanto.

—O fue a lo rápido.

—O eso, sí. —Lucas está de acuerdo—. Seguramente sepa que la Interpol está tras él.

—Seguro que sí. —Trato de imaginar lo que haría si alguien hiriese a mi familia y un torrente de ira recorre todo mi cuerpo. No puedo llegar a imaginar lo que Peter estará sintiendo, pero eso no es excusa para poner en peligro a Nora para obtener la puta lista.

Todavía quiero matarlo por ello.

—Por cierto —dice Lucas de pasada—. Voy a traer a Yulia Tzakova desde Moscú.

Me detengo en seco.

—¿La intérprete que nos traicionó a los ucranianos? ¿Por qué?

—Quiero interrogarla personalmente —dice Lucas, mientras se frota la toalla alrededor del cuello—. No me fio de que los rusos hagan un trabajo minucioso. —Su expresión es tan indiferente como siempre, pero puedo ver en él una chispa de emoción en su pálida mirada. Está ansioso por hacerlo.

Cierro un poco los ojos, estudiándolo.

—¿Todo esto es porque te la follaste aquella noche en Moscú? —La rusa vino a mí primero, pero pasé de su invitación y entonces fue Lucas quien mostró algo de interés en ella—. ¿De eso se trata?

Se le endurece la expresión.

—Me jodió. Literalmente. Así que sí, quiero ponerle las manos encima a esa zorra. Pero también creo que tiene información útil para nosotros.

Lo analizo un momento y entonces asiento.

—En ese caso, ve a por ello. —Sería hipócrita si le negase a Lucas algo de diversión con la rubia guapa. Si quiere hacerle pagar por el accidente aéreo, no veo nada malo en eso.

De todas maneras, habría acabado muerta en Moscú tarde o temprano.

—¿Ya habías negociado esto con los rusos?— pregunto mientras continuamos nuestra caminata.

Lucas asiente.

—En un principio, intentaron decir que solo negociarían con Sokolov, pero les convencí de que no sería acertado perder tu simpatía. Buschekov entró en razón cuando le recordé los problemas que recientemente habían sucedido en Al-Quadar.

—Bien. —Si hasta los rusos están dispuestos a adaptarse a mí es que mi venganza contra la organización terrorista ha logrado el efecto deseado. No solo Al-Quadar está totalmente diezmada, sino que mi reputación ha mejorado bastante. Muy pocos clientes míos están dispuestos a traicionarme ahora; una mejora que promete ser buena para el negocio.

—Sí, es útil. —Lucas refleja mis pensamientos—. Ella llegará aquí mañana.

Arqueo las cejas, pero decido no decir nada sobre lo rápido que está yendo todo. Si quiere jugar así de sucio con esta chica rusa, es asunto suyo.

—¿Dónde la vas a retener? —le pregunto.

—En mi habitación. La interrogaré allí.

Sonrío, imaginándome el interrogatorio en cuestión.

—De acuerdo, que te diviertas.

—Lo haré —dice con seriedad—. Puedes estar seguro.

Tras darme una ducha, voy a buscar a Nora. O mejor dicho, miro en el ordenador la localización de su rastreador y voy directamente a la biblioteca, donde debe estar estudiando para sus exámenes finales.

La encuentro sentada en un escritorio mirando en la dirección opuesta a mí, tecleando su portátil enfurecida. Lleva el pelo recogido en una coleta un poco suelta y viste una camiseta muy larga que le llega hasta las rodillas.

Parece *mi* camiseta. Ha empezado a hacerlo últimamente cuando tiene que estudiar. Dice que mis camisetas son más cómodas que sus vestidos. No me molesta en lo más mínimo. Verla vestida con mi ropa no hace más que recalcar el hecho de que es mía. Tanto ella como el bebé que lleva adentro.

No reacciona cuando camino por la sala y voy hacia ella. Cuando la alcanzo, veo el porqué.

Tiene puestos unos auriculares. Su suave frente está arrugada por la concentración mientras aporrea el teclado; sus dedos vuelan sobre las teclas con sorprendente velocidad. Durante un segundo, planteo marcharme, pero es demasiado tarde. Nora debe de haberme visto por el rabillo del ojo, ya que levanta la vista y me dedica una sonrisa deslumbrante mientras se quita los auriculares.

—Hola —su voz es suave y un poco ronca—, ¿ya es hora de cenar?

—Todavía no. —Le devuelvo la sonrisa y pongo las manos sobre su nuca. Sus músculos parecen estar tensos, así que empiezo a darle un masaje—. He dado unas cuantas vueltas con mis hombres y he venido para darme una ducha antes de volver a la oficina. Me imaginé que estarías aquí.

—Oh. —Se arquea con mi masaje, cerrando los ojos—. Oh, sí, justo ahí… Ay, qué bien…

Suena como si estuviese follándomela y mi respuesta es instantánea.

Me la pone dura. Muy dura.

Mierda.

Respiro hondo, controlando mi lujuria, tal y como lo he hecho durante las últimas dos semanas. Cuando me ocupe de ella esta noche, será, de nuevo, con cuidado y de forma controlada. Por muy a cien que me ponga, no pienso arriesgarme a hacer daño al bebé.

—¿Es ese tu proyecto de psicología? —Mantengo mi tono natural mientras le sigo masajeando el cuello—. Parece que te gusta bastante.

—Oh, sí. —Abre los ojos e inclina la cabeza para mirarme—. Es sobre el síndrome de Estocolmo.

Sigo masajeándola.

—¿Ah, sí?

Asiente, mientras una pequeña sonrisa sombría se curva en sus labios.

—Sí, es un tema interesante, ¿no crees?

—Sí, fascinante —respondo secamente. Definitivamente mi gatita se está volviendo más atrevida. Me está provocando, seguramente con la esperanza de que la castigue.

Y quiero hacerlo. Me pican las manos por inclinarla sobre mis rodillas, subir esa camiseta gigante y azotar su perfecto culo hasta que se vuelva rosado y rojo. Mi polla palpita solo con esa imagen, sobre todo al imaginarme abriendo sus nalgas para luego penetrarla por el culo prieto…

Deja de pensar en eso, joder. Veo cómo Nora sonríe mientras sus ojos bajan al bulto en mis pantalones. Esta brujilla sabe exactamente lo que me está haciendo y qué tipo de efecto tiene sobre mi cuerpo.

—Sí, me está encantando —murmura, su mirada vuelve a mí—. Estoy aprendiendo mucho del tema.

Respiro lentamente y vuelvo a masajearle el cuello.

—Entonces, tendrás que enseñarme, mi gatita —digo con calma, como si mi cuerpo no estuviera luchando por la necesidad de follarla—. Me temo que me salté Psicología en Caltech.

La sonrisa de Nora se vuelve burlona.

—¿Ah, sí? ¿Entonces te sale natural, no?

Le sostengo la mirada, en silencio, sin molestarme en responder. No hay necesidad de palabras. La vi, la quería y me la llevé. Así de simple. Si quiere etiquetar nuestra relación para que se ajuste a alguna definición psicológica, es libre de hacerlo.

Nunca se librará de mí.

Tras un momento, suspira y cierra los ojos, apoyándose de nuevo en mi tacto. Puedo sentir cómo se relajan sus músculos lentamente mientras masajeo sus hombros y su cuello. La expresión desafiante se desvanece de su rostro y le deja un aspecto especialmente joven e indefenso. Con sus pestañas abanicadas sobre sus suaves mejillas, parece tan inocente como un cervatillo recién nacido, que todavía no ha sido mancillado por nada malo en la vida.

Que todavía no ha sido mancillado por mí.

Durante un momento, me pregunto cómo sería si las cosas hubiesen sido diferentes. Si hubiese sido un chico que ella hubiese conocido en el instituto, como Jake la tomó. ¿Me querría más? ¿Me querría de todas formas? Si no la hubiese tomado de la forma en la que lo hice, ¿sería mía ahora?

Es estúpido pensar en ello, por supuesto. Podría especular también sobre viajes en el tiempo o sobre qué pasaría si el mundo se acabase. Mi realidad no me permite dudar. ¿Y si mis padres no hubiesen muerto y hubiese terminado en Caltech? ¿Y si me hubiese negado a matar a aquel hombre cuando tenía ocho años? ¿Y si hubiese sido capaz de proteger a María? Si pensase sobre todo eso, me volvería loco, y me niego a dejar que eso pase.

Soy como soy y no puedo cambiar.

Ni si quiera por ella.

—He hablado con mis padres por la tarde —dice Nora mientras nos sentamos a cenar —. Me han vuelto a preguntar si puedo ir a visitarlos.

—¿Ah, sí? —Le dedico una mirada sarcástica—. ¿Y no habéis hablado de nada más?

Nora baja la mirada, hacia su plato de ensalada.

—Se lo diré pronto.

—¿Cuándo? —Me jode que siga haciendo como si el bebé no existiera—. ¿Cuando des a luz?

—No, claro que no. —Me vuelve a mirar y frunce el ceño—. De todas formas, ¿cómo sabes que todavía no se lo he dicho? ¿Escuchas todas mis conversaciones?

—Por supuesto. —No lo escucho todo, pero sí que la he estado escuchando a escondidas varias veces. Lo suficiente como para saber que sus padres siguen en una feliz ignorancia sobre el último acontecimiento en la vida de su hija. De todas formas, no me importa que piense que controlo todas sus conversaciones—. ¿Esperabas que no lo hiciera?

Ella aprieta los labios.

—Sí, puede. La privacidad es un derecho humano básico, ¿sabías?

—Eso a lo que llamas derechos humanos básicos no existe, mi gatita. —Me dan ganas de reírme ante su candidez—. Eso es algo inventado. Nadie te debe nada. Si quieres algo en la vida, tienes que luchar por ello. Tienes que hacer que ocurra.

— ¿Cómo tú con mi cautividad?

Le dedico una sonrisa fría.

—Exacto. Te quería, así que te cogí. No me quedé alrededor consumiéndome y anhelándote.

—Ni viviendo en la época de los derechos humanos, según parece. —Su voz no tiene ni el más mínimo tono de sarcasmo—. ¿Así es cómo piensas criar a nuestro hijo? ¿Toma lo que quieras y no te preocupes sobre hacer daño a la gente?

Respiro lentamente, noto la tensión en sus rasgos.

—¿Es eso lo que te preocupa, mi gatita?

—Me preocupan muchas cosas —dice de forma uniforme— y sí, criar un hijo con un hombre que no tiene conciencia está en una posición bastante alta en la lista.

Por algún motivo, sus palabras me duelen. Quiero calmarla, decirle que se equivoca al preocuparse, pero no puedo mentirle a ella más de lo que me miento a mí mismo.

No tengo ni la menor idea de cómo voy a criar a este niño ni sobre qué tipo de lecciones le enseñaré. Los hombres como yo, los hombres como mi padre, no somos la clase de personas que deberían tener un hijo. Ella lo sabe y yo también.

Nora parece estar sintiendo lo que pienso, así que me pregunta tranquilamente:

—¿Por qué quieres tener este bebé, Julian? ¿Por qué es tan importante para ti?

Le miro silenciosamente, no estoy seguro de cómo responder la pregunta. No hay un buen motivo para que este niño sea tan importante como lo es ya. No hay una razón de peso para que quiera a ese niño tanto como lo quiero. Debería estar enfadado, o al menos fastidiado, de que Nora se haya quedado embarazada, sin embargo, cuando Goldberg nos dio la noticia, lo que sentí fue tan extraño que no lo reconocí al principio.

Fue alegría.

Una alegría pura y sin adulterar.

Durante un breve y maravilloso momento, fui realmente feliz.

Al no responder, Nora exhala y vuelve a mirar su plato. Veo cómo corta un pedazo de tomate y se empieza a comer la ensalada. Tiene la cara pálida y tensa; sus movimientos son tan gráciles y femeninos que me quedo hipnotizado y totalmente absorto.

Podría quedarme viéndola durante horas.

Cuando la traje a la isla por primera vez, las horas de las comidas eran mi momento favorito del día. Me encantaba relacionarme con ella, ver cómo combatía su miedo y trataba de mantener la compostura. Su frágil y estoico valor me satisfacía casi tanto como su delicioso cuerpo. Estaba aterrada y ahora hasta puedo ver cómo maquina detrás de su sonrisa tímida y su asustadizo coqueteo.

A su manera tímida, mi gatita siempre ha sido una luchadora.

—Nora. —Quiero quitarle los nervios y esa preocupación comprensible, pero no puedo mentirle. No puedo fingir ser quien no soy. Así que, cuando me mira, le digo solamente—: Este bebé es parte de ti y parte de mí. Es un motivo más que suficiente para preocuparme. —Y me sigue mirando, con esa expresión tan inmutable, y añado suavemente—: Daré lo mejor de mí por ese bebé, mi gatita. Eso te lo prometo.

Ella esboza una sonrisa fugaz.

—Sé que así será, Julian. Y yo también lo haré. Pero ¿será suficiente?

—Tenemos que esperar y ver cómo va todo, ¿no? —respondo, y en cuanto Ana nos trae el siguiente plato, nos centramos en la comida y dejamos el tema.

—¿Has visto a la chica que han traído aquí esta mañana? —me pregunta Rosa durante nuestra caminata habitual—. Ana dijo que estaba esposada y todo.

—¿Qué? —Miro a Rosa, sorprendida—. ¿Qué chica? Antes de desayunar fui a correr un poco y no vi nada.

—Yo tampoco he visto nada. Ana me ha dicho que la ha visto y que es muy rubia y guapa. Por lo que parece, Lucas Kent la está reteniendo en sus dependencias. —Se nota que Rosa disfruta cuando cuenta este tipo de cotilleos—. Ana cree que debe haber traicionado de alguna forma al Señor Esguerra.

—¿De verdad? —Frunzo el ceño—. No sé nada de esto. Julian no me ha dicho nada. —Por lo general, desde que entré en su ordenador, Julian me ha contado menos sobre sus negocios. No sé si ahora es porque no confía en mí o porque quiere mantenerme tan calmada como pueda mientras esté con el embarazo. Sospecho que es la segunda razón, dada la actitud sobreprotectora que tiene últimamente.

—¿Quieres que vayamos andando a la casa de Kent? —A Rosa le brillan los ojos de la emoción—. A lo mejor podemos echar una miradita a su casa.

Me quedo boquiabierta.

—¡Rosa! —Esto es lo último que me hubiese esperado de ella—. No podemos hacer eso.

—Venga. —Mi amiga trata de engatusarme—. Será divertido. ¿No quieres ver quién es esta chica rubia y por qué la tiene Kent?

—Puedo preguntárselo a Julian; él me lo dirá.

Rosa me lanza una mirada suplicante.

—Pero antes me voy a morir de la curiosidad. Solo quiero ver qué hacen, nada más.

—¿Por qué? —No tengo ganas de ver cómo la mano derecha de Julian tortura a una desafortunada mujer y no sé por qué Rosa quiere ser testigo de algo tan inquietante—. Si ha traicionado a Julian, no será algo agradable. —Se me revuelve el estómago de solo pensarlo. Hoy no es uno de mis mejores días, tengo demasiadas náuseas.

Rosa se ruboriza.

—Porque sí... Venga, Nora. —Mientras me coge de la muñeca, empieza a tirarme hacia la dirección de las viviendas de los guardias—. Vamos. Estás embarazada, así que nadie se pondrá furioso si te pillan fisgoneando.

Me dejo llevar, atónita por sus ganas de jugar a los espías. Normalmente, Rosa muestra poco interés en los asuntos relacionados con las actividades criminales de mi marido. No entiendo qué motiva este comportamiento, salvo…

—¿Estás interesada en Lucas? —dejo caer, mientras paro y hacemos una pausa—. ¿De eso va todo esto?

—¿Qué? ¡No! —dice Rosa en un tono más ato—. Tengo curiosidad, nada más.

Me quedo parada en frente de ella, viendo cómo se ruboriza.

—Ay, Dios mío, te gusta.

Rosa se enrabieta, me suelta las muñecas y cruza los brazos por encima del pecho.

—No.

Junto mis manos en un gesto reconciliador.

—Vale, vale, si tú lo dices.

Rosa me mira mal durante un momento, pero luego se relajan y deja caer los brazos.

—Vale, de acuerdo —dice seria—. A lo mejor lo encuentro guapo, pero solo un poco, ¿vale?

—Claro, por supuesto —le digo con una sonrisa tranquilizadora. Con ese pelo rubio, su feroz rostro y sus facciones marcadas, Lucas Kent me recuerda a un guerrero vikingo o al menos a la imagen que da Hollywood de un vikingo—. Es un hombre muy guapo.

Rosa asiente.

—Lo es. Él no sabe que existo, por supuesto, pero era de esperar.

—¿Qué quieres decir? —Frunzo el ceño—. ¿Alguna vez has intentado hablar con él?

—¿Hablar de qué? Solo soy la doncella que limpia la casa principal y que, de vez en cuando, lleva a los guardias la comida de Ana.

—Puedes preguntarle cuál es su comida favorita —le sugiero—. O cómo le fue el día. No tiene por qué ser nada complicado. Un simple hola ya puede ponerte en su radar. —Mientras digo esto, me doy cuenta de que estar en el radar de un hombre como Lucas Kent puede no ser lo mejor para Rosa, o para ninguna mujer, realmente.

Antes de que pueda retirar mi sugerencia, Rosa suspira y dice:

—Ya le he saludado alguna vez. No creo que él me *vea*, Nora. Así no. ¿Y por qué tendría que hacerlo? Quiero decir, mírame. —Gesticula de forma burlona hacia ella misma.

—Pero ¿qué me estás contando? —Sigo dudando de que llamar la atención de Lucas sea algo positivo en la vida de Rosa, pero no puedo decírselo—. Eres muy atractiva.

—Venga ya. —Rosa me mira con cara de incredulidad—. En el mejor de los casos soy del montón. A alguien como Kent le van las supermodelos, como esa chica rubia que está con él ahora. No soy su tipo.

—Bueno, si no eres su tipo, es idiota —lo digo con firmeza y lo digo en serio. Con esa cara redondita tan agradable, sus cálidos ojos marrones y su brillante sonrisa, Rosa es bastante mona. También tiene el tipo de figura que siempre he envidiado: exuberante y con curvas, con una cintura ceñida y pechos grandes—. Eres una chica muy guapa, un chico tendría que estar ciego para no verlo.

Resopla.

—Claro. Por eso me va tan bien en el amor.

—Tu vida amorosa está condicionada por los límites de esta finca —le recuerdo—. Además, ¿no me dijiste que habías salido con un par de guardias?

—Sí, claro. —Agita la mano con desdén—. Eduardo y Nick, pero eso no significa nada. Los guardias también están limitados en su selección y no son tan selectivos. Se follan todo lo que se mueve.

—Rosa. —Le lanzo una mirada de desaprobación—. Ahora estás exagerando.

Sonríe.

—Vale, puede. Seguramente debería decir «cualquier mujer que se mueva». Aunque he oído que a la doctora Goldberg también le va la marcha. Se dice que los hombres tatuados son sus favoritos. —Mueve las cejas de forma sugerente.

Agito la cabeza, sonriéndole involuntariamente, y las dos estallamos en carcajadas ante la imagen de la formal doctora liándose con uno de los guardias grandes y tatuados.

—Vale, ahora que hemos afirmado que te gusta el señor Rubio y Peligroso —digo al cabo de varios minutos cuando paramos de reírnos y volvemos a andar hacia la casa de los guardias—. ¿Puedes contarme otra vez por qué quieres espiarlo con esa chica?

—No lo sé —admite Rosa—. Solo quiero hacerlo. Es enfermizo, lo sé, pero quiero ver cómo es con otra mujer.

—Rosa… —Sigo sin entenderlo—. Si ha llegado aquí con esposas, no parece que vayan a tener una cita romántica. ¿Lo sabes, no?

—Sí, claro. —Suena un tanto frívola—. Probablemente le esté haciendo algo horrible.

—Y quieres verlo porque…

Se encoge de hombros.

—No lo sé. Creo que algo dentro de mí espera que verlo así me ayude a terminar con este enamoramiento tan tonto. O tal vez es que tengo una curiosidad muy mórbida. ¿Realmente importa?

—No, supongo que no. —Me doy prisa para llevar su ritmo—. Pero puedo decirte con toda seguridad que la doctora Wessex se divertiría mucho contigo.

—Estoy segura. —Me sonríe de nuevo—. Entonces, es bueno que estés yendo a terapia, ¿no?

Los barracones de los guardias están en el límite del complejo, justo al lado de la jungla. Hay algunas casas de tamaño normal que están mezcladas con el grupo de edificios pequeños y cuadrados. De mis exploraciones anteriores, sé que están reservadas a los empleados de la organización de Julian que tienen rangos más altos y aquellos guardias con familia.

A medida que vamos acercando, Rosa va en línea recta hacia las casas que son más grandes. La sigo, medio corriendo, para poder mantener su ritmo. Estoy empezando a notarme el estómago raro y me empiezo a arrepentir de habernos dejado llevar por la insensatez.

—Esta es —dice en voz baja mientras recorremos uno de los lados de la casa—. Su habitación está aquí.

—Y lo sabes porque…

Me sonríe.

—Ya he estado aquí una o dos veces antes.

—Rosa… —Estoy descubriendo una nueva faceta suya—. ¿Ya has espiado a este pobre hombre antes?

—Solo una o dos veces —susurra, agachándose debajo de una ventana mientras me detengo un poco más atrás y observo—. Ahora, shhh. —Se acerca el índice a los labios para hacerme callar.

Me apoyo contra el tronco de un árbol, cruzo los brazos y veo que poco a poco va subiendo y va echando un vistazo a través de la ventana. Me sorprende que sea lo bastante valiente para hacer esto a plena luz del día. Aunque este lado de la casa de Lucas se encuentre frente al bosque, hay muchos guardias en la zona y, en teoría, podrían vernos mientras están haciendo la ronda.

Antes de que pueda abrir la boca para comentárselo a Rosa, esta se da la vuelta y me mira decepcionada.

—No están aquí —dice en voz baja—. Me pregunto dónde estarán.

—A lo mejor la ha llevado a otro sitio —digo, aliviada—. Vámonos.

—Espera, déjame comprobar una cosa. —Todavía en cuclillas, se mueve hacia una ventana que está más a la izquierda.

Le sigo a regañadientes, con más y más náuseas y cada vez más incómoda por esta situación. Solo un minuto más, me prometo a mí misma, y volveré a casa.

Justo cuando voy a decirle que me voy a ir, Rosa suelta un suave suspiro y me hace señas para que me acerque.

—Aquí —me susurra, emocionada—. No está en la habitación. Está aquí sola.

Ahora me pica a mí la curiosidad. Me inclino, y recorro el camino hasta donde está escondida Rosa, y me agacho cerca de ella. —¿Qué está haciendo? —Susurro, tengo miedo de saberlo.

—No lo sé —me responde volviéndose hacia mí—. La tiene aquí.

Ahora sí siento curiosidad. Me agacho y voy hasta ella.

—¿Qué hace él? —susurro, casi temerosa.

—No lo sé. No está en la habitación. Está ella sola.

—¿Y qué está haciendo ella?

—Puedes verlo tú misma. No está mirando en esta dirección.

Dudo un momento, pero me puede la tentación. Mientras aguanto la respiración, me levanto lo suficiente como para ver el borde inferior de la ventana, sin apenas darme cuenta de que Rosa está mirando a mi lado.

Como me temía, la vista del interior hace que se me revuelva el estómago.

La habitación que estoy viendo es grande y está escasamente amueblada. A juzgar por el sofá de cuero negro que está cerca de la pared y de la televisión que hay en el lado opuesto, esto parece ser la sala de estar. Las paredes están pintadas de blanco y la moqueta es gris. Es una habitación realmente masculina, seria y funcional, pero no es la decoración lo que me llama la atención.

Es la joven que está en el centro.

Está totalmente desnuda, está atada a una mesa de madera robusta, sus pies están separados y sus manos están atadas detrás de su espalda. Su cabeza está agachada, su enmarañado cabello rubio le oculta el rostro y gran parte del torso. Lo único que puedo ver de ella es que tiene unos pies finos y unas extremidades largas y pálidas llenas de hematomas. Extremidades que parecen demasiado delgadas para una chica de su altura.

Mientras miro con horrorizada fascinación, de repente levanta la cabeza con un movimiento brusco y me mira directamente, con sus ojos azules nítidos y claros en su rostro delicadamente definido.

Me agacho inmediatamente, se me acelera el pulso por la explosión de adrenalina. Rosa, sin embargo, sigue mirando por la ventana; su expresión rebosa curiosidad.

—Rosa —siseo mientras le tiro del brazo—. Nos ha visto. Vámonos.

—Vale, vale. —Mi amiga cede, dejando que tire de ella—. Vámonos.

Regresamos a nuestra ruta de siempre en silencio. Rosa parece que está absorta en sus pensamientos y yo no puedo ni hablar; las náuseas se intensifican a cada paso que doy. Al pasar junto a unos rosales, me arrodillo y vomito mientras Rosa me sujeta el pelo y se disculpa repetidamente por causarme este estrés.

Despacho sus disculpas, temblando, mientras me vuelvo a poner de pie. Lo que más me molesta no es el ver a una mujer atada y que, probablemente, esté a punto de ser torturada. Es que la vista no me sorprendió como debería haberlo hecho.

Julian no me acompaña a la hora de la cena. Por lo que me ha dicho Ana, ha tenido una llamada de emergencia de uno de sus asociados de Hong Kong. Me planteo ir hasta la oficina a escuchar, pero en vez de eso decido aprovechar para llamar a mis padres.

—Nora, cariño, ¿cuándo vamos a volver a verte? —Me pregunta mi madre por enésima vez tras haberle hecho un resumen rápido sobre cómo me van las clases. Mi padre está en un viaje de negocios, así que estamos solo nosotras dos en la vídeollamada—. Te echo mucho de menos.

—Lo sé, yo también te echo de menos. —Me muerdo por dentro de las mejillas, estoy a punto de estallar a llorar. *Putas hormonas de embarazo*—. Ya te lo he comentado, Julian me dijo que podríamos ir en algún momento dentro de poco.

—¿Cuándo? —Me pregunta mi madre, frustrada—. ¿Por qué no puede darnos una fecha?

Porque estoy embarazada y mi marido/secuestrador sobreprotector se niega a ir a ningún sitio ahora mismo.

—Mamá... —Respiro hondo mientras intento buscar algo de valor—. Creo que hay algo que deberías saber.

Mi madre se acerca más a la cámara, se le nota la preocupación a través de las arrugas de la frente.

—¿Qué pasa, cariño?

—Estoy embarazada de ocho semanas. Julian y yo vamos a tener un bebé. —Tan pronto como lo he dicho, siento que me he quitado un gran peso de encima. No me había dado cuenta hasta ese momento de lo mucho que me pesaba ese secreto.

Mi madre pestañea.

—¿Qué? ¿Ya?

—Hmmm, sí. —Esta no es la reacción que me esperaba. Frunciendo el ceño, me acerco más a la cámara—. ¿Qué quieres decir con «ya»?

—Bueno, tu padre y yo ya nos imaginábamos que al estar los dos casados y todo eso… —Se encoge de hombros—. Quiero decir, esperábamos que no pasase hasta dentro de un cierto tiempo y que terminases tus estudios primero.

—¿Ya os imaginabais que tendría hijos con Julian? —Siento que estoy en un universo alternativo—. ¿Y te parece bien?

Mi madre suspira y se separa de la cámara, mirándome con una expresión cansada.

—Pues claro que no nos parece bien. Pero no podemos vivir nuestras vidas engañándonos, por mucho que lo intente tu padre. Obviamente, no es lo que queríamos para ti, pero… —Se para y vuelve a suspirar antes de continuar hablando—. Mira, cariño, si esto es lo que quieres, si de verdad te hace tan feliz como dices, nosotros no podemos interferir. Solo queremos que seas feliz y que estés sana. ¿Lo sabes no?

—Lo sé, mamá. —Pestañeo rápidamente, intentando contener una nueva oleada de lágrimas—. Lo sé.

—Bien. —Sonríe, y estoy bastante segura de que veo cómo le brillan los ojos—. Ahora, cuéntamelo todo. ¿Vomitas? ¿Estás cansada? ¿Cómo lo supiste? ¿Fue un accidente?

Y durante la siguiente hora, mi madre y yo hablamos sobre bebés y embarazos. Me habla sobre su propia experiencia —fui un bebé inesperado por ella y por papá, concebida durante su luna de miel— y yo le explico que me herí el brazo cuando me secuestraron los terroristas y durante un breve período de tiempo estuve sin el implante. Es lo más cerca que puedo estar de la verdad: que Al-Quadar me quitó el implante del brazo porque pensaban que era un dispositivo de rastreo. Mis padres saben lo del secuestro en el centro comercial, tuve que explicarles mi desaparición, pero no les conté la historia completa.

No saben que su hija tuvo que hacer de cebo para salvar la vida de su secuestrador y que mató a un hombre a sangre fría.

Cuando terminamos nuestra conversación, está oscuro afuera y comienzo a sentirme cansada. En cuanto desconectamos, me ducho, me cepillo los dientes y me meto en la cama para esperar a Julian.

Al cabo de un rato, noto que los párpados se vuelven pesados y siento el letargo adueñándose de mí. Cuando mi mente comienza a divagar, aparece una imagen ante mis ojos: la de una niña atada e indefensa, atada a una silla en el centro de una habitación grande con paredes blancas. Sin embargo, su cabello no es rubio.

Es oscuro… y su vientre está hinchado con un niño.

13

Julián

Ya es casi media noche cuando termino de trabajar y por fin llego al dormitorio. Al entrar a la habitación enciendo la lámpara de noche y veo que Nora ya está dormida, acurrucada bajo la manta. Me doy una ducha, me tumbo a su lado y tiro de ella hacia mi cuerpo desnudo en cuanto me meto bajo las sábanas. Nuestros cuerpos encajan a la perfección. Su curvilíneo trasero se hunde entre mis ingles y mi brazo, estirado, sirve de almohada para su cuello. Tengo el otro brazo sobre su costado, doblado, y con la mano sujeto uno de sus pequeños pero firmes senos. Unos senos que, por cierto, parecen más carnosos que antes, lo que me recuerda que su cuerpo está cambiando.

Es curioso lo erótico que me resulta ser consciente de ello. El simple hecho de pensar que a Nora le está creciendo la tripa por el bebé que lleva dentro me pone cachondo. Nunca había pensado en una mujer embarazada como algo sexi. No obstante, esta vez estoy obsesionado con el cuerpo de mi esposa, aún delgado. Me fascinan las posibilidades del cuerpo. Mi insaciable apetito sexual está por las nubes estos días y me cuesta no lanzarme a por ella constantemente.

Si no fuese por mis dos pajas al día, me resultaría imposible controlarme.

Incluso estar tumbado pegado a ella como ahora mismo es una tortura para mí, y eso que acabo de masturbarme en la ducha. Pero no estoy dispuesto a apartarme. Necesito sentirla contra mí, aunque lo único que haga sea abrazarla. Necesita descansar y mi intención es dejarle dormir. Sin embargo, se revuelve un poco entre mis brazos mientras busco una postura un poco más cómoda y, medio dormida, pregunta:

—¿Julian?

—Claro, cariño —caigo en la tentación y le acaricio con los labios por detrás de la oreja mientras deslizo mi mano desde su seno hasta los cálidos pliegues que tiene entre las piernas—. ¿Quién iba a ser, si no?

—Esto… No sé… —su respiración se detiene en cuanto comienzo a estimularle el clítoris—. ¿Qué hora es?

—Tarde. —Le meto un dedo para ver si está lista. Mi polla palpita en cuanto noto el calor de su estrecha y lubricada vagina—. Debería dejarte dormir.

—No. A mí no me importa, de verdad —jadea mientras le meto el dedo más profundo hasta llegar al punto G.

—¿Seguro? —No puedo evitarlo y decido torturarla un poco—. No sé, yo creo que debería parar —murmuro en voz baja.

Debería contener más mis impulsos estos días, pero no puedo dejar pasar la oportunidad de escucharla suplicando.

—No, por favor. No pares —gimotea mientras le estimulo el clítoris haciendo círculos con el dedo pulgar a la vez que froto mi polla erecta contra su culo.

—Entonces dime qué quieres que te haga. —Continúo estimulándole el clítoris. Es como si tuviera fuego puro en mis brazos; su cuerpo está caliente y brillante. Le huele el pelo a flores por el champú que utiliza y las paredes de su vagina envuelven mi dedo como si intentasen arrastrarlo más hacia dentro—. Dime qué quieres exactamente, mi gatita.

—Sabes perfectamente lo que quiero —dice mientras, entre gemidos, mueve las caderas hasta lograr que mis dedos vayan a un ritmo constante—. Quiero que me folles. Fuerte.

—¿Cómo de fuerte? —Mi voz se endurece a medida que mi mente se llena de pensamientos tenebrosos y depravados. Hay demasiadas guarradas que me gustaría hacerle: me gustaría hacerla mía de muchas formas. Incluso después de todo este tiempo, hay una parte inocente en ella que hace que quiera corromperla. Hace que quiera llevarla hasta el límite—. Dime, Nora. Quiero escuchar hasta el más mínimo detalle.

—¿Por qué? —pregunta, casi sin aliento, mientras hace movimientos circulares con su pelvis contra mi mano. Su coño, empapado, baña mis dedos en flujo—. No harías lo que yo quiero. Y no preguntes por qué.

Dejo quieta la mano.

—Que me lo digas —digo en un tono de oscuro deseo.

—Yo… —Inspira con fuerza mientras comienzo de nuevo a jugar con su clítoris—. Quiero que me folles tan fuerte que hasta me duela. —Su voz se debilita en cuanto hago que su pequeño orificio se dilate tras meterle un segundo dedo—. Quiero que me ates y hagas conmigo lo que quieras.

—¿Quieres que te folle por el culo?

Siento en mis dedos cómo se le tensa el coño a la vez que un escalofrío recorre todo su cuerpo.

—Bueno... No lo sé.

La evasiva hasta me parecería graciosa si no fuese porque tengo los huevos a punto de explotar. Unos de estos días voy a tener que obligarla a admitir que le ha cogido el gustillo al sexo anal y que le gusta que se lo haga por detrás. De hecho, voy a hacer que me suplique que le meta la polla por su pequeño agujero. Pero, por ahora, esta conversación no podrá ser más que eso: una conversación. Por mucho que me guste metérsela por cada uno de sus orificios, ahora mismo no puedo hacerlo. No puedo poner en peligro al bebé por un poco de placer pasajero.

Este mero intercambio de palabras deberá bastar hasta que Nora dé a luz.

Entonces, saco los dedos de su interior y me agarro la polla para llevarla hacia su coño húmedo y caliente.

Ella gime mientras se la voy metiendo. Como estamos los dos tumbados de costado y, además, ella tiene las piernas cerradas, el orificio de su vagina es aún más estrecho, por lo que dejo a un lado la lujuria salvaje que me corre por las venas para ir poco a poco.

No le hagas daño. No le hagas daño. Esa frase es como una especie de mantra en mi mente. Se flexiona hacia adelante y arquea la columna para que pueda ponerme más cómodo. Deslizo mi mano hasta la parte delantera de su sexo en busca del pequeño botón que asoma entre los pliegues. En cuanto siente mis dedos en el clítoris, grita mi nombre en un gran gemido. Puedo sentir tanto sus espasmos como las contracciones de sus músculos internos mientras se corre.

Noto cómo mi corazón late rápidamente. Cojo una fuerte bocanada de aire y contraigo todos mis músculos para explotar de manera inminente. Una vez la sensación de necesidad de correrme disminuye un poco, empiezo a penetrarla con fuerza de nuevo a la vez que estimulo su clítoris, que ya está hinchado en este punto. Hace un sonido extraño, algo entre un gemido y un jadeo, y su cuerpo se tensa entre mis brazos. Cuanto más cortas y menos profundas son mis embestidas, más se tensa su cuerpo. Entonces, noto cómo su vagina, hinchada, deja de engullir mi polla justo antes de su segunda corrida.

La sensación de su flujo chorreando por mi pene es indescriptible. El placer es fuerte y eléctrico y recorre todo mi cuerpo hasta llevarme a un clímax instantáneo. Entre grandes gemidos de placer, presiono mi pelvis contra ella y le clavo la polla hasta lo más profundo de su vagina. Es entonces cuando exploto de manera violenta y con una gran potencia orgásmica.

Después, ambos nos quedamos tumbados mientras intentamos recuperar el aliento. Es como si el sudor nos hubiese dejado pegados y no pudiéramos separarnos. Un sentimiento de saciedad, satisfacción y calma recorre mi cuerpo, y mi frecuencia cardíaca va disminuyendo poco a poco. Sé que debería levantarme y llevar a Nora al baño para que se dé una ducha rápida, pero se está demasiado a gusto aquí, tumbado, enganchado a ella mientras mi polla se ablanda en su interior. Cierro los ojos y me permito disfrutar del momento. Mis pensamientos se dejan llevar hasta quedarme dormido.

—¿Julian?

La suave voz de Nora me despierta de golpe y me pone el corazón a mil.

—¿Qué pasa, cariño? —digo, preocupado, con tono cortante—. ¿Estás bien?

Deja escapar un fuerte suspiro y se acurruca entre mis brazos. Se gira para mirarme a los ojos y dice:

—Sí, estoy bien. ¿Por qué no iba a estarlo?

Suelto todo el aliento de golpe, lleno de alivio y sexualmente saciado, y me molesto por el tono de su respuesta.

—Entonces, ¿qué pasa? —pregunto en un tono más calmado mientras la cubro con la manta. En la habitación la temperatura es baja por el aire acondicionado y sé que Nora coge frío cuando está cansada.

Suspira de nuevo y la arropo más firmemente.

—Tú sabes que no soy de porcelana, ¿no?

Ni me molesto en contestarle. Simplemente la miro fijamente, con los ojos entreabiertos, hasta que suspira y dice:

—Solo quería decirte que ya he hablado con mis padres. Eso es todo.

—¿Sobre el bebé?

—Sí. —Se dibuja en sus labios una sonrisa de alegría—. Mamá ha reaccionado sorprendentemente bien.

—Tu madre es una mujer inteligente. ¿Y qué ha dicho tu padre?

—Con él no he hablado todavía, pero mamá ha dicho que ella misma lo hará.

—Genial.

Saber que Nora ha conseguido dar el paso me resulta gratificante, por extraño que parezca. Significa que cada vez está más cerca de aceptarlo, de admitir finalmente que el bebé es una realidad.

—Ya puedes dejar de preocuparte, entonces.

—Ya. —Sus ojos negros se iluminan por la luz tenue de la lámpara de noche—. Lo más difícil ya ha pasado. Ahora solo necesito dar a luz y criar al niño.

Su tono es suave. No obstante, puedo sentir el miedo detrás del sarcasmo. El futuro le aterroriza y, aunque me gustaría, no puedo decirle que todo irá bien para reconfortarla.

En el fondo, yo estoy igual de asustado que ella.

Como por la noche me quedé hasta tarde en la oficina, por la mañana me despierto más tarde de lo normal. Para entonces, Nora ya se está moviendo.

Al oír que me muevo, se da la vuelta en la cama y me lanza una sonrisa somnolienta.

—¿Aún estás aquí?

—Sí.

Tras sucumbir a un impulso momentáneo, tiro de ella hacia mí y la rodeo con fuerza entre mis brazos. A veces tengo la sensación de que el tiempo que pasamos juntos no es el suficiente. Aunque la veo a diario, quiero más.

Siempre quiero más.

Coloca la pierna sobre mi muslo y se pega más a mí mientras me hace cosquillas en el pecho con la nariz. Como era de esperar, mi cuerpo reacciona y hace que mi erección mañanera sea tan dura que hasta me duela. Sin embargo, hablando, consigue distraerme antes de que pueda hacer nada.

—Julian... —dice con voz apagada—. ¿Quién es la mujer que hay en casa de Lucas?

Sorprendido, me aparto un poco para mirarla.

—¿Tú por qué sabes eso?

—Rosa y yo la vimos ayer. —Nora evita mirarme a los ojos—. Porque... Bueno, simplemente pasábamos por allí. —Me mira de reojo.

—¿Ah, sí?

Me apoyo sobre el hombro y me quedo mirándola fijamente, como si estuviese analizándola. Ella se sonroja.

—¿Y por qué pasabais por allí? Normalmente no vais por esa zona.

—Ya, pero ayer sí. —Nora se sienta, se arropa con la manta y me mira con determinación—. Bueno, ¿no me vas a decir quién es? ¿Qué ha hecho?

Suspiro. No quería que Nora se enterase de la que se ha liado, pero me temo que no me queda otra opción.

—Esa chica es la intérprete rusa que nos dejó vendidos frente a los ucranianos —le explico mientras espero una reacción. Mi gatita por fin está superando sus pesadillas y lo último que quiero es provocar una recaída.

Los ojos de Nora se van abriendo cada vez más al escucharme.

—¿Ella es la responsable del accidente aéreo?

—No lo es directamente. Pero sí, la información que les dio a los ucranianos fue el desencadenante. Si Lucas no hubiese decidido tomar las riendas de la situación, yo habría tenido que enviar a alguien a Moscú a encargarse del traidor. Eso si los rusos no lo hubiesen hecho antes que yo, claro.

La expresión de Nora cambia y se oscurece mientras trata de procesar toda la información. Es increíble observarla. Aprieta sus labios suaves y se le llena la mirada del más puro odio.

—Estuvo a punto de matarte —dice con voz ronca—. Julian, esa puta casi te mata.

—Lo sé. Y mató a unos cincuenta de mis hombres.

Esa pérdida es la que me corroe más que ninguna otra cosa y sé que a Lucas también. Sea cual sea, el castigo que decida imponerle a la prisionera no será menos de lo que merezca y, por lo que veo, Nora parece estar llegando a la misma conclusión.

Yo sigo mirándola. Sale de la cama rápidamente y deja la manta. Coge la bata y se la pone antes de empezar a deambular, notablemente nerviosa, de un lado a otro de la habitación. Un efímero destello de su cuerpo me activa de nuevo, pero no dejo de observar su cara a la vez que me levanto.

—¿Te molesta, mi gatita? —le pregunto.

Nora se para en seco y dirige su mirada hacia mí, empezando por los pies y acabando en los ojos.

—¿Por eso tienes tanto interés en ella? —insisto.

—Es obvio que me molesta. —Su voz se llena de un nerviosismo que no sabría describir—. Hay una mujer atada de pies y manos en este complejo.

—Una traidora —rectifico—. No es precisamente una víctima inocente.

—¿Por qué no puedes dejar que las autoridades rusas se hagan cargo del asunto? —Nora se acerca—. ¿Por qué tuviste que traerla aquí?

—Lucas lo quiso así. Digamos que tienen una especie de relación… íntima.

Nora abre los ojos de par en par al comprender la situación.

—¿Estaban juntos?

—Sí, bueno... Más bien fue un rollo de una noche.

Voy al baño y Nora me sigue. Enciendo la ducha, comienzo a lavarme los dientes y Nora coge su cepillo para hacer lo mismo. Aún está algo intranquila, así es que, tras enjuagarme, le digo:

—Si realmente te molesta, puedo pedirle que se la lleve a otro sitio.

Nora deja el cepillo y me lanza una mirada sarcástica.

—Para que pueda «torturarla» con más tranquilidad, ¿no? ¿Qué cambiaría eso?

Me encojo de hombros y me meto en la ducha.

—Al menos no lo verías. —Dejo la mampara abierta para poder seguir hablando con ella. La ducha es lo suficientemente grande como para que no caiga ni una gota fuera.

—Ya, claro. —Se queda mirándome mientras me enjabono—. O sea que, si no lo veo, no está pasando, ¿no?

Suspiro de nuevo.

—Ven aquí, cariño. —La agarro y tiro de ella hacia dentro de la ducha sin preocuparme por la espuma que tengo en las manos.

A continuación, le quito la bata y la tiro al suelo del baño. La meto conmigo debajo del chorro caliente y no opone ninguna resistencia. Cierra los ojos y se queda quieta mientras me echo jabón en la mano y empiezo a enjabonarle el pelo con un pequeño masaje. Incluso mojado, es placentero sentirlo entre mis dedos, denso y sedoso.

Es curioso lo que me gusta cuidarla así. Así como también lo es que el mero acto de lavarle el pelo me produzca relajación a la par que excitación. Es en momentos como este en los que me resulta más fácil olvidar mi lado más intenso y sofocar los deseos a los que no podré sucumbir durante meses.

—¿Qué diferencia hay entre que sea Lucas o sean los rusos quienes impongan los castigos? —pregunto, tras haber terminado de enjabonarle el pelo.

Nora no dice nada, pero sé que sigue pensando en la intérprete y obsesionándose sobre lo que le deparará el futuro.

—El resultado sería el mismo. Lo sabes, ¿no, mi gatita?

En silencio, asiente con la cabeza. Seguidamente, inclina la cabeza hacia atrás para quitarse el jabón.

—Entonces, ¿por qué le das tantas vueltas? —Cojo el acondicionador. Ella se seca el agua de la cara y abre los ojos para mirarme—. ¿Acaso quieres que ande suelta por ahí?

—Debería. —Se queda mirándome mientras le aplico el acondicionador capilar—. No debería desearle ese sufrimiento.

Se dibuja en mis labios una sonrisa un tanto hilarante.

—Pero sí que se lo deseas, ¿no? Quieres que haya venganza tanto como lo quiero yo.

De repente empiezo a entender el motivo de su perturbación. Como en el caso del hombre al que mató, los sentimientos de una mujer de clase media como Nora están en conflicto con sus propios instintos. Sabe lo que, según la sociedad, debería sentir, y le enfurece pensar que las emociones que está sintiendo son bastante diferentes.

No es propio del ser humano aplicar la ley del *ojo por ojo, diente por diente*, y mi gatita se está dando cuenta de ello.

Nora cierra los ojos de nuevo y mete la cabeza debajo del chorro. El agua le cae por el rostro como si de una catarata se tratase, lo que hace que sus pestañas parezcan espigas largas y oscuras.

—Me quise morir cuando pensé que habías muerto —dice con una voz tan baja que apenas se oye por el ruido del agua al caer—. Aunque fue aún peor cuando te perdí por primera vez. Cuando vi a la chica, ya imaginé que había hecho *algo* para dañar tu negocio, pero no imaginaba que fuera ella misma quien hubiera provocado el accidente.

Solo imaginarme cómo debió de sentirse Nora aquel día hace que note un fuerte dolor en el pecho. Me vuelve loco el simple hecho de pensar en perderla.

—Cariño... —Me acerco a Nora y con la espalda freno el chorro que cae sobre ella y le cubro las mejillas con mis manos sin dejar de mirarla—. Se acabó. Ese capítulo de nuestras vidas ya ha pasado, ¿de acuerdo? Solo es eso: pasado.

Como no me dice nada, me inclino hacia ella y le doy un beso profundo y pausado para consolarla de la única manera que sé.

14

Nora

Estoy fallándome a mí misma. Sin prisa pero sin pausa, la oscura órbita de Julian me está arrastrando hacia su interior; me succiona en las aguas movedizas que es esta finca.

Y lo peor de todo es que lo sé desde hace tiempo. Distante, he ido observando mi propia transformación con una mezcla de miedo y curiosidad. Ciertas cosas que antes me parecían verdaderas aberraciones son ahora parte de mi día a día: asesinatos, tortura, tráfico ilegal de armas... Lo condeno a nivel intelectual, pero ya no me preocupa como antes. Mi brújula moral ha ido desviándose del camino y yo lo he consentido.

He permitido que el mundo de Julian me cambiase sin apenas oponer resistencia.

El sufrimiento de esa rubia no me afectaba especialmente a nivel emocional, ni siquiera antes de saber lo que había hecho. Al igual que Rosa, sentía morbo y curiosidad en vez de conmoción. Pero ahora que sé que ella es la intérprete que estuvo a punto de matar a Julian, el odio que recorre mis venas arrasa la poca compasión que pude haber sentido antes. Sé que no está bien dejar que Lucas la castigue así, pero mi corazón ya no entiende de injusticias.

Quiero que sufra, que pague por todo el dolor que nos ha hecho pasar.

Es extraño que ahora mismo no pueda pensar con claridad ni, mucho menos, analizar mis tan desconcertantes emociones. Estoy en la ducha y Julian me está besando, me anestesia los sentidos con sus caricias. Mientras tanto, sostiene mi cara con sus manos y, como ya es habitual, mi cuerpo reacciona ante sus estímulos. El agua caliente me recorre la piel y hace que el calor abrasador aumente aún más en mi interior. Sin embargo, mis pensamientos son claros y fríos. Ahora mismo solo se me ocurre una solución; una única manera de salvar lo poco que queda de mi alma.

Tengo que marcharme.

No de forma definitiva. No para siempre. Pero tengo que irme, aunque solo sea un par de semanas. Necesito recuperar mi sentido de la perspectiva, volver a integrarme en el mundo que existe más allá de este complejo.

Si no es por mí misma, que sea por la vida diminuta que llevo dentro.

—Julian... —digo con voz temblorosa cuando, finalmente, libera mis labios. Desliza una mano por mi espalda y hace que me excite—. Julian, quiero irme a casa.

Se queda quieto de golpe y, sin soltarme, levanta la cabeza. Su mirada se endurece y el ardiente deseo se convierte en algo gélido e amenazante.

—Ya estás en casa.

—Quiero ver a mis padres —insisto. El corazón me late muy deprisa. Julian tiene su fuerte cuerpo pegado a mí y el vapor del agua está empañando la mampara. Me siento como si estuviese atrapada en una burbuja de lujuria y carne desnuda. Mi cuerpo necesita sentir sus caricias, pero mi mente me grita que no debo caer en la tentación. No. Al menos mientras haya tanto en juego.

Empieza a temblarle la barbilla.

—Ya te he dicho que algún día iremos. Pero ahora mismo no. No en tu estado.

—Entonces, ¿cuándo? —Hago un esfuerzo por aguantarle la mirada—. ¿Cuando tenga un bebé al que cuidar? ¿O cuando el bebé ya sepa hablar? ¿Y si para entonces ya ni siquiera es un bebé? ¿Crees que entonces será el momento más adecuado?

Sus labios se convierten en una línea dura y peligrosa. Me apoya contra la pared de la ducha, me agarra por las muñecas y las mantiene sujetas por encima de mi cabeza.

—No me pongas a prueba —murmura. Su erección me presiona el estómago—. No te gustarán las consecuencias.

Aunque tengo claro que llevo razón, el miedo se me clava en el pecho como un cuchillo. Sé que Julian no me haría daño estando embarazada, pero el castigo físico no es la única arma que guarda en su arsenal. Me vienen a la cabeza las imágenes de la paliza a Jake que traen consigo un escalofrío espeluznante.

—No —susurro. Se inclina hacia mí y roza sus labios contra mi oreja; un gesto de gran ternura comparado con lo intimidante que resulta su cuerpo acercándose a mí—. Julian, no lo hagas.

Se endereza. Sus ojos parecen dos gélidas gemas azules.

—¿Que no haga qué? —Me agarra por las muñecas con una de las manos y, con la mano que tiene libre, hace círculos con un dedo alrededor de mis pechos y mi ombligo. Siento como si mi cuerpo estuviese en llamas.

—No... —Se me rompe la voz. Sus caricias me excitan demasiado a pesar del escalofrío que continúa recorriéndome—. No dejes que se convierta en esto.

Me agarra firmemente por la barbilla con los dedos y parezco no tener escapatoria.

—¿A qué te refieres? —pregunta con un tono que, en vano, intenta transmitir calma—. ¿Te refieres a que eres mía?

Me quedo sin aliento.

—Soy tu mujer, no tu esclava.

—Tú serás lo que yo quiera que seas, mi gatita. Me perteneces. —Su tono cruel e indiferente me cae encima como un jarro de agua fría y me corta la respiración. Debe de haberlo notado porque deja de agarrarme con tanta fuerza—. Este es tu hogar, Nora. Aquí. Conmigo. Y en ninguna otra parte —dice en un tono levemente más suave.

—Pero ellos son mis padres, Julian. Son mi familia. Igual que tú lo eres ahora. No puedo vivir siempre encerrada en una jaula por si me pasa algo. Terminaré volviéndome loca.

Siento cómo se me llenan los ojos de lágrimas, de modo que parpadeo rápidamente para intentar contenerlas. Lo último que quiero es que se dé cuenta de que estoy emocionalmente inestable estos días.

Putas hormonas del embarazo.

Julian me mira fijamente. Los ojos le brillan por la frustración. Tras apagar el grifo, sale de la ducha y coge la toalla con una violencia casi incontrolable. Todavía tiene la polla dura y, a pesar de su nueva actitud basada en tratarme como si de una burbuja de vidrio se tratase, me sorprende que no haya querido follar.

Con cuidado, salgo de la ducha detrás de él y siento cómo mis pies se hunden en el suave tejido de la alfombrilla.

—Por favor, Julian… —Comienzo a explicarle. Sin embargo, ya está acercándose con la toalla en la mano. Me envuelve en ella y me seca con pequeñas palmaditas antes de coger otra para él.

—¿Qué tiene que ver todo esto con Yulia Tzakova? —Sus palabras hacen que me pare en seco justo antes de salir del baño. Confusa, me giro y, antes de que pueda decir nada, Julian se explica—. Me refiero a la intérprete rusa que viste ayer. Quiero decir que si ella tiene algo que ver con este deseo repentino de irte con tus padres.

Por un momento pienso en negarlo, pero Julian sabe cuándo estoy mintiendo.

—En cierto modo, sí —digo con prudencia—. Simplemente necesito pasar un tiempo lejos de aquí: un cambio de aires. Necesito un respiro. —Trago saliva mientras le sostengo la mirada—. Lo necesito de verdad.

Me mira fijamente y, sin decir ni una sola palabra más, se va a la habitación para vestirse.

Julian no habla durante todo el desayuno y está aparentemente absorto en los correos que le llegan al iPad. Me siento ignorada, una sensación desconocida para mí. Normalmente me presta total atención cuando desayunamos juntos y me molesta más de lo normal que esta vez no lo haga.

Quizás debería romper el silencio, pero no quiero empeorar las cosas. Tal como está todo, la discusión de esta mañana probablemente haya destruido las posibilidades que tenía de poder marcharme. Debería haber esperado a una ocasión más propicia para sacar el tema de la visita a mis padres. Definitivamente, hacerlo en medio de un calentón no ha sido la mejor elección.

Nada me asegura que el resultado habría cambiado si hubiese utilizado otra estrategia, por supuesto. Es muy difícil hacerle cambiar de opinión una vez ha tomado una decisión, sobre todo si mi seguridad está en juego. Ya lo intenté con el tema de los rastreadores y todavía los llevo integrados. Nunca me dejará quitármelos, igual que nunca me dejará terminar con la relación. Le pertenezco de verdad en todos los aspectos y no hay nada que pueda hacer al respecto.

Sacando fuerzas de donde no las hay, termino de comerme los huevos y me levanto. No quiero estar más tiempo en una atmósfera así de tensa. Sin embargo, justo cuando voy marcharme, Julian retira la mirada del iPad y me lanza una mirada punzante.

—¿Adónde vas?

—A estudiar para mis exámenes —contesto con recelo.

—Siéntate. —Señala la silla de manera autoritaria—. Todavía no hemos terminado.

Reprimiendo un estallido de rabia, vuelvo a la mesa y me siento de brazos cruzados.

—Tengo que estudiar, Julian, en serio.

—¿Cuándo tienes el último examen final?

Me quedo mirándole fijamente. Se me acelera el pulso al sentir una mínima esperanza dentro de mi pecho.

—El programa online es flexible. Si termino todas las clases pronto, puedo hacer los exámenes directamente.

—A principios de junio entonces, ¿no? —Se impacienta.

—No, antes. —Pongo mis manos sudorosas sobre la mesa—. Podría terminar dentro de una semana y media.

—De acuerdo. —De nuevo, dirige su mirada hacia el iPad y escribe algo. Mientras tanto, yo sigo mirándolo, casi sin atreverme a respirar. Al cabo de un minuto, vuelve a levantar la vista y me atraviesa con su azul y dura mirada—. Solo te lo diré una vez, Nora —dice con determinación—: Si me desobedeces o haces algo que te pueda poner en peligro mientras estamos en Chicago, tendrás tu castigo. ¿Entendido?

Voy corriendo hacia él y, casi antes de que pueda terminar de hablar, le salto encima tan fuerte que estamos a punto de caernos de la silla.

—¡Sí! —No sé cómo he terminado sobre su regazo, pero ahí estoy, con los brazos tendidos alrededor de su cuello y llenándole la cara de besos—. ¡Gracias! ¡Gracias! ¡Gracias!

Me deja besarle hasta que me canso y, a continuación, me sujeta la cara con las manos y me mira atenta y fijamente. Le brillan los ojos de deseo. Siento su duro paquete contra mis muslos, lo cual me dice que vamos a continuar con lo que empezamos esta mañana. Se me erizan los pezones bajo el tejido del vestido solo de pensarlo.

Julian se pone de pie con una sonrisa un tanto sombría y me sujeta contra su pecho. Es como si hubiese notado que estoy empezando a excitarme.

—No hagas que me arrepienta, mi gatita —murmura mientras me lleva hacia las escaleras—. No quieres decepcionarme, créeme.

—No lo haré —prometo fervorosamente a la vez que le agarro por el cuello con los brazos—. Te prometo, Julian, que no lo haré.

El Viaje

15

Nora

Me voy a casa. Qué ilusión, ¡me voy a casa!

Aún sigo sin creerme que esto esté pasando, por mucho que mire por la ventanita del avión para contemplar las nubes. No han pasado ni dos semanas desde aquella conversación que tuvimos durante el desayuno y ya estamos de camino a Oak Lawn.

—Este avión no se parece en nada a los que he visto en la televisión —dice Rosa mientras observa la lujosa cabina—. Quiero decir... Sabía que no volaríamos con una compañía normal y corriente, pero esto es *increíble*, Nora.

La miro y sonrío.

—Lo sé. Tuve la misma reacción la primera vez que lo vi.

Echo una mirada rápida a Julian, que está sentado en el sillón con el portátil y, por lo que veo, ignorando nuestra conversación. Me ha dicho que tiene pensado reunirse con el gestor en Chicago, así que supongo que estará estudiando las posibles inversiones preparatorias. O quizás está revisando las últimas modificaciones del último diseño del dron propuestas por los ingenieros. Ese proyecto le ha quitado mucho tiempo esta semana.

—La primera vez que vuelo y es en un jet privado. ¿Te lo puedes creer? Solo faltaría que el viaje fuese a Nueva York —dice Rosa. Dirijo mi atención de nuevo hacia ella. Casi no puede dejar de dar botes en el asiento afelpado y le brillan los ojos de la emoción. Lleva así unos cuantos días, exactamente desde que convencí a Julian de que viniese con nosotros para cumplir aquello con lo que lleva soñando tanto tiempo: viajar a Estados Unidos.

—Chicago también es increíble —contesto a la cursilada que acaba de decir casi sin darse cuenta—. Es una ciudad chulísima, ya lo verás.

—Por supuesto. No cabe duda. —Rosa se sonroja tras darse cuenta de que se ha metido con mi hogar—. Estoy segura de que es precioso. Espero que no me tomes por una desagradecida —rectifica al instante, visiblemente angustiada—. Sé que has decidido traerme porque eres una buena amiga y estoy muy ilusionada.

—Rosa, vienes conmigo porque te necesito —la interrumpo para evitar que se hable de este tema delante de Julian—. Eres la única persona en quien confía Ana para prepararme los batidos por la mañana, que ya sabes que necesito las vitaminas.

O al menos eso es lo que le dije a mi marido obsesivo y sobreprotector cuando le pedí que Rosa viniera con nosotros. Sé que podría haberme hecho los batidos yo solita o haberme tomado las vitaminas sin más, pero quería que me dejara traer a mi amiga. A día de hoy, todavía no sé si aceptó porque se lo creyó de verdad o porque no tenía nada que decir en contra. En cualquier caso, no quiero que Rosa tire todo el plan por la borda... o por el ala, en este caso.

Sigo sin creérmelo: no me creo que esté de camino a casa de mis padres. Las dos últimas semanas han pasado volando. Entre los exámenes y los trabajos, apenas he tenido tiempo de pensar en el viaje. No fui consciente de que todo esto era real hasta que conseguí tomarme un respiro hace tres días. Para entonces, Julian ya había organizado todos los preparativos pertinentes y reforzado la seguridad en los alrededores de la casa de mis padres a unos niveles comparables a los de la casa blanca.

—Ah, sí. Los batidos... —dice Rosa mientras mira a Julian con prudencia. Parece que lo ha pillado—. Ya se me había olvidado. Y, además, te ayudaré a desempaquetar todos los materiales de arte para que no te canses más de la cuenta.

—Exacto. Eso es. —Le lanzo una sonrisita conspirativa—. No puedo andar levantando lienzos demasiado pesados y eso.

En ese momento, el avión tiembla y Rosa pasa de estar emocionada a estar pálida.

—Esto... ¿Qué ha sido eso?

—Son solo turbulencias —digo pausadamente mientras intento calmar las repentinas ganas de vomitar. Aún no he pasado la fase de las náuseas matutinas y los movimientos bruscos del avión no están ayudando mucho.

—No nos vamos a estrellar, ¿verdad? —pregunta Rosa, aterrorizada. Le digo que no con la cabeza para tranquilizarla. Sin embargo, al echar un vistazo a Julian para ver lo que está haciendo me doy cuenta de que me está mirando. Está más pálido de lo normal y tiene los nudillos blancos de agarrar el ordenador.

Sin pensarlo dos veces, me desabrocho el cinturón y me levanto con la intención de ver si se encuentra bien. Si Rosa tiene miedo de tener un accidente, no quiero ni imaginarme cómo debe sentirse Julian tras haber sufrido uno hace menos de tres meses.

—¿Qué haces? —pregunta él con voz cortante mientras se pone de pie, dejando caer el portátil sobre el asiento—. Siéntate, Nora. No es seguro que estés levantada.

—Solo quiero...

Apenas he terminado de explicarme y ya está obligándome a sentarme y a abrocharme de nuevo.

—Que te sientes —me grita mientras me mira directamente a los ojos—. ¿No me habías prometido que te portarías bien?

—Sí, pero quería... —Al ver la expresión de su rostro, me quedo callada y solo me atrevo a murmurar un «da igual».

Julian se sienta enfrente de nosotras sin dejar de mirarme. Rosa no para de retorcerse las manos por encima del regazo mientras mira por la ventana. Parece incómoda. Me siento mal por ella. Debe de ser bochornoso ver cómo tratan a su amiga como a un niño desobediente.

—No quiero que te caigas si el avión entra en una bolsa de aire —dice Julian con un tono más calmado tras ver que no tengo intención de volver a levantarme—. No es seguro deambular por la cabina durante las turbulencias.

Asiento con la cabeza y me concentro en respirar lentamente. Pues eso me ayuda a combatir tanto las náuseas como la ira. A veces me olvido de la realidad y me creo que lo nuestro es un matrimonio normal en el que prevalece la igualdad y no lo que quiera que sea esto de verdad. Puede que, ante la ley, yo sea su mujer, pero en la práctica soy más bien su esclava sexual.

Una esclava sexual que, por cierto, está perdidamente enamorada de su dueño.

Finalmente, consigo ponerme cómoda justo en medio de la amplia butaca de cuero y cierro los ojos para intentar relajarme.

Tengo la sensación de que va a ser un vuelo largo.

—Cariño, despierta. —Siento unos labios cálidos en la frente mientras alguien me desabrocha el cinturón—. Ya hemos llegado.

Abro los ojos y parpadeo lentamente.

—¿Qué?

Julian sonríe. Su mirada denota alegría.

—Has dormido durante todo el viaje. Debías de estar agotada.

La verdad es que estaba bastante cansada por todo lo que había tenido que estudiar y por las maletas, pero nunca antes me había dormido una siesta de ocho horas. Seguro que son las hormonas del embarazo otra vez.

Tras taparme la boca por un enorme bostezo, me levanto. Rosa ya está de pie esperando al lado de la puerta del avión con la maleta en la mano.

—¡Ya hemos aterrizado! —dice con alegría—. Apenas he notado cómo el avión tocaba tierra. Apuesto a que Lucas es un piloto excelente.

—Lo es —reconoce Julian mientras me echa un chal de cachemir sobre los hombros. Al observar mi cara de perplejidad, Julian justifica el porqué del chal—: Estamos tan solo a veinte grados. No quiero que te resfríes.

Contengo la risa como puedo. Solo alguien que provenga de una zona tropical diría que veinte grados es frío, aunque, sinceramente, puede que haga un poco de fresco para ir con un vestido de manga corta como el mío. El tiempo en Chicago a finales de mayo es totalmente impredecible: lo mismo te mueres de frío que te asas de calor. Julian lleva pantalones largos y una camisa de manga larga.

—Gracias —le digo. El gesto me resulta un tanto conmovedor, aunque estos días pueda pasarse de la cuenta un poco. Huelga decir, por supuesto, que notar sus grandes manos sobre los hombros hace que quiera fundirme en sus brazos, incluso aunque Rosa esté a unos pocos metros de nosotros.

—De nada, cariño —contesta con voz ronca mientras me sostiene la mirada. Sé que él también siente esa profunda e inexplicable atracción que sentimos el uno hacia el otro. No sé si será química u otra cosa, pero nos mantiene unidos más que un imán.

El sonido de la puerta al abrirse me despierta de la especie de hechizo bajo el que me encontraba. Sobresaltada, doy un paso atrás. Llevo el chal sujeto para que no se caiga. Julian me mira con unos ojos que prometen que continuaremos por donde lo hemos dejado y un escalofrío recorre mi cuerpo solo de pensarlo.

—¿Puedo bajar ya? —pregunta Rosa, que espera impaciente junto a la puerta ya abierta.

—Por supuesto —contesta Julian—. Adelante, Rosa. Nosotros bajamos ahora.

Rosa desaparece por la puerta. Julian se acerca a mí y hace que me quede sin aliento.

—¿Estás preparada? —pregunta dulcemente.

Yo asiento con la cabeza, hipnotizada por el cariño que transmiten sus ojos.

—Entonces, adelante —murmura mientras me coge de la mano. Mis dedos quedan totalmente cubiertos por su mano, grande y masculina—. Tus padres nos esperan.

El coche que nos lleva desde el aeropuerto hasta la casa de mis padres es una limusina larga y moderna con unas lunas peculiarmente gruesas.

—¿Son a prueba de balas? —pregunto en cuanto nos subimos al vehículo. Julian despeja mis dudas asintiendo con la cabeza. Está sentado en los asientos traseros con Rosa y conmigo y Lucas va conduciendo, como de costumbre.

Me pregunto si estará enfadado por haber tenido que dejar a su juguetito ruso para venir al viaje. Las últimas noticias que tengo son que la intérprete aún está viva y que sigue prisionera en la vivienda de Lucas. Julian me dijo que le había asignado a dos guardas para que la vigilen y se aseguren de que está bien durante su ausencia. Por lo que se ve, no quiere que nadie más tenga el privilegio de torturarla.

Toda esa situación me pone enferma, así que intento no pensar en ello. El único motivo por el que sé todo lo que sé es porque Rosa se niega a dejarlo estar y me pide constantemente que le pregunte a Julian sobre las novedades. Su obsesión con la mano derecha de Julian, Lucas, me preocupa, aunque estoy llegando a la conclusión de que Rosa tenía razón cuando decía que él no estaba interesado en ella en absoluto. Sin embargo, igual que no quiero que tenga nada con él, tampoco quiero que le rompan el corazón, y me temo que todo apunta a que eso es lo que pasará.

—¿Estás segura de que a tus padres no les importa que lleguemos tan tarde? —pregunta Rosa, interrumpiendo mis pensamientos—. Son casi las nueve de la noche.

—No, tienen muchísimas ganas de verme. —Miro el teléfono y veo que llega otro mensaje de mamá. Lo abro, leo el mensaje por encima y le explico a Rosa que ya está puesta la mesa.

—¿Y seguro que no les importa que vaya con vosotros? —Se muerde el labio inferior—. Quiero decir… tú eres su hija y está claro que quieren verte, pero yo soy solo la chacha.

—Tú eres mi amiga. —De manera impulsiva, estiro el brazo y le aprieto la mano—. Por favor, deja de preocuparte. No estorbas.

Aliviada, Rosa sonríe. Yo miro a Julian para ver su reacción. Se muestra indiferente, pero detecto en su mirada un atisbo de alegría. Mi marido no está preocupado en absoluto por tener que abusar de la confianza de mis padres a estas horas de la noche. Y me parece totalmente razonable. ¿Por qué debería preocuparle algo así si fue capaz de raptar sin excusas a su hija?

La verdad es que creo que será una cena interesante.

—¡Nora! ¡Tesoro! —Un olor suave y perfumado me envuelve en cuanto mis padres abren la puerta. Entre risas, abrazo a mi madre y, después, a mi padre, que está justo detrás de ella. Me abraza con fuerza durante unos instantes y siento cómo su corazón late con fuerza dentro de su pecho.

Cuando se retira un poco para poder mirarme, observo que se le han llenado los ojos de lágrimas.

—Nos alegramos mucho de verte —dice, casi susurrando, con una voz que parece salirle directamente del alma. Aunque sonrío, tampoco puedo contener las lágrimas.

—Yo también, papá. Yo también. Os he echado mucho de menos a los dos.

Tras decir esto, caigo en la cuenta de que viajo acompañada. Me giro y me fijo en que mamá está mirando a Rosa y a Julian con una sonrisa un tanto forzada.

Respiro profundamente y me preparo para lo que viene.

—Mamá, papá, ya conocéis a Julian. Y esta es Rosa Martínez. Es mi mejor amiga de la finca. —Le dije a Lucas que nos acompañara a cenar, pero no ha querido. Me ha dicho que debe quedarse afuera por el protocolo de seguridad.

Mi madre asiente con la cabeza mientras mira a Julian con recelo. Luego, su sonrisa se vuelve un poco más afectuosa al mirar a mi amiga.

—Encantada de conocerte, Rosa. Nora nos ha hablado de ti. Pasa, por favor.

Da un paso hacia atrás para dejar la entrada libre y Rosa entra con una sonrisa tímida. Julian entra detrás de ella con el paso tranquilo y seguro que le caracteriza.

—Gabriela. Es un gusto volver a verla. —Quien, en su día, fue mi apresador se agacha para darle un beso en la mejilla al estilo europeo y se dibuja en mi cara una gran sonrisa. Esto deja a mi madre ruborizada como una colegiala delante del chico que le gusta. Mientras se recupera, Julian dirige su atención a mi padre—. Es un placer conocerlo en persona, Tony —dice mientras extiende el brazo para darle la mano.

—Lo mismo digo —contesta mi padre entre dientes. Tiende el brazo y le aprieta la mano con fuerza—. Y tutéame. Me alegro de que finalmente hayas podido venir.

—Sí, yo también —dice Julian con tranquilidad mientras suelta la mano de mi padre. Me doy cuenta de que se le han quedado marcados los dedos en aquellos sitios donde mi padre le ha apretado especialmente fuerte y me da un vuelco el corazón. Pero, aliviada, al mirarle la mano a mi padre me doy cuenta de que no se han hecho daño.

Supongo que Julian no le tendrá en cuenta a mi padre esta pequeña reacción agresiva, o al menos, eso espero.

Mientras vamos al comedor, miro con disimulo a mi marido para contemplar lo guapo que es. Tener a quien un día fue mi secuestrador en casa es demasiado extraño. Estoy acostumbrada a estar con él en lugares más exóticos y desconocidos, no en Oak Lawn, Illinois. Ver a Julian en casa de mis padres es algo así como encontrarse un león salvaje en un centro comercial a las afueras de la ciudad: es extraño y un tanto siniestro.

—Estás muy delgada, tesoro —exclama mi madre mientras me mira de forma crítica al entrar en el comedor—. Era consciente de que aún no tendrías la tripa muy grande, pero parece que incluso has adelgazado.

—Lo sé —dice Julian, poniéndome una mano en la parte baja de la espalda, justo por encima del trasero. Que me toque de esa manera delante de mis padres me resulta excitante a la par que incómodo—. Ha costado que coma bien por las náuseas. Al menos ya ha dejado de perder peso. Tendrías que haberla visto hace cuatro semanas.

—¿Ha sido muy duro, tesoro? —pregunta mi madre, en un tono comprensivo, cuando nos paramos justo delante de la mesa. No deja de mirarme a la cara para ignorar el gesto de posesividad por parte de Julian. No obstante, mi padre aprieta los dientes con tanta fuerza que prácticamente puedo oírlo.

—La situación mejoró cuando empezamos a ser realmente conscientes de que estaba embarazada. Empecé a comer de manera más saludable con unos horarios más regulares y parece que eso me fue bien —explico ruborizada. Me resulta raro hablar sobre el embarazo delante de mi padre. Ya hemos hablado sobre el tema por vídeollamada y no parecía agradarle mucho: siempre hacía preguntas sobre mi salud y yo las rehuía. Sé que odia que esté embarazada con mi edad, y aún más que lo esté de Julian. Probablemente mi madre sienta lo mismo, pero trata el tema con mucha más diplomacia.

—Espero que puedas cenar bien esta noche —dice mamá con preocupación—. Tu padre y yo hemos preparado muchísima comida.

—Seguro que sí, mamá. —Julian saca una silla para mí y, sonriente, me siento en ella—. Todo tiene una pinta deliciosa.

Y lo digo de verdad. Mis padres se han superado. En la mesa hay de todo: desde el pollo al romero de mi padre, receta que solo prepara para ocasiones especiales, hasta los tamales de mi abuela y las costillas de cordero en su punto, que son mi plato preferido. Es un verdadero banquete y mi estómago parece rugir por el delicioso olor de los platos.

Julian se sienta a mi izquierda y mamá y papá se sientan justo enfrente de nosotros.

—Ven. Siéntate aquí, a mi lado —le digo a Rosa mientras doy unos golpecitos sobre la silla que queda libre. Sé que todavía no se siente cómoda porque está segura de que molesta. La sonrisa luminosa que tanto la caracteriza transmite ahora inseguridad y se muestra un tanto tímida. Se sienta a mi lado y reposa las manos sobre su vestido azul a la altura del abdomen.

—La presentación de la mesa es asombrosa, señora Leston —dice en un tono suave con su peculiar acento.

—¡Vaya! Muchas gracias, querida. —Mi madre esboza una sonrisa cariñosa—. Hablas muy bien nuestro idioma. ¿Dónde has aprendido a hablar así? Nora me dijo que nunca habías viajado a Estados Unidos.

—No, la verdad es que no. —Rosa, encantada con el cumplido, explica cómo la madre de Julian le enseñó inglés de Estados Unidos cuando era pequeña. Mis padres escuchan la historia con interés y hacen unas cuantas preguntas. Entretanto, aprovecho para excusarme y voy al lavabo.

Cuando vuelvo, me encuentro con una atmósfera en la que se respira una fuerte tensión. El único que parece estar relajado es Julian, que está apoyado en el respaldo de la silla mirando a mis padres con una mirada inescrutable. Mi padre está visiblemente enfadado y mi madre, con la mano apoyada sobre su hombro, trata de tranquilizarlo. La pobre Rosa está en plan «tierra, trágame».

Me siento y pienso si debería preguntar qué ha pasado, pero creo que solo conseguiría empeorar la situación.

—¿Qué tal en el nuevo trabajo, papá? —pregunto con ilusión.

Tras respirar hondo un par de veces, intenta forzar una sonrisa. Le sale algo más parecido a una mueca, pero le agradezco que lo haya intentado.

Antes de que pueda contestarme a la pregunta, Julian se reclina hacia adelante, apoya los antebrazos sobre la mesa y dice:

—Tony, quizás no eres consciente de ello, pero tu hija ahora es una de las mujeres más ricas del mundo. No le faltará de nada, independientemente de la profesión que elija o, incluso, si decide no trabajar. Entiendo que tener un hijo estando en la universidad no es lo más conveniente, pero yo no lo llamaría «destruir su vida», y menos aún teniendo los medios necesarios para mantenerlo.

El pecho de mi padre se hincha de furia.

—¿Crees que el hijo es el único problema? Tú la...

—Tony. —Mi madre utiliza un tono suave, pero su entonación hace que mi padre deje la frase a medias. Después, se gira hacia Julian—. Disculpa los malos modales de mi marido —dice en un tono neutral—. Por supuesto que sabemos que puedes mantener a Nora económicamente.

—No te preocupes. Está bien. —Distante, Julian sonríe—. ¿Y sabes también que tu hija se está convirtiendo en una artista de éxito?

Me paro en seco justo antes de alcanzar una costilla de cordero y miro a Julian con sorpresa.

—¿Una artista de éxito? ¿Yo?

—Sé que hay una galería de arte de París interesada en sus cuadros —dice mamá prudentemente—. ¿Te refieres a eso?

—Exacto. —Julian sonríe aún más—. Aunque lo que puede que no sepáis es que el propietario de la galería es uno de los coleccionistas de arte más importantes de Europa. Y está realmente fascinado por el trabajo de Nora. Tan fascinado que, de hecho, me acaba de enviar una oferta para adquirir cinco de sus cuadros para su colección personal.

—¿En serio? —No puedo controlar la ilusión—. ¿Quiere comprarlos? ¿Por cuánto?

—Cincuenta mil euros: diez mil por cada cuadro. Pero seguro que, si negociamos, podemos subir el precio.

Se me corta la respiración por un momento. ¿Cincuenta mil? Solo con quinientos dólares ya me habría vuelto loca de la alegría. Habría aceptado cincuenta pavos, incluso. Me resulta imposible pensar que alguien quiera mis garabatos.

—¿Has dicho cincuenta mil euros?

—Sí, cariño. —Julian me mira de forma cariñosa—. Enhorabuena. Estás a punto de cerrar tu primera gran venta.

—Madre mía —exhalo—. Ma-dre mí-a.

Mis padres también están sorprendidos. Están atónitos por el giro que han dado los acontecimientos. Rosa parece ser la única que no se ha asombrado.

—¡Enhorabuena, Nora! —me dice con una sonrisa—. Ya te dije que los cuadros eran maravillosos.

—¿Cuándo has recibido la oferta? —le pregunto a Julian cuando consigo reaccionar.

—Justo antes de llegar aquí. —Julian estira el brazo para estrujarme la mano cariñosamente—. Iba a decírtelo más tarde, pero he supuesto que a tus padres también les gustaría saberlo.

—Por supuesto que sí —dice mamá una vez ha vuelto en sí. Es... No sé. Es increíble, tesoro. Estamos enormemente orgullosos de ti.

Mi padre, callado, asiente con la cabeza. No obstante, sé que está igual de impactado que el resto. Y probablemente esté empezando a cambiar su opinión sobre el potencial de mi afición a la pintura.

—Papá —digo con voz tenue mientras le miro—. No pretendo dejar la universidad. Ni siquiera por el bebé. ¿Vale? Así que, por favor, no te preocupes más. Estoy bien, de verdad.

Me mira fijamente, luego a Julian y, de nuevo, a mí. Espero a que diga algo, pero no lo hace. Únicamente agarra la bandeja de las costillas de cordero y la empuja hacia mí.

—Venga, tesoro —dice en voz baja—. Debes de tener hambre después de un viaje tan largo.

Acepto las costillas con gusto y el resto se sirve la comida en los platos.

La cena continúa de la mejor manera posible. Aunque sí que es cierto que hay algunos momentos de silencio incómodo, la mayoría de la cena transcurre tranquilamente, llena de conversaciones en las que reina el respeto. Mi madre pregunta sobre la vida en la finca y Rosa y yo le enseñamos fotos desde su móvil. Mientras tanto, mi padre inicia un debate político con Julian. Para la sorpresa de todos, ambos resultan compartir las mismas ideas escépticas en relación a la situación de Oriente Medio, aunque los conocimientos geopolíticos de Julian superan con creces los de mi padre. Al contrario que mis padres, Julian no recibe las noticias a través de los medios de comunicación, sino que es parte de ellas.

De hecho, él las escribe por decirlo de algún modo, aunque muy poca gente lo sabe fuera de la comunidad de inteligencia.

Tengo que ser agradecida con mis padres. Se están portando muy bien con él aunque piensen que debería estar entre rejas. Supongo que es porque tienen miedo de perderme si se ponen en contra de Julian. Mi madre estaría dispuesta a cenar con el mismísimo demonio con tal de seguir estando en contacto con su hija y mi padre suele seguir sus pasos ante las situaciones más difíciles.

Pero, aun así, lo vigilan durante toda la cena con la misma mirada con la que observarían a una criatura salvaje. Por el contrario, Julian se muestra sonriente y tan terriblemente encantador como siempre. Sin embargo, sé que sienten su habitual aura de peligro; una sombra violenta que lleva consigo como si de una capa negra se tratase.

A la hora del postre, Julian recibe un mensaje urgente de Lucas y se excusa para salir unos minutos.

—No es nada grave —me dice al verme preocupada—. Solo son pequeños asuntos de negocios que deben ser atendidos.

Sale al jardín y, en ese momento, Rosa decide ir al servicio. Yo me quedo sola con mis padres por primera vez desde que llegamos.

—¿Un asunto de negocios? —pregunta mi padre con incredulidad en cuanto Rosa está lo suficientemente lejos como para no escucharlo—. ¿A las diez y media de la noche?

Me encojo de hombros.

—Julian trabaja con gente que está en franjas horarias distintas. En algún lugar son las diez de la mañana.

Me doy cuenta de que mi padre quiere seguir preguntándome, pero, afortunadamente, mi madre se mete en la conversación.

—Tu amiga es muy simpática —dice mientras hace un gesto con la cabeza para señalar el pasillo por donde se ha marchado Rosa—. Parece mentira que se haya criado así. —Baja el tono de voz—. Entre criminales, quiero decir.

—Sí, lo sé. —Me pregunto qué pensarían mis padres si supieran que Rosa mató a dos hombres—. Es encantadora.

—Nora, tesoro... —Mi madre echa un vistazo rápido alrededor, se inclina hacia adelante y, en un tono todavía más bajo, dice. Sé que ahora mismo no tenemos mucho tiempo, pero dinos una cosa. ¿De verdad eres feliz con él? —dice en tono todavía más bajo—. Porque ahora que estáis en suelo estadounidense, el FBI podría...

—Mamá, no puedo vivir sin él. Me moriría si le pasase algo. —La dura realidad se escapa de entre mis labios antes de que se me ocurra una manera más sutil de decirlo—. No os pido que lo comprendáis, pero ahora mismo él lo es todo para mí. Lo amo de verdad —digo en un tono más suave.

—¿Y él a ti? —pregunta mi padre en voz baja. Su cara cambia por completo: ahora es un hombre mayor al que las penas del pasado han dejado con unos ojos llenos de tristeza—. ¿Alguien como él es capaz de amar, tesoro?

Me dispongo a reafirmarme, pero, por algún motivo, no soy capaz de decir ni una sola palabra. Quiero pensar que Julian sí que me quiere, aunque sea a su manera, pero siempre he tenido un poco de duda al respecto.

Mi padre ha dado en el clavo.

¿Julian es capaz de amar realmente?

Sinceramente, aún no lo sé.

16

Julián

Al salir me está esperando un Lincoln negro.

—Les dije que estabas ocupado, pero insistieron en que vinieras —dice Lucas, saliendo de las sombras que rodeaban la casa—, pensé que deberías saberlo.

Asiento y me acerco al coche. Se baja la ventana trasera.

—Demos un paseo —dice Frank, quitando el seguro—. Tenemos que hablar.

—No va a poder ser —digo inspeccionándole—, si quieres hablar, que sea aquí y ahora.

Me escruta, probablemente pensando hasta dónde puede presionar, hasta que noto que desiste.

—Está bien. —Sale del coche; la chaqueta del traje gris se le tensa en la parte de la barriga—. Si no te molestan los vecinos cotillas, adelante.

Con una mirada ensayada examino la calle. Tiene razón, por desgracia. Las ventanas de la calle ocultan miradas indiscretas tras de sí. No pasamos desapercibidos.

—Hay un pequeño parque al otro lado del edificio —digo, tomando la iniciativa—, ¿por qué no vamos hacia allí? Tienes exactamente quince minutos.

Frank asiente y el Lincoln negro desaparece; quizás también se dirija al parque. No me cabe duda de que tiene agentes vigilándonos de incógnito, al igual que yo. La CIA no dejaría que uno de los suyos se me acercara sin protección.

—Muy bien. Habla —digo mientras empezamos a andar. Le hago un gesto a Lucas para que nos siga a una distancia prudente—. ¿Por qué estás aquí?

—La pregunta es: ¿por qué estás tú aquí? —Noto la frustración en su voz—. ¿Acaso sabes los problemas que nos está trayendo tu presencia? El FBI sabe que estás en su jurisdicción y no les gusta ni un pelo.

—Pensé que ya te habías encargado de eso.

—Y así es, pero Wilson se niega a dejarlo. Bosovsky y él están metiendo las narices intentando descubrir algún tipo de tapadera. Es un puto caos y, desde luego, tu visita no ayuda.

—Lo dices como si fuera mi culpa.

—No te queremos en este país, Esguerra —dice mientras doblamos la esquina—. No tienes motivos para estar aquí.

—¿Tú crees? —digo arqueando una ceja—. Los padres de mi esposa están aquí.

—¿Tu esposa? —gruñe— ¿Te refieres a aquella niñita de dieciocho años que secuestraste?

Nora tiene veinte años, o los tendrá en un par de días, pero no lo corrijo. Su edad es lo de menos.

—La misma —contesto fríamente—. Sabes bien quién es, puesto que has interrumpido mi cena con sus padres… mis suegros.

—¿Me estás tomando el pelo? —dice mirándome con incredulidad—¿Cómo tienes tan poca vergüenza de mirar a esa gente a la cara? Secuestraste a su hija.

—Que ahora es mi esposa. —Mi voz se vuelve agresiva—. Mi relación con sus padres es solo cosa mía, no metas tus narices en esto.

—Me mantendré fuera de tus asuntos siempre y cuando te largues de este país. — Se detiene a recuperar el aliento. No puede seguirme el ritmo—. No estoy de broma. Podemos deshacernos de documentos y registros, Esguerra, no de personas. No en este caso.

—¿Me estás diciendo que la CIA no puede silenciar a dos agentes molestos del FBI? —Lo miro con frialdad—. Porque si ellos son el único problema…

—No lo son —interrumpe sabiendo a dónde quiero llegar con esto—. No es solo el FBI, Esguerra. —Se quita el sudor de la frente con una mano—. A mis superiores les incomoda tu presencia. Desconocen tus intenciones.

—Infórmales de que mis intenciones son visitar a mis suegros y marcharme. —Por una vez estoy siendo totalmente sincero con él—. No estoy aquí para hacer negocios, así que tus superiores pueden quedarse tranquilos.

Su expresión dice que no se fría de mí, pero me la trae floja. Si la CIA sabe lo que le conviene, me quitará de encima al FBI.

Estoy aquí por Nora y a quien no le guste, puede irse a la mierda.

Cuando vuelvo a la casa, encuentro a Nora debatiendo con Rosa sobre quién recoge la mesa.

—Rosa, insisto, eres nuestra invitada —dice Nora estirándose sobre la mesa para coger la bandeja con los restos del cordero—, puedes sentarte, que ya ayudo yo a mi madre.

—No, no y no —se niega Rosa rodeando la mesa y recogiendo los platos sucios—. Bastante tienes de qué preocuparte con el bebé. Es lo menos que puedo hacer, por favor, déjame ayudar.

—Estoy de diez semanas, no de nueve meses.

—Rosa tiene razón, cariño —digo acercándome a Nora y quitándole la bandeja de las manos—. Ha sido un día largo y no quiero que te satures.

Nora empieza a quejarse, pero ya estoy llegando a la cocina, donde sus padres están terminando de guardar las sobras. Según entro, veo los ojos de Gabriela, que toma la bandeja con un leve gracias

Le regalo una sonrisa y salgo de la cocina para seguir recogiendo platos.

Rosa y yo terminamos de recoger la mesa en varios viajes. Nora está sentada en el sofá del salón, observándonos con una mezcla de exasperación y curiosidad.

Cuando terminamos y la mesa está limpia, los Leston salen de la cocina y se unen a nosotros. Yo me siento junto a Nora y le tomo la mano, acercándola a mi regazo para jugar con sus dedos.

—Gabriela, Tony, ha sido una cena estupenda —agradezco a mis suegros cuando se sientan con Rosa en el otro sofá—. Lamento mi ausencia durante el postre.

—Te he guardado un trozo de tarta —dice Nora mientras le masajeo la mano—. Mi madre nos la ha guardado para llevárnosla.

Le ofrezco a su madre una cálida sonrisa.

—Muchas gracias, Gabriela. Es un detalle.

Gabriela inclina la cabeza.

—No hay de qué. Es una pena que el trabajo te reclame a estas horas de la noche.

—Lo es, lo es. —Le doy la razón fingiendo que no capto la pregunta implícita en sus palabras—. Y sí, se está haciendo tarde. —Miro a Nora, que se tapa la boca con la mano que le queda libre mientras bosteza.

—Nora nos ha dicho que os alojáis en Palos Park —dice Tony con una expresión ilegible—. ¿Vais a pasar la noche allí?

—Sí. —La casa está al extremo de la comunidad y tiene espacio suficiente para que Lucas pudiera llevar a cabo las medidas de seguridad pertinentes—. Nos quedaremos allí durante nuestra visita.

—Podéis pasar la noche aquí, si queréis —ofrece Gabriela con cierta vacilación.

—Estoy más que agradecido, pero no querríamos molestar. Creo que es mejor tener nuestro propio espacio para estas dos semanas. —Sin soltar la mano de mi gatita, me levanto y sonrío educadamente a los Leston—. Creo que es hora de irnos. Nora necesita descansar.

—*Nora* está bien —musita el objeto de mi preocupación cuando la conduzco hacia la salida—. Puedo seguir despierta pasadas las diez, ¿sabes?

Reprimo una sonrisa al oír a mi gatita así de gruñona. No le gusta reconocer que estos días se cansa con más facilidad.

—Lo sé, pero tus padres también necesitan descansar. Mañana es jueves, ¿no?

—Ay, es verdad. —Deteniéndose en la entrada, Nora da media vuelta para mirar a sus padres—. Se me había olvidado que mañana tenéis que trabajar —se disculpa, arrepentida—. Tendríamos que habernos marchado antes.

—No, no, cielo —protesta su madre—, estamos encantados de que hayáis venido y además, fuimos nosotros los que os invitamos a venir. ¿Cuándo nos volveremos a ver?

Nora alza la cabeza buscando mi mirada y digo:

—Mañana por la noche, siempre y cuando no suponga un inconveniente. Pero esta vez, la cena es en nuestro apartamento.

—Allí estaremos —contesta Tony mientras veo cómo los Leston se despiden, besan y abrazan a su hija.

Nora

Cuando subimos en la limusina me percato de lo cansada que estoy. Toda la emoción de esta noche se disipa y me absorbe las fuerzas. Rosa, de nuevo, toma asiento frente a nosotros, al otro lado del pasillo y Julian tira de mí para tenerme más cerca, colocando su brazo sobre mis hombros. Su cálido olor masculino me atrapa. Me acomodo sobre él, dejando volar mis pensamientos.

Mi antiguo captor y yo acabábamos de cenar con mis padres. Como una familia normal. Es tan absurdo que me cuesta creer que haya ocurrido. No sé qué me imaginé que pasaría cuando Julian accedió a traerme de visita, pero esto no, desde luego.

Creo que de cierto modo no quise pensar en qué pasaría en una situación como esta: mi secuestrador sentándose a cenar civilizadamente con mi familia. Era como un muro construido por mi subconsciente para que no me preocupara. Cuando pensaba en volver a casa, me imaginaba a mí con mis padres… solo nosotros tres. Como si Julian estuviera en un segundo plano, como el recuerdo de otra vida más oscura.

Era una estupidez pensar así, claro. Julian nunca quiere quedarse en un segundo plano. Hace suya la situación en la que se encuentre, la somete a su antojo. Incluso ha tomado el control de mi relación con mis padres metiéndose en nuestra familia con sus propias reglas, sintiéndose cómodo donde otros se acobardarían.

Al parecer, es útil no tener conciencia.

—¿Cómo te encuentras, gatita mía?

Me doy cuenta que llevo callada los últimos minutos. Inclino la cabeza para mirarlo:

—Estoy bien —digo sin dejar de reparar en la presencia de Rosa unos metros más allá—. Aún trato de digerirlo.

—Ah. —Julian me mira con una expresión adorable a la vez que afloja su brazo de mi hombro—. ¿Te refieres a lo que ha pasado?

—Y a la comida también, supongo. —Sonrío sin darme cuenta de la tontería que acabo de decir—. Ha sido una buena cena.

—Sí, lo ha sido. —Incluso en la oscuridad del coche alcanzo a ver las sensuales comisuras de sus labios—. Tus padres han sido muy amables.

Asiento.

—Desde luego que sí. —Me pregunto si ellos han podido digerir una cena con el hombre que secuestró a su hija.

El criminal que ahora es su nuero y futuro padre de su nieto.

Suspirando, me vuelvo a acurrucar contra Julian y cierro los ojos. El absurdo de mi vida ha alcanzado cotas inimaginables.

Tardamos menos de veinte minutos en llegar a la adinerada comunidad de Palos Park. Ya la conocía porque vivía en esta ciudad; la veía de pasada cuando íbamos a la reserva natural de Tampier Lake. Los residentes son abogados o doctores, y que yo sepa nadie alquilaría una casa aquí por un par de semanas. Pero claro, Julian no es como los demás.

La casa que eligió estaba en uno de los extremos de la comunidad separada del resto por una alta valla de hierro forjado. Cuando atravesamos las puertas automáticas, continuamos por un camino de entrada que describe una curva de unos doscientos metros hasta llegar a la casa.

Dentro, la casa es casi tan lujosa como nuestra mansión. Desde el brillante suelo de parqué hasta la colección de arte moderno que cuelga en las paredes: todo en esta casa indica que aquí hay dinero.

—¿Cuánto has pagado por esto? —pregunto mientras atravesamos un comedor amplísimo—. Nunca me hubiera imaginado que se alquilara una casa así.

—No es de alquiler —dice como quien no quiere la cosa—; la he comprado.

Me deja boquiabierta.

—¿Qué? ¿Cuándo? Dijiste que la habías alquilado.

—Dije que había conseguido un sitio para hospedarnos. —Me corrige—. No te dije cómo.

—Ah… —me siento idiota por hablar sin saber—. Entonces… ¿cuándo decidiste comprarla?

—Empecé con el papeleo en cuanto planeamos el viaje. El anterior propietario tardó una semana en dejar la casa, pero ahora es nuestra.

Nuestra. La palabra rueda por su lengua tan fácilmente que no parece suya. Entonces proceso lo que acaba de decir:

—¿Ahora es nuestra? —pregunto con cuidado—. ¿Tuya y mía?

—Técnicamente, pertenece a una de nuestras sociedades pantalla, pero te he hecho copropietaria de esa sociedad. Así que sí, es nuestra —dice él mientras entra a la habitación principal. Es espaciosa y tiene una cama con dosel.

—Julian… —Me detengo ante la cama y le miro a los ojos—. ¿Por qué? Quiero decir… el fondo fiduciario era más que suficiente.

—Porque eres mía. —Se acerca a mí. Le arden los ojos con una llama que ya había visto antes. Me está quitando los botones del vestido. Sus dedos rozan mi piel desnuda haciendo que mis pezones se endurezcan de necesidad—. Porque me preocupo por ti. Quiero que tengas todo lo que pidas. Que nunca te falte nada… —A pesar de sus dulces palabras, se le oscurecen los ojos cuando me quita el vestido y lo deja caer al suelo—. ¿Alguna pregunta más, mi gatita?

Niego con la cabeza mirándole fijamente. Solo me tapa un tanga azul y un sostén a juego. Su mirada me recuerda a la de un león hambriento a punto de lanzarse a morder a una gacela. Quizá se preocupe por mí, pero en este preciso instante, quiere devorarme.

—Bien. —Su voz es profunda, un ronroneo amenazante—. Ahora date la vuelta.

Se me acelera el pulso. Estoy nerviosa por lo que me espera. Hago lo que me dice. Aunque ansío la oscuridad, hay una pequeña, instintiva parte de mí que se retuerce de miedo. Julian siempre ha sido impredecible. Por lo que yo sé, la domesticidad de esta noche no ha hecho más que realimentar sus sádicos deseos, liberando al demonio que ha tenido bajo control estas últimas semanas.

Siento una punzada peligrosa de calor entre mis muslos solo de pensarlo.

Estando ahí de pie oigo el suave roce de la seda. Me cubre los ojos con una venda.

Contengo la respiración. Privada de visión, me siento infinitamente más vulnerable. Como por instinto, mi mano busca el pedazo de tela.

—No. —Julian detiene mi ademán de quitarme la venda. Noto su mano como unas esposas de acero apresando mi muñeca. Se acerca a mi oreja—: ¿Quién ha dicho que puedas quitártela, mi gatita? —susurra.

El calor de su aliento me hace temblar.

—Yo solo…

—No hables. —Su orden me hace vibrar avivando el calor que siento entre mis piernas—. Yo te diré cuando puedes hablar. —Me suelta la muñeca, me inclina de tal modo que me tambaleo y quedo boca abajo sobre la cama—. No te muevas —ordena de nuevo acercándose.

Obedezco, apenas respirando mientras me acaricia. Empieza por los hombros y desciende hasta mis muslos. Su tacto es suave, pero de algún modo invasivo, como si fuera un desconocido para mí. Quizá sea por el vendaje. Lo noto detrás de mí, pero no puedo ver nada. Me toca como si fuese uno de sus juguetes… hace conmigo lo que le place. Noto el calor de las durezas de sus amplias palmas y el recuerdo de nuestra primera vez pasa por mi mente dejando tras de sí una punzada de ansiedad y de deseos oscuros en mi vientre.

Sus caricias cesan y me recoloca boca arriba sobre la cama situando una almohada bajo mi cabeza. Al instante coge uno de mis brazos y enrolla una cuerda alrededor de mi muñeca. Su tacto es áspero. Ata el otro extremo de la cuerda a lo que adivino, es uno de los postes de la cama.

Justo después, rodea la cama para hacer lo mismo con mi otro brazo.

Me deja ahí tumbada como si de un tipo de sacrificio sexual se tratase: mis brazos estirados en diagonal sobre la cama y una venda cubriendo mis ojos. Me siento más impotente que de costumbre, lo que me horroriza a la vez que me estremece… como toda interacción con Julian. Para otras parejas, esto quizá solo sea una fantasía sexual, pero para nosotros no puede ser más real.

No puedo negarme a hacerlo. Julian me hará lo que quiera me guste o no, e irónicamente, saberlo hace que mi sexo me pida dejarme hacer.

—Eres preciosa —susurra mientras sus dedos acarician suavemente como una pluma la sensible piel de mi vientre—. Y toda mía, ¿o no, mi gatita?

—Sí. —Se me entrecorta la respiración cuando sus dedos se acercan al borde del tanga—. Sí, soy toda tuya.

El colchón se hunde cuando se sube a la cama para abrirme las piernas. Siento el duro material de sus vaqueros rozando mis muslos desnudos. Todavía está vestido.

—Eso es… —Se inclina. Los botones de su camisa presionan mi vientre cuando se tumba sobre mí y me cubre con su pecho duro como mármol. Su boca sobre mi oído hace que se me erice la piel—: Solo yo puedo poseerte.

Reprimo un escalofrío mientras noto el calor líquido fluir en mi cuerpo. Viniendo de otro hombre, esto solo sería un juego de posesión en la cama, pero viniendo de Julian, es al mismo tiempo un hecho y una amenaza. Si fuese tan idiota de dejarme tocar por otro hombre, Julian lo asesinaría sin pensarlo dos veces.

—Solo te deseo a ti, y a nadie más. —Es verdad. Aun así mi voz tiembla cuando me besa el cuello y chupa de la delicada piel de detrás de mi oreja—. Ya lo sabes.

Se ríe suavemente en mi oído, un sonido tan masculino que vibra dentro de mí.

—Lo sé, mi gatita. Lo sé.

Se quita de encima y le noto moverse hacia los pies de la cama. Cuando coge mi tobillo derecho, entiendo por qué.

También va a atarme los pies.

La cuerda rodea mi tobillo mientras yo sigo ahí tumbada. Se me acelera el pulso. Rara vez me inmoviliza con tanta meticulosidad. No le hace falta. Incluso si me resistiera, tiene fuerza suficiente como para contenerme sin cuerdas ni cadenas.

Evidentemente no voy a resistirme. Desde luego sabiendo de lo que es capaz, de hasta dónde puede llegar para poseerme.

Una vez asegurada mi pierna derecha, es turno de la izquierda. Sus manos son fuertes y me enrolla la cuerda en el tobillo y ata el otro extremo al último poste de la cama, dejándome con las piernas completamente abiertas. Me siento rara en esta posición e instintivamente trato de juntarlas, pero no puedo moverlas ni un milímetro. Como las cuerdas de mis muñecas, las de los tobillos me sujetan fuertemente impidiendo todo movimiento pero sin cortarme la circulación.

Mi secuestrador no será un sadomasoquista profesional, pero desde luego sabe cómo atar a alguien.

—¿Julian? —Me percato de que aún no me ha quitado la ropa interior, ni el tanga ni el sujetador—. ¿Qué vas a hacerme?

No responde. El colchón vuelve a hundirse cuando se levanta y escucho sus pasos alejarse y cierra la puerta. Se ha marchado de la habitación y me ha dejado atada en la cama.

Me late aún más rápido el corazón.

Contraigo los brazos para ver si la cuerda cede, aunque sepa que es inútil. Como esperaba, la cuerda no se afloja; aprieta mi piel cuando me la intento quitar. Casi desnuda, sola, cegada y atada en una casa que no es la mía. Aun sabiendo que Julian no dejaría que me ocurriera nada malo, no puedo evitar que la tensión se apodere mi cuerpo mientras los segundos pasan y no regresa.

Al cabo de unos minutos vuelvo a pelearme con las cuerdas. Nada… y sin rastro de Julian.

Me obligo a dar una bocanada de aire y a soltarla lentamente. No pasa nada malo, nadie me está haciendo daño. No sé a qué está jugando Julian, pero no parece demasiado duro.

«Pero a ti te gusta duro», me recuerda una vocecita oculta en mi subconsciente. «Quieres dolor… quieres violencia».

Callo la voz de mi cabeza y me concentro en mantener la calma. Me gusta la manera en la que Julian plantea el sexo, pero también me aterra. Por lo menos, a mi lado cuerdo. Temo el dolor tanto como lo deseo. Últimamente es siempre así. Ahora es todo una lucha continua entre lo que queda de mi yo de antes y quien soy ahora.

El tiempo se lleva unos cuantos minutos más.

—¿Julian? —No puedo seguir callada—. Julian, ¿dónde estás?

Nada. No recibo respuesta alguna.

Restriego mi nuca con las sábanas como tratando de quitarme la venda de los ojos, pero no se mueve ni un pelo. Frustrada, tiro de las cuerdas con todas mis fuerzas, pero lo único que consigo es hacerme daño. Al final me doy por vencida y trato de relajarme ignorando la ansiedad que me invade.

Al cabo de un par de minutos, justo cuando pensaba que me estaba volviendo loca, oigo las bisagras de la puerta acompañadas del suave sonido de sus pasos.

—Julian, ¿eres tú? —No puedo ocultar el alivio en mi voz—. ¿Qué ha pasado? ¿Adónde has ido?

—Shhh. —Al sonido lo acompaña un cosquilleo en mis labios—. ¿Quién te ha dicho que puedes hablar, mi gatita?

El frío que desprende su voz me acelera el pulso. ¿Me está castigando por algo?

—¿Qué...?

—Silencio. —Sus dedos ejercen presión sobre mis labios impidiéndome hablar—. Ni una palabra más.

Trago saliva. De repente noto la garganta seca. No me ha tocado más que los labios, sin embargo, mi cuerpo se enciende. La excitación de antes vuelve a mí a pesar de mis nervios.

O a causa de ellos. Imposible de decir.

—Chúpame los dedos. —A su orden la acompaña una presión más fuerte sobre el borde de mi boca—. Ahora.

Como una gatita obediente, abro la boca y chupo dos de sus largos dedos. Están limpios, pero su sabor es ligeramente salado. Sus duras uñas chocan contra mi delicado paladar. Rodeo ambos dedos con la lengua, como hago con su polla y sus dedos se sacuden como si fuese igual de placentero para él.

Justo cuando empiezo a cogerle el gusto, saca los dedos de mi boca y los desliza por mi cuerpo dejando una estela de saliva fría sobre mi piel. Mi respuesta es un escalofrío, mis músculos internos se tensan a la que sus dedos rodean mi ombligo; con las uñas me araña suavemente el vientre. Más abajo, le pido en silencio, por favor, solo un poco más abajo. En vez de eso, retira la mano, privándome de su tacto.

Abro mi boca para suplicarle, pero no puedo. No quiere que hable. Me vuelvo a tragar la voz porque no quiero disgustarle cuando está de un humor tan impredecible.

Si de verdad me está castigando por algo, no quiero darle más motivos.

Así que en vez de suplicarle, me quedo quieta, esperando. Respiro en silencio para adivinar sus movimientos. No consigo oír nada. ¿Estará ahí parado mirándome? ¿Mirando mi cuerpo semidesnudo estirado y atado a los cuatro postes de la cama?

Finalmente, escucho algo. Un sonido de metales chocando. Viene de la mesilla de noche.

Espero escuchando atentamente. Entonces lo siento.

Algo duro y frío pasando por debajo de la tira de mi sujetador, haciendo presión entre mis pechos.

Estoy a punto de estremecerme de miedo, pero me las arreglo para no moverme, el corazón me late como loco.

Snip. El sonido es inconfundible.

Es el sonido del metal cortando tela gruesa. Julian acaba de usar tijeras para cortarme el sujetador.

Me permito exhalar de alivio, pero vuelvo a tensarme en cuanto siento el frío de las tijeras deslizándose por mi cuerpo.

Snip. Snip. Me ha cortado los hilos del tanga. Siento la parte trasera de las hojas en mi cadera. Vuelvo a notar el calor de la mano de Julian que me quita los trozos de tela y le oigo tragar una bocanada de aire. Me está observando. Lo sé. Me imagino la escena: yo tumbada desnuda con las piernas abiertas. Mi piel se sonroja solo de pensar en una imagen así de pornográfica.

—Ya estás mojada. —Su voz, suave y cargada de lujuria, me calienta aún más—. Tu coño me llama. —Acompaña sus palabras tocando mi clítoris, un roce tan suave como el aleteo de una mariposa. Las yemas de sus dedos se sienten ásperas por la sensibilidad de mi vulva, aun así dentro de mí se aviva la llama de mi deseo por él. Sin poder evitarlo, un gemido se escapa de mi garganta y levanto mis caderas en su busca, pidiendo más.

Esta vez, atiende a mis súplicas.

Noto el colchón hundiéndose cuando se sube a la cama y se pone entre mis piernas. Sus manos, grandes y fuertes, agarran mis muslos e inclina su cabeza hacia mi sexo. Su aliento caliente choca contra mis pliegues. Casi vuelvo a gemir anticipando lo que viene ahora, pero lo retengo en el último instante. No quiero que cambie de idea. Quiero sentirle, lo necesito… es una tortura no tenerlo.

Entonces la noto. La suave presión húmeda de su lengua. La misma presión que calma y enciende mis ganas de más. No me lame; se limita a apretar su lengua contra mi clítoris, pero es suficiente. Es más que suficiente. Sacudo mi cadera con pequeños espasmos al ritmo que necesito y la tensión crece dentro de mí. El placer se concentra en una pequeña pelotita caliente en mi entrepierna. Entonces empieza a mover la lengua. Sus labios absorben mi clítoris con fuerza y la pelotita explota. Metralla de placer subiendo por mis nervios mientras grito, incapaz de mantenerme en silencio.

Antes de que mi orgasmo acabe, empieza a lamerme. Suaves y dulces lametazos que prolongan el placer. Es mágicamente placentero, incluso con el clítoris hinchado y más sensible todavía. Me limito a seguir ahí, disfrutando. Agotada, pero satisfecha. No pasa ni un minuto cuando me percato de que el placer regresa, haciéndose más intenso, volviendo a confundirse con aquella tensión dolorosa.

Jadeo, arqueándome contra su boca, pidiendo más placer para llevarme al paraíso, pero él sigue lamiéndome con suavidad; su lengua apenas toca mi clítoris.

—Julian, por favor… —digo antes de acordarme de que no puedo hablar, pero para mi alivio, no se detiene. Sigue lamiéndome. Su lengua se mueve lentamente y me tortura dejándome con la miel en los labios, dejándome cerca de donde quiero llegar, pero sin darme lo que necesito. Intento alzar mis caderas, pero las ataduras me lo impiden.

Solo me queda resistir y esperar a ver qué delicioso tormento tiene Julian pensado para mí.

Justo cuando pienso que no aguantaré mucho más, se coloca de lado y acerca su mano a mi palpitante sexo. Los largos y contundentes dedos toquetean la entrada y se me escapa un gemido cuando me mete dos de ellos, penetrándome con una sorprendente suavidad. Ya llego… ya tengo casi lo que necesito… y entonces con el pulgar me aprieta el clítoris con fuerza.

Me hace volar; un agudo placer recorre mi cuerpo mientras convulsiono, jadeando entre gritos.

—Sí… eso es, gatita —murmura. Su mano se aleja de mí y escucho el sonido de una bragueta desabrochándose. Apenas nítido. Me siento embriagada de orgasmos, habiéndome quitado toda esa brutal tensión. Mi corazón palpita como si estuviera en una maratón, me noto los huesos de gelatina.

No hay modo de que pudiera pedir más, aun así me cubre con todo su cuerpo y una nueva sacudida de sensaciones tensa mi vientre. Está desnudo, ya sin ropa. Siento su calor, su contundencia. Todo su poder masculino. Incluso si no estuviese atada, me sentiría indefensa, pequeña al estar acorralada bajo su cuerpo, pero las cuerdas en pies y manos, magnifican esta sensación. Apenas puedo respirar bajo su peso, pero no importa. Hasta el aire parece prescindible en este momento.

Solo necesito a Julian.

Está sobre mí, apoyado sobre los codos. Restriega su erección, dura pero suave, por la parte interior de mis muslos mientras se inclina a besarme. Mi cuerpo se tensa anticipando la presión que se cierne sobre mi entrepierna.

Estoy mojada por los orgasmos anteriores. Mi cuerpo pedía que me poseyera, aun así siento la presión de su miembro separando las paredes de mi vagina. Me duele un poco. Su lengua me invade la boca justo cuando empieza a moverse apresando mis gemidos. Sus embestidas son profundas y rítmicas. Me inunda sentirle, saborearle… la forma en la que su cuerpo me domina y toma el mío como suyo. No puedo ver, no me puedo mover. Me ahogo y él es mi única salvación.

No sé cuánto tiempo pasa hasta que vuelvo a sentir el placer en mi entrepierna, solo sé, que cuando Julian se corre, me corro con él, estremeciéndome bajo su pecho.

Después, me quita la venda de los ojos y me desata para llevarme a la ducha. Estoy tan exhausta que apenas me mantengo en pie, así que Julian me lava, cuidándome como si fuera un bebé. Me lleva de vuelta a la cama y me arropa con sus brazos. Mientras me duermo, alcanzo a oírle susurrar:

—Te daría el mundo entero. El puto mundo entero… mientras seas mía.

Julián

Despierto a la mañana siguiente con la sensación familiar de Nora echada encima de mí. Como de costumbre, está durmiendo con la cabeza apoyada en mi pecho y una de sus finas piernas entrecruzada con las mías. Siento el peso de sus grandes senos en mi costado, siento su respiración y se me endurece la polla cuando recuerdo cada uno de los detalles de lo que pasó anoche.

Desconozco la razón, pero en ocasiones siento las ganas de atormentarla, de oírla suplicar. Imaginarla atada a mi cama me da tanta satisfacción... Mientras volvíamos de casa de sus padres pensaba en llevarla a casa y dejarle dormir, pero cuando la vi de pie junto al dosel de la cama, mis buenas intenciones se disiparon como el humo. Algo en su forma de mirarme agudizó el hambre peligrosa que sentía por ella, sacando la oscuridad a la superficie. Atarla era lo primero que quería hacerle. Si no me hubiese obligado a salir de la habitación, hubiera roto la promesa que me hice aquella noche en la que la golpeé.

Me prometí no volver a usar la violencia en la cama durante los próximos meses.

Menos mal que dejarla durante unos momentos para darme una ducha fría en una de las habitaciones de invitados sirvió para relajarme; mis ansias se calmaron. Cuando volví, estaba bajo control, capaz de torturarla con placer y no con dolor.

Un cambio en la respiración de Nora vuelve mi atención hacia ella. Se mueve sobre mí, haciendo ruiditos y restregando su mejilla contra mi pecho:

—¿Todavía no te has despertado? —murmura aún somnolienta. Sonrío mientras una peculiar sensación de bienestar recorre mi cuerpo al escuchar la satisfacción en su voz.

—Todavía no —respondo acariciando su suave espalda desnuda—, pero no tardaré.

—¿En serio tienes que levantarte? —Su voz suena amortiguada—. Con lo a gusto que estoy teniéndote de almohada.

—Es bueno saber que soy útil.

El tono seco de mi voz hace que mueva la cabeza para mirarme a través de sus largas y oscuras pestañas.

—¿No te gusta? Que duerma encima de ti, quiero decir.

—Claro que sí. —Sonrío—. ¿Crees que te lo permitiría si no me gustara?

Parpadea.

—No… claro que no. —Se me quita de encima, se sienta enrollándose en la sábana—. Deberíamos levantarnos. Querría ir a correr un poco antes del desayuno.

Me incorporo.

—¿A correr?

—Sí, aquí es seguro, ¿no?

—No tanto como en el complejo. —La idea de Nora corriendo por ahí fuera me inquieta, incluso teniendo en cuenta todas las medidas de seguridad y la ausencia de cualquier posible amenaza. Si le pasara cualquier cosa…

—Julian, por favor. —Parece triste de repente—. No voy a salir de Palos Park. No iré demasiado lejos, pero no puedo pasarme dos semanas aquí encerrada.

—Te acompaño. —Me levanto y me acerco al armario a buscar unos pantalones de deporte—. Vístete. Tenemos prisa. Imagino que Rosa estará preparando el desayuno.

Empezamos con un trote moderado para calentar. La temperatura de fuera roza los quince grados, pero al moverme evito sentir el frío, aunque no llevo camiseta. Pienso en decirle a Nora que se ponga más capas de ropa, pero parece cómoda con unas mallas que le llegan hasta los tobillos y una camiseta, así que lo dejo pasar.

Cuando salimos por la entrada al jardín y giramos hacia la carretera, mantengo mi atención fijada en los coches de los vecinos saliendo de sus garajes y en la gente saliendo para realizar su propio deporte matutino. Me incomoda que haya tanto desconocido. Mis hombres están posicionados estratégicamente a lo largo y ancho de la comunidad, lo que garantiza nuestra seguridad, pero no puedo evitar buscar señales de peligro.

—Sabes que nadie va a tendernos una emboscada desde los arbustos, ¿verdad? —dice Nora percatándose, evidentemente, de mi preocupación con los alrededores—. No es ese tipo de vecindario.

La miro.

—Lo sé, ya lo he investigado.

Ella sonríe y acelera el paso.

—¿Por qué será que no me extraña?

Consigo alcanzarla y corremos siguiendo un buen ritmo dejando tras de nosotros unos cuantos bloques. El sudor aparece en su cara y hace que le brille esa piel dorada. Cada vez me distrae más. Siempre está sexi cuando corre; realza su cuerpecito tan femenino y atlético al mismo tiempo. Los redondos y apretados músculos de su trasero se contraen y estiran a cada paso que da. No puedo evitar imaginarme apretando esos globos a la vez que meto mi polla entre ellos.

Joder. Como siga así, voy a necesitar otra ducha fría.

—¿Qué vas a hacer después de desayunar? —pregunta Nora, casi sin aliento cuando adelantamos a otra pareja de corredores—. ¿Tienes que trabajar?

—Tengo la reunión con mi gestor en la ciudad —respondo tratando de controlar mis ganas de decirle cuatro cosas al corredor masculino. El cabrón le ha dado un repaso de arriba abajo—. Volveré para la cena.

—Ah, bien. —Jadea mientras habla—. Yo quiero ir a cortarme el pelo, y quizá quede con Leah y Jennie.

—¿Cómo? —Giro la cabeza para mirarla cuando doblamos la esquina—. ¿Se puede saber dónde tienes pensado hacer esas cosas?

—En el Chicago Ridge Mall. Hablé la semana pasada con Leah y Jennie, les dije que vendría y me contestaron que estarían aquí hoy para el fin de semana del Día de los Caídos —dice sin respirar. Entonces toma aire de nuevo y me mira como implorándo—: No te importa si me paso a verlas, ¿no? No he visto a Jennie en dos años y a Leah… —Se calla de repente y sé que es porque iba a decir que la última vez que vio a Leah fue en aquel dichoso centro comercial, cuando Peter le permitió hacer de cebo para Al-Quadar. Mi gatita no se da cuenta de que ya estoy al tanto de ese encuentro, y también de que Peter estuvo allí.

—No vas a ir. —Sé que sueno muy cortante, pero no puedo evitarlo. Solo imaginarme a Nora en ese sitio me cabrea—. Hay demasiada gente y no es seguro.

—Pero…

—Si quieres ver a tus amigas, puedes hacerlo aquí en la casa o en algún restaurante de Oak Lawn, siempre y cuando me haya asegurado de que no haya peligro.

Los labios de Nora se tensan, pero hace bien en no objetar. Sabe que no voy a ceder ni un pelo más:

—Vale… les diré que quedamos en el Fish-of-the-Sea —dice pasado un minuto—. ¿Y puedo cortarme el pelo?

Miro a la larga y gruesa coleta que le cuelga por la espalda. A mí me gusta, sobre todo cuando la veo balancearse sobre su torneado culo:

—¿Por qué quieres cortarte el pelo?

—Porque… —jadea mientras recuperamos el ritmo—… porque en dos años lo único que he hecho ha sido cortarme las puntas.

—¿Y? —Sigo sin ver el problema—. Me gusta largo.

—Cómo se nota que no eres chica. —Apenas puede hablar, pero se las arregla para poner los ojos en blanco—. Necesito darle forma a este desastre, me está volviendo loca.

—No quiero que te lo cortes mucho. —No sé por qué razón me preocupo tanto de repente, pero lo hago—. Si te lo cortas, que no sea más de un par de centímetros.

Nora me mira incrédula cuando nos paramos para dejar que un coche salga marcha atrás justo enfrente de nosotros:

—¿En serio? ¿Por qué?

—Ya te lo he dicho. Me gusta largo.

Vuelve a voltear los ojos y retomamos la carrera:

—A ver, ni que me fuera a rapar. Solo quería cortármelo a capas.

—Solo un par de centímetros —repito. Mi mirada es dura.

—Arrgg, vale. —Me da la impresión de que pone los ojos en blanco por tercera vez—. Entonces, ¿me lo puedo cortar?

—En el Chicago Ridge Mall no. Busca algún sitio tranquilo cerca y mandaré a mis hombres para que lo aseguren.

—Está bien —dijo con la voz entrecortada mientras empezamos a correr a toda velocidad—. Trato hecho.

Antes de salir de la ciudad, me cercioro de que los planes de Nora están preparados. Asigno a doce de mis mejores hombres para que la escolten y les ordeno que sean todo lo discretos que puedan. Probablemente ella ni se percatará de su presencia, pero procurarán que nadie sospechoso se le acerque a menos de treinta metros de ella.

—Estaré bien —dice cuando vacilo un segundo en el vestíbulo antes de salir de la casa—. De verdad, Julian, que solo voy a la peluquería y a comer con las chicas. Te prometo que no pasará nada.

Respiro hondo. Tiene razón. Estoy siendo un poco paranoico. Las precauciones que estoy tomando son lo mejor para mantenerla a salvo fuera del complejo. También podría no dejarla salir del complejo durante el resto de su vida, lo cual sería lo óptimo para mi tranquilidad mental, pero Nora no sería feliz así y su felicidad me importa. Más de lo que nunca hubiera pensado.

—¿Cómo te encuentras? —pregunto, aún reacio a que salga—. ¿Alguna nausea? ¿Cansancio? —Le miro el vientre, aún plano con los pantalones apretados que se ha puesto.

—Nada de nada —dice mientras me lanza una sonrisa tranquilizadora cuando cruzamos nuestras miradas—. Ni la más mínima nausea. Estoy sana como un roble.

—Está bien. —Me acerco a ella y le acaricio la mejilla—. Ten cuidado, ¿vale, pequeña?

—Vale —susurra mirándome a los ojos—. Tú también, Julian. Cuídate. Nos vemos después.

Justo antes de irme, se pone de puntillas y me planta un breve pero ardiente beso en los labios.

Nora

—Rosa, ¿seguro que no quieres venir conmigo?

—No, no. Te he dicho que tengo muchas cosas que hacer para la cena. El señor Esguerra confía en que pueda causarle una buena impresión a tu familia con la comida y no quiero decepcionarlo. Pero tú ve a pasarlo bien poniéndote al día con tus amigos. —Rosa casi me saca de la enorme cocina—. Vete, no vaya a ser que llegues tarde a la peluquería.

—Vale, como quieras. —Mientras sacudo la cabeza ante el tozudo sentido del deber de Rosa, me dirijo a la entrada, donde ya hay un coche esperándome. Por suerte no es la limusina, sino un Mercedes sedán negro. Así no destacaré mucho, aunque este coche, igual que la limusina, parece llevar también cristales blindados.

El conductor es un hombre alto y delgado que he visto alguna vez por la finca, pero nunca he hablado con él. Según me dijo Julian esta mañana, se llama Thomas. Como otras veces, Thomas ni se presenta ni dice mucho hoy; está totalmente concentrado en la carretera. Nada más salimos de la finca, veo dos SUV negros empezar a seguirnos dejando un poco de distancia entre medias. Me hace sentir como si fuera la Primera Dama… o una princesa de la mafia.

Lo segundo seguramente sea más acertado.

En menos de media hora llegamos a la peluquería. No es nada lujosa, pero se ha creado un buen nombre en la zona, y lo que es más importante, según Julian es un sitio que se puede asegurar con facilidad. No pensaba que me fueran a dar cita tan pronto, pero se ve que tuvieron una cancelación esta mañana y han podido darme hora para las once.

—Solo quiero cortármelo un poquito —le pido a la mujer tatuada de pelo morado que me ha lavado el pelo mientras me indica dónde debo sentarme ahora—, no más de dos dedos.

—¿Segura? —pregunta—. Lo tienes muy grueso. Deberías al menos cortártelo a capas.

—¿Pero seguirá estando largo? —digo, frunciendo el ceño.

—Por supuesto. No vas a perder nada de largo, es solo para darle forma. Las capas más cortas, las que te enmarcan el rostro, te quedarán por debajo de los hombros.

—Bueno, pues vamos a ello. —Intento sonar decidida, aunque no me sienta así. Es difícil desobedecer a Julian, incluso en algo tan pequeño como esto, y eso hace que me decida más a hacerlo—. Vamos a ponerle unas capas a este desastre.

Mientras la peluquera se mueve alrededor de mí, tensando y cortando mi pelo, me fijo en las otras personas que hay en el local. Después de semanas de aislamiento en la finca, me siento rara al estar entre tantos desconocidos. Nadie se fija en mí, pero aun así me siento incómoda y desprotegida, como si todos me miraran. Estoy nerviosa. Sé que nadie aquí quiere hacerme daño, por lo que sentirme así es ilógico, pero parece que se me están pegando un poco las paranoias de Julian.

Aun así, estar aquí sola es emocionante. Sé que los hombres de Julian están fuera, por lo que no soy del todo libre, pero me siento como si lo fuera.

Siento como si fuera una chica ordinaria, tomándose un día para arreglarse y salir por ahí con sus amigas.

—Ya está —anuncia la peluquera después de unos minutos—. Solo queda secarlo para acabar del todo.

Asiento con la cabeza, evitando mirar al suelo para no ver los largos mechones desperdigados por el suelo. Parece que hay muchísimo pelo y las mechas mojadas que veo en el espejo no parecen particularmente cortas.

—Bueno, ¿cómo lo ves? —pregunta cuando el pelo ya está seco. Me da un espejo—. ¿Te gusta?

Voy girando la silla de un lado para otro para verme la melena desde distintos ángulos. Parece salido de un anunció de champú; largo, oscuro, brillante; las capas cortas alrededor de la cara le dan un volumen muy bonito.

—Perfecto. —Le devuelvo el espejo con una sonrisa—. Muchas gracias.

Desobedecer a Julian parece que me sienta bien. Al menos en lo físico.

Todavía me sobra un poco de tiempo antes de ver a Leah y Jennie, así que ya que estoy aquí me pido una sesión de manicura y pedicura. En mitad de la pedicura, me suena el teléfono con un mensaje de Julian.

«¿Aún sigues ahí?», dice el mensaje. «Thomas dice que llevas casi dos horas».

«Me estoy pintando las uñas, ¿cómo va todo por ahí?», le contesto.

«Seguro que no es tan bonito como lo tuyo».

Sonrío y dejo el teléfono a un lado. Todo esto parece tan maravillosamente normal, incluso aunque Thomas me esté vigilando. Es como si fuéramos una pareja normal, sin nada oscuro, sin unas vidas tan desestructuradas.

De forma impulsiva, saco el móvil del bolso otra vez.

«Te quiero», escribo, añadiendo una carita feliz al final para enfatizar.

No hay respuesta alguna, pero tampoco la esperaba. Julian nunca reconocería sus sentimientos por mí —sean los que sean— en un mensaje. Aun así, me siento el corazón un poco más pesado cuando dejo el teléfono a un lado y cojo una revista de cotilleos.

Después de media hora, estoy tan refinada y resplandeciente como las modelos de la revista. El pelo me cae por la espalda en forma de cortina lisa y brillante y mis uñas están lo más bonitas que han estado en meses. Al pagar, le doy una propina generosa y salgo preparada para lo que queda de día.

Como era de suponer, Thomas está fuera esperándome. No veo al resto del equipo de seguridad, pero sé que están ahí, protegiéndome desde algún sitio discreto. Sin embargo, que no se les vea hace que todo parezca normal y me pongo de buen humor mientras nos dirigimos a la marisquería donde he quedado con Leah y Jennie para comer.

Ya están allí cuando entro y los primeros minutos se van entre abrazos y exclamaciones sobre cuánto hace que no nos vemos. Me daba miedo que las cosas estuvieran tensas con Leah después de nuestra discusión en el centro comercial, pero parece que me preocupaba por nada. Estar las tres juntas otra vez hace que me sienta como si volviera a estar en el instituto.

—Cielos, Nora, se me había olvidado lo guapa que eres —exclama Jennie cuando ya estamos sentadas—. Eso o que vivir en la jungla te está sentando bien.

—Vaya, gracias —digo, entre risas—. Tú también estás guapísima. ¿Cuándo te has teñido de rojo? Me encanta cómo te queda.

Jennie sonríe, sus ojos verdes brillan y responde:

—Cuando empecé la universidad. Decidí que era hora de cambiar y me dije: o rojo o azul.

—Yo la convencí de que eligiera el rojo —dice Leah con una sonrisa traviesa—. El azul no habría pegado con su complexión irlandesa.

—Pues no sé yo —digo con cara seria—, he oído que los pitufos están de moda últimamente.

Leah se echa a reír y Jennie y yo la seguimos justo después. Es genial estar con ellas de nuevo. He salido con Leah un par de veces desde mi secuestro, pero no había visto a Jennie en casi dos años. Estaba estudiando fuera mientras yo estuve en casa cuatro meses por lo de la explosión en el almacén, así que no tuvimos oportunidad de volver a ponernos en contacto, con excepción de algunos mensajes por Facebook.

—Bueno, Nora, dinos —dice Jennie después de que el camarero nos tome nota—, ¿cómo es la vida estando casada con un Pablo Escobar contemporáneo? Los rumores que me llegan son surrealistas.

Leah se atraganta con el agua y yo vuelvo a reírme a carcajada limpia. Me había olvidado de la tendencia de Jennie a la provocación.

—Pues —digo cuando ya me he tranquilizado lo suficiente para hablar—, Julian trafica con armas y drogas, pero quitando eso, estar casada con él está bastante bien.

—Anda, venga ya. ¿Bastante bien? —Jennie me frunce el ceño exageradamente—. Quiero todos los detalles sangrientos. ¿Duerme con una metralleta bajo la almohada? ¿Desayuna cachorritos? A ver, tía, el tío te secuestró, ¡por dios! Danos todos los detall…

—Jennie —interrumpe Leah. No parece que esto le haga mucha gracia—. No creo que esto sea algo sobre lo que bromear.

—No pasa nada —la tranquilizo—. En serio, Leah, no me molesta. Julian y yo ahora *estamos* casados y somos felices juntos. De verdad.

—¿Felices? —Leah me mira como si tuviera monos en la cara—. Nora, sabes de lo que es capaz, lo que ha hecho. ¿Cómo puedes ser feliz con un hombre como ese?

La miro sin saber qué decir. Me gustaría decirle que Julian no es tan malo, pero las palabras se me atascan en la laringe. Mi marido *es* malo. De hecho, probablemente sea peor de lo que Leah pueda pensar. No sabe sobre la erradicación en masa de Al-Quadar en los últimos meses o sobre que Julian lleva matando desde su niñez.

Claro, tampoco sabe que yo también soy una asesina. Si lo supiera, seguro que pensaría que Julian y yo estamos hechos el uno para el otro.

Para mi alivio, Jennie acude en mi ayuda:

—No seas aguafiestas —dice, metiéndole el dedo entre las costillas—. Dice que es feliz con él. Es mejor que ser una desgraciada, ¿no?

Leah se ruboriza.

—Tienes razón. Perdona, Nora —dice mientras intenta sonreír—. Supongo que me cuesta mucho entenderlo. Al fin y al cabo, aquí estás, por fin de vuelta en los Estados Unidos, y ya estás planeando volver a Colombia con él.

—Eso es lo que pasa cuando la gente se casa —dice Jennie antes de que yo pueda responder—, que se van a vivir juntos. Como Jake y tú. Es normal que Nora vuelva con su marido.

—¿Jake y tú estáis viviendo juntos? —interrumpo, mirando a Leah impactada—. ¿Desde cuándo?

—Desde hace dos semanas —dice Jennie con alegría—, ¿no te lo ha contado Leah?

—Te lo iba a contar hoy —me dice Leah con expresión molesta—. Prefería contártelo en persona.

—¿Por qué? Solo habéis tenido una cita —dice Jennie con sensatez—. Ni que fuerais novios o algo así.

—Jennie tiene razón —digo yo—. En serio, Leah, me alegro por vosotros. No tengas miedo de contarme ese tipo de cosas. No me voy a poner como loca, lo prometo. —Sonrío antes de preguntar—: ¿Habéis alquilado algo fuera del campus?

—Sí —dice Leah, aliviada tras mi respuesta—. Los dos teníamos problemas con nuestros compañeros de piso, así que decidimos que irnos a vivir juntos sería mejor.

—Tiene sentido —dice Jennie. La conversación se vuelve durante un rato en una discusión de los pros y contras de vivir con tu pareja en vez de con tu compañero de piso.

—Jennie, ¿y tú qué? —pregunto después de que el camarero nos sirva los aperitivos—. ¿Algún novio en un futuro cercano?

—Uh, no —dice Jennie con expresión asqueada—. En Grinnell no hay chicos decentes en cuanto a físico y encima, los que hay, tienen pareja. Deberíais haberme hecho ver que era mala idea ir a una universidad en medio de la nada. En serio, es peor que el instituto.

—¡No! —Abro los ojos como platos para mostrar horror sarcásticamente—. ¿Peor que el instituto?

—Nada es peor que el instituto —dice Leah y acto seguido las dos se ponen a discutir sobre la disponibilidad de los chicos de un buen instituto en comparación con la de los chicos de una pequeña universidad liberal de artes.

A medida que comemos, hablamos de todo. De todo excepto de mi relación con Julian. Leah nos cuenta que ha conseguido unas prácticas en un bufete de abogados de Chicago, mientras que Jennie comparte historias divertidas sobre sus recientes vacaciones en Curazao.

—Tenían una refinería de petróleo justo al lado de nuestro hotel. ¿Os lo podéis creer? —se queja Jennie, mientras Leah y yo estamos de acuerdo en que incluso una piscina infinita de agua salada (algo genial de lo que disponía su hotel) no compensaba algo tan atroz como una refinería de petróleo en una zona turística.

Al final, la conversación se acaba centrando en mi vida en la finca y yo les cuento lo de mis clases online en Stanford, las clases de arte que me da *monsieur* Bernard y mi amistad creciente con Rosa.

—Me habría gustado que estuviera hoy aquí, pero no podía venir —les explico, sintiéndome un poco culpable por ello—. Mis padres van a venir a cenar, así que Julian le ha pedido a Rosa que ayude con la comida. —Conforme les cuento esto, me doy cuenta de lo consentida que sueno y por la envidia que se ve en sus expresiones, ellas también.

—¡Hala! —dice Jennie, sacudiendo la cabeza—. No me extraña que seas feliz con este tío. Te trata como a una princesa. Si a mí me pagaran Stanford, criados y una finca enorme, tampoco me importaría que me secuestraran.

—¡Jennie! —Leah la mira, consternada—. No lo dirás en serio.

—No, la verdad es que no —confirma Jennie, sonriendo—. Aun así, Nora, tienes que reconocer que todo esto suena muy guay.

Me encojo de brazos, sonriendo. «Muy guay» es una manera de describirlo, un desastre muy complicado es otra; pero prefiero quedarme con la descripción de Jennie por ahora.

—Espera, ¿has dicho que tus padres van a ir a cenar? —pregunta Leah, como si todavía estuviera procesando esa información—. En plan, ¿cenar con Julian y contigo?

—Sí —digo, disfrutando de las expresiones de mis amigas—. Anoche cenamos en casa de mis padres, así que hoy vienen ellos a la nuestra. —Y mientras Leah y Jennie siguen mirándome impactadas, les explico que Julian compró una casa en Palos Park para tener un sitio seguro donde quedarnos cada vez que vengamos.

—Chica, tengo que decir que vives en un mundo completamente diferente ahora —dice Jennie, agitando su cabeza—. Una isla privada, una finca en Colombia, ahora esto…

—Nada de eso compensa que el tío sea un psicópata —dice Leah, poniéndole a Jennie una expresión sarcástica antes de mirarme a mí—. Nora, ¿cómo van tus padres con él?

—Pues… como pueden. —No sé otra forma para describir la aprobación cautelosa de mis padres—. Obviamente no es fácil para ellos.

—Ya, me lo imagino —dice Jennie—. Tus padres son policías. Los míos se habrían vuelto locos.

—No creo que volverse locos fuera a ser de mucha ayuda —dice Leah con astucia—. Seguro que los padres de Nora simplemente están felices de tenerla de vuelta.

Cuando voy a responder, Jennie y Leah levantan la vista y se quedan boquiabiertas ante algo que hay detrás de mí. Instintivamente, me doy la vuelta con el corazón en un puño y al levantar la vista la fijo en los ojos azules de mi captor.

Está de pie a mi lado, descansando su mano en el respaldo de mi silla y con sus labios sonriendo de forma peligrosamente sexi.

—¿Os importa si me uno, señoras? —pregunta, con expresión entretenida.

—Julian —pego un bote en mi silla, sobresaltada y bastante confusa—, ¿qué haces aquí?

—Mi reunión acabó antes de lo esperado, así que he pensado en dejarme caer por aquí y ver si estabas lista para volver a casa —dice—, pero ya veo que todavía no has terminado.

—Esto, no. Estábamos a punto de pedir el postre. —Miro a Leah y Jennie de forma insegura y veo que las dos están absortas mirando a Julian. Leah parece como si estuviera a punto de echar a correr, mientras que la expresión de Jennie es una mezcla entre fascinación y asombro.

Mierda. Se acabó la comida normal con mis amigas. Entonces me giro hacia Julian y digo de mala gana:

—La verdad es que acabaría antes si…

—No, no, únete a nosotras si tienes tiempo, por favor —salta Jennie, que por lo visto está recuperándose de la conmoción—. Tienen una tarta de queso buenísima.

—Bueno, si es así, tendré que quedarme —dice Julian con soltura mientras se sienta a mi lado—. No me gustaría privar a Nora de tal exquisitez. —Me sonríe—. Por cierto, me encanta cómo te ha quedado el pelo, nena. Tenías razón con lo de las capas.

—Oh. —Recordando mi pequeño acto de rebelión me toco el pelo, sintiendo las mechas más cortas. Su visto bueno es tanto una decepción como un alivio—. Gracias.

—La verdad es que le ha quedado genial —dice Leah con voz ronca, veo menos pánico en sus ojos. Aclarándose la garganta, añade sin necesidad—, el nuevo peinado, quiero decir.

La sonrisa de Julian se ensancha.

—Pues sí. La verdad es que está preciosa, ¿o no?

—Sí, preciosa —repite Jennie, salvo que está mirando a Julian en vez de a mí. Parece fascinada y la verdad es que no puedo culparla. Las cicatrices de la cara casi le han desaparecido y con el implante ocular idéntico a un ojo natural, Julian está tan magnífico como siempre, con ese atractivo masculino tan oscuro y animal.

Al final, mientras voy recuperando la postura, digo:

—Lo siento, se me ha olvidado presentaros. Julian, estas son mis amigas Leah y Jennie. Leah, Jennie, este es Julian, mi marido.

—Encantado de conoceros —dice Julian con carisma—. Nora me ha hablado bastante de vosotras.

—Ah, ¿sí? —Leah frunce el ceño. A diferencia de Jennie, ella no parece deslumbrada por su apariencia—. ¿Como qué?

—Como el que sois amigas desde secundaria —dice Julian—, o que tú, Jennie, fuiste la pareja de Nora en el baile de bienvenida al segundo curso.

Parpadeo sorprendida. Le mencioné estas cosas a Julian en algún momento, pero no pensaba que recordaría cosas tan triviales.

—Vaya. —Jennie exhala, sin despegar la vista de la cara de Julian—. No puedo creerme que te haya contado todo eso.

Leah aprieta los labios y hace señas al camarero. Y cuando este se encuentra cerca, le dice:

—Quisiera un trozo de tarta de queso, por favor, y la cuenta. Los trozos aquí son enormes —explica, aunque nadie le había dicho nada sobre el tamaño—, podemos repartirlo entre todos.

—Me parece buena idea —digo. Estoy sorprendida de que Leah quiera quedarse tanto tiempo como para comerse la tarta de queso. No la habría culpado si se hubiera levantado para irse en ese mismo momento. Sé que sabe lo que le pasó a Jake, así que el que sea cortés con Julian dice muchísimo sobre su dedicación a nuestra amistad.

—Bueno, decidme —dice Julian cuando se va el camarero—, ¿qué tal ha ido la comida? ¿Os ha contado Nora ya la gran noticia?

Me quedo congelada, horrorizada de que vaya a dejarme vendida delante de mis amigas. Pensaba contarles lo del bebé mucho más tarde, cuando fuera inevitable. No hoy, día en el que quería fingir que todavía era una chica despreocupada de universidad.

—¿Qué gran noticia? —pregunta Jennie ansiosa, echándose hacia adelante con los ojos bien abiertos por la curiosidad—. Nora no nos ha contado nada.

—¿No os ha hablado del dueño de la galería de París? —Julian me mira de refilón—. El que nos ha enviado una oferta para comprar sus cuadros.

—¿Cómo? —exclama Leah—. ¿Cuándo ha sido esto, Nora?

—Pues, justo ayer —balbuceo, mientras una ola de alivio se lleva el malestar de mi estómago—. Julian me habló sobre ello, pero todavía no he visto la oferta.

—Hala, felicidades —Jennie me sonríe—. Así que vas a ser una artista famosa, ¿eh?

—No sé yo eso de famosa —empiezo a decir, pero Julian me corta.

—Lo será —dice con firmeza—. El dueño de la galería le ofrece diez mil euros por cada uno de los cinco cuadros. —Entre las exclamaciones de entusiasmo de mis amigas, les explica que el dueño de la galería es un famoso coleccionista de obras de arte y que mis obras se están haciendo famosas en París gracias a las conexiones de *monsieur* Bernard.

En medio de todo esto, llega la tarta de queso. Menos mal que Leah ha pedido solo un trozo, porque es casi como mi cabeza de grande. El camarero reparte cuatro platos pequeños y dividimos la tarta mientras Julian responde a las preguntas de Jennie sobre el arte parisino y Francia en general.

—Hala, Nora, vaya vida más apasionante vas a empezar —dice Jennie, mientras procede a coger la cuenta que ha traído el camarero—. Ya nos avisarás cuando celebres tu primera exposición, ¿no?

—Yo invito —dice Julian, cogiendo la cuenta antes de que Jennie pueda tocarla. Antes de que mis amigas puedan siquiera protestar, le da dos billetes de cien dólares al camarero—. Puedes quedarte el cambio.

—Oh, gracias —dice Jennie mientras el camarero se va corriendo eufórico—. No tenías por qué hacerlo. Solo has comido un trozo de tarta, nada del resto de la comida.

—Por favor, déjanos pagarte nuestra parte —dice Leah de forma envarada, sacando su cartera, pero Julian hace un ademán para quitarle importancia.

—No os molestéis. Es lo menos que puedo hacer por las amigas de Nora. —Se pone de pie y me extiende la mano—. ¿Estás lista, nena?

—Sí —digo mientras la tomo. Mis pocas horas de libertad se han acabado, pero no es que me importe mucho. Aunque el día haya sido entretenido, me reconforta que Julian me reclame otra vez.

Para volver adonde pertenezco.

20

Julian

—¿Por qué has venido a buscarme? —pregunta Nora mientras entramos al coche después de despedirnos de sus amigas—. ¿Tenías miedo de que me escapara?

—No habrías podido ir muy lejos. —Encarándola, deslizo mis dedos por su pelo. Es algo más corto por la parte de delante, pero sigue siendo largo e incluso más suave de lo habitual.

—No iba a escaparme —dice Nora, mirándome mal—. No quiero escapar de ti. Ya no.

—Lo sé, mi gatita. —Me obligo a dejar de tocarle el pelo antes de que se convierta en una obsesión—. Si no lo supiera, no te habría traído a Estados Unidos.

—Entonces, ¿por qué has venido a buscarme? Habría estado en casa dentro de una hora de todas formas.

Me encojo de hombros, no quiero reconocer cuánto la echaba de menos. Mi adicción está totalmente fuera de control. Haga lo que haga, no dejo de pensar en ella. Incluso unas pocas horas sin ella se me hacen insoportables últimamente, por ridículo que pueda sonar.

—Vale, bueno, cambiando de tema, me alegra que Leah no se haya puesto como loca —dice Nora cuando me quedo en silencio—. Pensaba que saldría corriendo o que llamaría a la policía nada más verte. —Baja la mirada, pero la levanta después—. Si no les hubieras contado la gran noticia, todo habría sido mucho más incómodo.

—¿En serio? —digo suavemente—. Entonces igual tendría que haberles contado la *gran* noticia de verdad. —Esa era mi intención; ver si Nora les había contado lo del bebé. Pero al ver su expresión horrorizada me di cuenta de que no, antes de que sus amigas pudieran responder.

Nora me coge la mano; sus finos dedos trazan líneas en la palma de mi mano.

—Me alegra que no lo hayas hecho. —Me da un suave apretón—. Gracias por no hacerlo.

—¿Por qué no se lo has contado? —pregunto, colocando la palma de mi otra mano sobre la suya—. Son tus amigas; pensaba que les contarías ese tipo de cosas.

—Y lo haré —dice mostrando incomodidad—. Pero todavía no.

—¿Tienes miedo de que vayan a juzgarte? —le pregunto, tratando de entenderlo—. Estamos casados. Es algo natural. Lo sabes, ¿verdad?

—*Van* a juzgarme, Julian. —una mueca—. Voy a ser madre a los veinte. Las chicas de mi edad no se casan ni tienen hijos. Al menos no la mayoría de chicas que conozco.

—Entiendo. —La miro fijamente—. Y, ¿qué hacen? ¿Ir a fiestas? ¿Irse de discotecas? ¿Echarse novios?

Ella baja la mirada.

—Seguro que piensas que es absurdo.

Lo es, pero al mismo tiempo no lo es. A veces aún me coge desprevenido lo joven que es. Lo limitadas que han sido sus experiencias. No recuerdo haber sido nunca tan joven. Cuando tenía veinte años, ya estaba al mando de la organización de mi padre, habiendo visto casi el mundo entero y habiendo hecho cosas que habrían hecho temblar a cualquier mafioso curtido. La juventud se me pasó volando y se me olvida que Nora aún conserva la suya.

—¿Es eso lo que quieres? —pregunto cuando levanta la vista para mirarme—. ¿Salir por ahí? ¿Divertirte?

—No, es decir, sería genial, pero sé que no sería razonable. —Respira hondo, con su mano retorciéndose entre las mías—. No pasa nada, Julian. De verdad. Voy a contárselo pronto. Es que no quería que nuestra comida de hoy fuera solo sobre eso.

—Vale. —Suelta la mano, coloco mi brazo sobre sus hombros y la acerco a mí—. Lo que tú creas que es mejor, mi gatita.

Para mi satisfacción, la segunda cena con los padres de Nora transcurre sin contratiempos. Nora les da un recorrido por la casa mientras yo me pongo al día con el trabajo y para cuando me uno para la cena, los Leston parecen mucho menos tensos que al principio.

—Hala, mira la mesa —dice Gabriela cuando nos sentamos todos—. Rosa, ¿has preparado tú todo esto?

Rosa asiente con la cabeza, sonriendo con orgullo.

—Así es. Espero que os guste.

—Estoy seguro de que nos gustará —digo. La tabla está cubierta con platos que van desde ensalada de espárragos hasta la receta tradicional colombiana de arroz con pollo—. Gracias, Rosa.

—Todavía estoy un poco llena de la tarta de queso de antes —dice Nora, sonriendo—, pero voy a intentar hacerle justicia a esta comida. Todo parece delicioso.

Nada más empezamos a comer, el tema de conversación pasa a ser la tarde de Nora con sus amigas y los últimos cotilleos. Por lo que se ve, uno de los vecinos divorciados de los Leston empezó a salir con una mujer diez años mayor que él, mientras que el chihuahua del hombre se metió en un altercado con el gato persa de otro vecino.

—¿Os lo podéis creer? —dice Tony Leston entre risas—. Ese gato pesa al menos cinco kilos más que el perro.

Nora y Rosa se ríen mientras yo observo a los Leston con confusión. Por primera vez, entiendo por qué Nora tenía tantas ganas de venir, lo que quería decir cuando me decía que necesitaba un respiro fuera de la finca. La vida que llevan los padres de Nora, es decir, la que ella llevaba antes de conocerme, es tan diferente que siento como si fuera de otro planeta. Un planeta habitado por gente viviendo feliz en la ignorancia respecto a lo que realmente pasa en el mundo.

—¿Qué haces este sábado, cariño? —pregunta Gabriela, sonriendo con amabilidad a su hija—. ¿Tienes planes?

Nora se queda desconcertada.

—¿El sábado? No, por ahora no. —Y entonces abre mucho los ojos—. Ah, el sábado. ¿Hablas de mi cumpleaños?

Reprimo mi enfado. Mi intención era sorprender a Nora de nuevo, a poder ser con mejor resultado esta vez. En fin, ya no puedo hacer nada. Reclinándome en mi silla, digo:

—Tenemos planes para la noche, pero no para el resto del día.

—Maravilloso —dice Gabriela, sonriendo a su hija—. ¿Por qué no vienes a comer? Te prepararé tus platos favoritos.

Nora me mira y yo asiento levemente.

—Iremos encantados, mamá —dice ella.

La sonrisa de Gabriela se atenúa un poco al oír el «iremos», así que me inclino hacia adelante y le digo a Nora:

—Me temo que tengo que trabajar, nena. ¿Por qué no pasas algo de tiempo con tus padres?

—Ah, vale. —Nora parpadea—. De acuerdo.

Tony y Gabriela se muestran eufóricos y yo sigo comiendo, desconectando del resto de la conversación. Por mucho que me disguste la idea de estar lejos de

Nora, quiero que pase un rato relajada con sus padres y eso solo puede ocurrir sin mi presencia.

Quiero que mi gatita sea feliz en su cumpleaños, cueste lo que cueste.

Después de que los Leston se vayan, Nora se dirige a la ducha y yo saco mi móvil para leer los mensajes. Para mi sorpresa, hay un correo electrónico de Lucas. Solo hay una línea escrita en él:

«Yulia Tzakova ha escapado».

Suspirando, dejo el teléfono a un lado. Sé que debería estar furioso, pero por alguna razón, solo estoy un poco molesto. La rusa no irá muy lejos; Lucas le dará caza y la traerá de vuelta para cuando volvamos allí. Por ahora al menos, me imagino su rabia, la rabia que noto en la concisión de su mensaje, y no puedo evitar reír.

Si el accidente de avión no hubiera matado a tantos de mis hombres, sentiría incluso lástima por la chica.

21

Nora

—Ojo por ojo. —Los ojos de Majid arden con odio mientras se acerca a mí, pasando por encima del cuerpo aplastado de Beth. Sigue caminando, la sangre le llega por los tobillos, el líquido oscuro salpica todo alrededor de sus pies en una espiral malévola—. Una vida por otra.

—No. —Ahí estoy de pie, temblando, sintiendo el miedo latiendo dentro de mí a un ritmo nauseabundo—. Esto no. Por favor, esto no.

Pero ya es tarde. Ya está ahí, clavándome el cuchillo en el estómago. Con una cruel sonrisa, mira detrás de mí y dice:

—La cabeza será un pequeño pero bonito trofeo. Después de que la corte un poco, claro está...

—¡Julian!

Mi grito resuena por la habitación mientras me tiro de la cama, temblando con escalofríos de terror.

—¿Estás bien, nena? —Sus brazos fuertes me abrazan en la oscuridad, abrigándome en un firme abrazo cariñoso—. Shhh…—Julian me calma cuando empiezo a sollozar, agarrándolo con todas mis fuerzas—. ¿Has tenido otro sueño de esos?

Me las arreglo para asentir ligeramente.

—¿Qué tipo de sueño, mi gatita? —Sentándose en la cama, Julian me coloca en su regazo y acaricia mi pelo—. ¿El que tuviste sobre Beth y yo?

Escondo mi cabeza contra su cuello.

—Más o menos —susurro cuando por fin puedo hablar—, excepto que Majid me estaba amenazando a *mí* esta vez. —Trago la bilis que me sube por la garganta—. Amenazaba al bebé que llevo dentro.

Siento cómo se tensan los músculos de Julian.

—Está muerto, Nora. Ya no puede hacerte daño.

—Lo sé. —No puedo parar de llorar—. Lo sé, créeme.

Una de las manos de Julian baja hasta tocar mi vientre, calentando mi piel helada.

—Va a salir bien —murmura, mientras me acuna suavemente—, todo va a salir bien.

Me agarro a él con fuerza, intentando acallar mis gemidos. Estoy desesperada por creerlo. Quiero que estas últimas semanas sean lo normal, no la excepción, en nuestras vidas.

Moviéndome por el regazo de Julian, noto algo duro creciendo contra mi cadera y por alguna razón, alivia mis miedos. Si hay algo de lo que puedo estar segura, es de la ardiente y desesperada necesidad que nuestros cuerpos sienten el uno por el otro. De repente, sé justo lo que quiero.

—Hazme olvidar —susurro, dándole un beso en un lado del cuello—. Por favor, solo hazme olvidar.

La respiración de Julian cambia, con su cuerpo tensándose en una forma diferente.

—Con mucho gusto —murmura, colocándome sobre el colchón.

Mientras entra en mí, rodeo sus caderas con mis piernas, dejando que la fuerza de sus impulsos saquen las pesadillas de mi cabeza.

La mañana del viernes me despierto tarde, con los ojos enrojecidos por la llorera de la noche anterior. Al levantarme, me lavo los dientes y me doy una larga ducha caliente. Entonces, sintiéndome ya infinitamente mejor, vuelvo al cuarto para vestirme.

—¿Cómo te encuentras, mi gatita? —Julian entra en la habitación justo cuando me abrocho los shorts frente al espejo. Ya está vestido, con su constitución alta y musculada haciendo que sus vaqueros oscuros y camiseta parezcan salidas de GQ.

—Estoy bien. —Me giro y le sonrío un poco avergonzada—. No sé por qué soñé con eso anoche. Hacía semanas que no pasaba.

—Bueno. —Apoyado en la pared, Julian cruza sus brazos y me penetra con la mirada—. ¿Pasó algo ayer? ¿Algo que pueda haber provocado una recaída?

—No —respondo con rapidez. Lo último que quiero es que Julian piense que no puedo pasar sola unas horas—. Ayer fue un día genial. Igual comí demasiado ayer en la cena o algo. Supongo que será algo de eso.

—Ajá. —Julian me mira fijamente—. Seguramente.

—Estoy bien —repito, volviendo a mirar al espejo para peinarme—. Solo ha sido un sueño estúpido.

Julian no dice nada, pero sé que no he conseguido que deje de preocuparse. Se pasa el desayuno entero observándome con ojo avizor, atento por si me diera algún ataque de pánico. Intento hacer como si no pasara nada, lo cual se hace más fácil gracias al parloteo de Rosa y cuando terminamos de comer, propongo ir a dar un paseo por el parque.

—¿Qué parque? —pregunta Julian.

—Cualquier parque de la zona —respondo—. El que veas que es más seguro. Solo quiero salir a tomar el aire.

Julian parece pensativo por un momento. Entonces, escribe algo en su teléfono.

—De acuerdo —dice—. Dales a mis hombres media hora para que se preparen.

—¿Quieres venir, Rosa? —pregunto, no queriendo excluirla otra vez, pero para mi sorpresa, sacude la cabeza.

—No. Voy a ver la ciudad —explica. Mira a Julian y sigue—: El señor Esguerra me ha dicho que puedo ir mientras me acompañe uno de los guardas. No necesito tanta seguridad como vosotros, así que me voy a tomar el día para conocer Chicago. —Hace una pausa y me mira preocupada—. No hay ningún problema, ¿no? Porque no pasa nada si no voy…

—No, no, en serio, ve a Chicago. Es una ciudad genial, seguro que te lo pasas bien. —Le sonrío, ignorando la repentina sensación de envidia. Quiero que Rosa tenga ese tipo de libertad; no hay motivo para que tenga que estar siempre en la zona residencial.

No hay motivo para que esté encerrada como yo.

En menos de media hora llegamos al parque en coche. Cuando nos acercamos, me doy cuenta del parque al que estamos yendo y se me revuelven las tripas.

Conozco este parque.

Aquí es donde estaba paseando con Jake la noche en la que Julian me raptó.

Los recuerdos son vívidos y nítidos. En un oscuro destello, revivo el terror al ver a Jake inconsciente en el suelo y el cruel pinchazo de una aguja en mi piel.

—¿Te encuentras bien? —pregunta Julian, por lo que me doy cuenta de que debo haberme quedado pálida. Arquea ambas cejas—. ¿Nora?

—Estoy bien. —Intento sonreír mientras el coche para al lado del bordillo—. No pasa nada.

—No, sí pasa. —Entrecierra los ojos—. Si no te encuentras bien, volvemos a casa.

—No. —Agarro la manilla de la puerta y tiro de ella frenéticamente. Noto cómo la atmosfera dentro del coche de repente parece más pesada, densa en recuerdos—. Por favor, solo necesito tomar el aire.

—Muy bien. —Aparentemente Julian entiende cómo me encuentro, le hace una seña al conductor y sube el pestillo de la puerta—. Adelante.

Salgo rápidamente del coche y la angustia empieza a desaparecer en cuanto piso el suelo. Respiro hondo y me giro, viendo a Julian salir del coche detrás de mí, con expresión preocupada.

—¿Por qué has elegido este parque? —pregunto, intentando mantener la voz uniforme—. Hay más por la zona.

Esto lo desconcierta, pero de repente parece que cae en la cuenta.

—Porque ya había investigado este parque —dice, dando un paso hacia mí. Sus manos se posan en la parte superior de mis brazos mientras me mira desde arriba—. ¿Es eso lo que te molesta, mi gatita? ¿Que haya elegido este parque?

—Sí, en cierto modo. —Vuelvo a respirar hondo—. Me trae ciertos… recuerdos.

—Ah, claro. —Le brillan los ojos, divertido—. Supongo que debería haberme percatado de ello. La cosa es que este era el parque más fácil de asegurar, ya que lo había estudiado antes.

—Cuando me secuestraste. —Lo miro fijamente. A veces aún me coge desprevenida su completa ausencia de arrepentimiento—. Lo estudiaste hace dos años para secuestrarme.

—Sí. —Sus bonitos labios forman una sonrisa al mismo tiempo que suelta mis brazos y da un paso atrás—. Bueno, ¿ya te encuentras mejor? ¿O prefieres volver a casa?

—No, demos un paseo —digo, decidida a disfrutar el día—. Ya estoy bien.

Julian me toma la mano, entrelazando mis dedos con los suyos y entramos al parque. Para mi alivio, durante el día todo parece distinto a aquella fatídica noche y mis oscuros recuerdos no tardan mucho en esfumarse, retirándose a aquel prohibido rincón cerrado de mi cerebro.

Quiero mantenerlos ahí para poder centrarme en la radiante luz del sol y la cálida brisa primaveral.

—Me encanta este tiempo —le digo a Julian cuando pasamos por un parque infantil—. Me alegro de que hayamos venido.

Él sonríe y me levanta la mano para posar un beso en mis nudillos.

—Yo también, nena. Yo también.

Seguimos andando y me doy cuenta de que el parque está extraordinariamente lleno para ser viernes. Hay parejas adultas, madres y abuelas con sus cargas y bastantes personas de mi edad. Supongo que serán universitarios que han vuelto para pasar el fin de semana en casa. En varios sitios veo también gente con pinta de militar intentando camuflarse como pueden.

Los hombres de Julian. Están aquí para protegernos, pero su presencia también es un duro recordatorio de que en cierto modo sigo siendo prisionera.

—¿Cómo me encontraste? —pregunto cuando nos sentamos en un banco. Sé que debería dejar de obcecarme con lo que pasó, pero por algún motivo, no puedo parar de pensar en aquellos precoces días—. Después de la primera vez que nos vimos en la discoteca, quiero decir.

Julian se gira hacia mí, con expresión difícil de leer.

—Hice que un guarda te siguiera a casa.

—Ah. —Tan simple y al mismo tiempo tan diabólico—. ¿Ya estabas seguro de querer secuestrarme?

—No. —Encierra mis manos entre las suyas—. Todavía no lo había decidido. Me decía a mí mismo que solo quería saber quién eras, para asegurarme de que llegaras sana y salva a casa.

Lo miro fijamente, embelesada y perturbada al mismo tiempo.

—Entonces, ¿cuándo decidiste raptarme?

Sus ojos azules brillan.

—Fue más tarde, cuando no podía parar de pensar en ti. Fui a tu graduación porque me decía a mí mismo que era imposible que fueras como te recordaba, o como en las fotos que hice que mis guardas te sacaran. Me decía que si volvía a verte, esta obsesión acabaría… pero evidentemente no fue así. —Esbozó una sonrisa irónica—. Fue a peor. Sigue yendo a peor.

Trago saliva, incapaz de apartar la mirada de la intensa oscuridad que hay en sus ojos.

—¿Te arrepientes de haberme secuestrado como lo hiciste?

—¿Arrepentirme de que seas mía? —Levanta las cejas—. No, mi gatita. ¿Por qué iba a hacerlo?

Pues sí. No sé qué otra respuesta esperaba. ¿Que se enamoró de mí y que ahora se arrepiente de haberme hecho daño? ¿Que ahora le importo tanto que ve que lo que hizo estaba mal?

—Por nada en especial —digo en voz baja, retirando la mano—. Solo me lo preguntaba. Nada más.

Su expresión se ablanda.

—Nora…

Me inclino hacia él, pero antes de que podamos seguir con la conversación, nos interrumpe una ruidosa risa infantil. Una niñita rubia con dos coletas se acerca a nosotros andando como un pato, con un gran balón verde entre sus manos regordetas.

—¡Cógelo! —chilla, lanzando el balón a Julian y me asombro al ver a Julian extender la mano para coger diestramente el balón que había tirado la niña con torpeza.

La niña se ríe llena de alegría y se acerca más rápidamente, dando saltitos con sus piernecitas cortas mientras corre. Antes de que pueda decir nada, ya está en nuestro banco, agarrándose a la pierna de Julian como si nada, como si fuera un árbol.

—Hola, ¿me da la pelota? —dice arrastrando las palabras mientras le pone una sonrisa con hoyuelos a Julian. Pronuncia cada palabra con una claridad digna de mención—. Quiero jugar más.

—Ahí la llevas —dice Julian mientras le devuelve la sonrisa—. Es toda tuya.

—¡Lisette! —Una mujer rubia con pinta de preocupada trota hacia nosotros, sonrojada—. Por fin te pillo. No se molesta a los desconocidos. —Cogiendo a la niña del brazo, nos mira con expresión de arrepentimiento—. Lo siento mucho. Salió corriendo antes de que pudiera…

—No se preocupe —intento calmarla, sonriendo—. Su niña es encantadora, ¿cuántos años tiene?

—Dos y medio, pero como si tuviera veinte —dice la mujer, orgullosa—. No sé de dónde saca la inteligencia, Dios sabe que su padre y yo apenas acabamos el instituto.

—Sé leer —anuncia Lisette, mirando a Julian—, ¿y tú?

Julian se levanta del banco y se agacha sobre una de sus rodillas frente a la niña.

—Yo también sé —dice con seriedad—, pero no todo el mundo sabe, así que claramente juegas con ventaja.

La niña le sonríe con entusiasmo.

—También sé contar hasta cien.

—¿En serio? —Inclina la cabeza a un lado—. ¿Qué más sabes hacer?

Al ver que no nos molesta la niña, la mujer se relaja y suelta el brazo de su hija.

—Se sabe todas las palabras de la canción de Frozen —dice, alisando el pelo de la niña— y encima la canta siguiendo el ritmo.

—¿De verdad? —pregunta Julian a la niña mostrando seriedad y ella asiente con entusiasmo justo antes de cantar a voz en grito la canción en un tono infantil agudo.

Sonrío, anticipaba que Julian la pararía en cualquier momento, pero no es así. En vez de eso, la escucha con atención, con expresión de aprobación sin un ápice de condescendencia. Cuando Lisette acaba la canción, él aplaude a la niña y le pregunta por sus películas de Disney favoritas, lo que provoca que la niña empiece a hablar muy apasionada sobre *Cenicienta* y *La Sirenita*.

—Perdonad —se disculpa la madre de nuevo al ver que Lisette no va a parar—, no sé qué le pasa hoy. Nunca se suelta tanto con desconocidos.

—No pasa nada —dice Julian, poniéndose en pie con fluidez cuando Lisette deja de hablar para coger aire—. No nos molesta en absoluto. Tienes una hija maravillosa.

—¿Vosotros tenéis hijos? —pregunta la madre de Lisette, sonriendo a Julian con la misma expresión de devoción de su hija—. Se te dan bien.

—No —dice Julian bajando su mirada a mi vientre—, todavía no.

—¡Anda! —la mujer jadea, mostrándonos una enorme sonrisa de alegría—. Felicidades. Vais a tener unos hijos preciosos, estoy convencida.

—Gracias —digo, notando cómo me ruborizo—. Ojalá tengas razón.

—Bueno, nos tenemos que ir —dice la madre de Lisette, volviendo a cogerla del brazo—. Venga, Lisette, cariño, diles adiós a esta pareja tan simpática. Tienen cosas que hacer y nosotros tenemos que ir a comer.

—Adiós. —La niña echa una risilla, despidiéndose de Julian con la otra mano—. Buen día.

Sonriendo, Julian se despide también de ella y después me mira.

—Eso de comer no suena nada mal. ¿Qué opinas, mi gatita? ¿Volvemos a casa?

—Sí. —Me acerco a Julian y lo cojo del brazo. Tengo un dolor raro en el pecho—. Vamos a casa.

En el viaje de vuelta, por primera vez, me permito el lujo de soñar despierta. Un sueño en el que Julian y yo formamos una familia normal. Cierro mis ojos y veo a mi antiguo captor como lo he visto hoy en el parque: un hombre oscuramente atractivo y peligroso arrodillándose ante una pequeña niña precoz.

Arrodillándose ante *nuestra* niña.

Una niña a la que, al menos durante este sueño, deseo con toda mi alma.

22

Julian

El sábado por la mañana me levanto temprano y bajo a la cocina. Rosa ya está allí y, tras comprobar que lo tiene todo bajo control, vuelvo arriba con Nora.

Todavía duerme cuando entro en la habitación. Me acerco a la cama y, con cuidado, retiro la manta que la cubre, haciendo todo lo posible por no despertarla. Murmura algo y se da la vuelta, colocándose de espaldas, aunque no abre los ojos. Está increíblemente sexi, tumbada ahí, desnuda. Tratando de hacerle caso omiso a la erección que esconden mis pantalones, agarro la botella de aceite de masaje que cogí en la cocina y me vierto el líquido en la palma de la mano.

Comienzo por sus pies, ya que ahora sé cuánto le gusta a mi gatita que le froten los pies. Se le erizan los dedos en cuanto le toco la planta, y de sus labios se escapa un gemido adormecido. El sonido me la pone todavía más dura, pero me resisto al impulso de subir a la cama y enterrarme en su estrecho y delicioso cuerpo.

Su placer es lo único que importa esta mañana.

Primero le froto un pie, prestando la misma atención a cada dedo. Luego me centro en el otro, antes de subir hacia sus delgadas pantorrillas y sus finos muslos. Para entonces Nora hace de todo menos ronronear y yo sé que está despierta, aunque todavía tenga los ojos cerrados.

—Feliz cumpleaños, mi amor —murmuro, inclinándome sobre ella para masajearle con el aceite su suave y firme vientre—. ¿Has dormido bien?

—Mmmm… —Parece que solo puede articular ese sonido al llevar mis manos hacia sus pechos. Sus pezones duros me presionan las palmas de las manos, casi suplicando que los chupe. Incapaz de resistir la tentación, me agacho, me meto uno en la boca y tiro de él, succionándolo con intensidad. Arquea la espalda, jadeando, abre los ojos de repente y le presto atención al otro pecho, mientras mis dedos llenos de aceite se deslizan por su cuerpo para estimular su clítoris.

—Julian —gime ella. Se le acelera la respiración cuando empujo dos dedos en su estrecha y caliente vagina y los curvo en su interior—. ¡Ay, Dios mío, Julian! —Sus palabras acaban en un suave sollozo, al tensarse su cuerpo y, entonces, siento cómo estalla.

Cuando cesan los espasmos, saco los dedos de su carne hinchada y pruebo a ponérselos sobre las costillas.

—Date la vuelta, amor —digo suavemente—. Todavía no he acabado contigo.

Ella obedece y yo cojo el aceite de nuevo. Me echo bastante en la mano y lo extiendo por su cuello, brazos y espalda, disfrutando de sus continuos gemidos de placer. Ya estoy jadeando con fuerza yo también cuando llego a las firmes curvas de su culo, y mi polla es como una barra de hierro bajo mis pantalones. Me subo a la cama, me coloco a horcajadas sobre sus muslos y me echo hacia delante, cubriéndola con mi cuerpo.

—Quiero follarte —murmuro en su oreja. Sé que siente una dura presión contra su culo, la de mi erección—. ¿Y tú, cariño? ¿Quieres que te tome y haga que te corras de nuevo?

Ella se estremece bajo mi cuerpo.

—Sí. Sí, por favor.

En mis labios se forma una oscura sonrisa.

—Tus deseos son órdenes. —Me desabrocho los pantalones, libero la polla y deslizo el brazo izquierdo bajo su cadera, subiéndole el culo para tener un ángulo mejor. Cualquier otro día habría derramada aceite sobre su pequeño ano y la habría tomado así, disfrutando de su reticencia; pero hoy no. Hoy solo le daré lo que ella quiera.

Presiono la polla en la pequeña, resbaladiza entrada, y comienzo a empujar.

Con suavidad, me va envolviendo un calor húmedo mientras me introduzco más y más en su cuerpo. A pesar de la violencia de mi deseo, me muevo despacio, permitiendo que ella se vaya acostumbrando a mi tamaño. Cuando ya estoy completamente dentro, ella gime, contrayéndose a mi alrededor, y casi exploto ante la sensación de presión; mis testículos se aprietan contra mi cuerpo.

—Julian… —Ella vuelve a jadear debajo de mí, retorciéndose cuando empiezo a empujarla despacio, con movimientos controlados—. Julian, por favor, deja que me corra…

Sus súplicas me llevan al extremo y, con un gruñido bajo, empiezo a follarla más fuerte, empujando su tirante y sedosa carne. Escucho sus gemidos, siento su cuerpo apretando el mío aún más y, cuando comienzan sus nuevos espasmos, estallo soltando un gemido ronco y mi simiente entra a chorro en su coño palpitante.

Después me estiro a su lado y la atraigo a mis brazos.

—Feliz vigésimo cumpleaños, amor —murmuro a su pelo enredado, y ella se ríe suavemente, un sonido lleno de placer.

—Ay, Julian, no tenías por qué hacerlo, en serio —protesta Nora cuando le abrocho el delicado colgante de diamantes—. Es precioso, pero…

—Pero ¿qué? —Retrocedo, admirando en el espejo como le queda la piedra en forma de media luna sobre la piel dorada.

Se aparta del espejo y me mira con unos ojos misteriosos y serios.

—Ya has hecho que mi día sea especial, entre el masaje y las tortitas que ha hecho Rosa para desayunar. No hacía falta que también me regalaras algo tan caro. Sobre todo porque yo todavía no he podido regalarte nada por tu cumpleaños.

—El mío es en noviembre —digo, divertido—. El noviembre pasado ni siquiera sabías si había sobrevivido a la explosión, así que es normal que no me dieras nada .Y el año anterior, bueno… —Sonrío, recordando lo molesta que estaba conmigo durante los primeros meses en la isla.

—Ya. —La mirada de Nora es imperturbable—. El año anterior tenía otras cosas en la cabeza.

Me río.

—Estoy seguro. De todas formas, no te preocupes. Yo nunca celebro mi cumpleaños.

—¿Por qué no? —Frunce las cejas en un gesto perplejo—. ¿No te gustan los cumpleaños?

—No, no me gusta el mío. —Mis padres siempre lo olvidaban cuando era un niño y yo aprendí a olvidarlo también—. Pero eso da igual, no tiene nada que ver con este regalo. Si no te gusta puedo regalarte otra cosa.

—No. —Nora agarra el colgante, protegiéndolo—. Me encanta.

—Pues es tuyo. —Me acerco a ella, alzo su barbilla con mis dedos y le doy un breve beso en los labios antes de retroceder—. Ahora deberías prepararte. Tus padres te están esperando para comer.

Ella parpadea, mirándome fijamente.

—¿Qué vamos a hacer esta noche? Les dijiste que ya teníamos planes.

—Sí. Te voy a llevar a la ciudad, a un restaurante. —Me detengo y la miro—. A no ser que quieras hacer otra cosa. Tú eliges.

—¿De verdad? —Se le ilumina la cara por la emoción—. Entonces, ¿podemos hacer alguna locura?

—¿Como qué?

—¿Podemos ir a una discoteca después de cenar?

Al principio quiero decir que no, pero me trago las palabras.

—¿Por qué? —pregunto en su lugar.

Ella se encoge de hombros, parece que le da algo de vergüenza.

—No sé. Creo que sería divertido. Llevo sin pisar una discoteca desde… —Se calla y se muerde el labio.

—Desde que me conociste.

Asiente y entonces recuerdo la conversación que tuvimos después de la comida con sus amigas. Había una especie de melancolía en la voz de Nora cuando hablaba de salir por ahí y divertirse, un anhelo de las cosas que pensaba que nunca viviría.

—¿A qué club quieres ir? —le pregunto, sin poder creer que la idea me divierta.

Los ojos de Nora brillan.

—A cualquiera —dice rápidamente—. Al que tú creas que es más seguro. Me da igual a dónde vayamos mientras haya música y gente bailando.

—¿Qué te parece ir al club en el que nos conocimos? —sugiero a regañadientes—.

Mis hombres ya lo conocen, así que será más fácil…

—Sí, perfecto —me interrumpe, sonriéndome—. ¿Puede venir Rosa? A ella le encantaría. —Mi expresión debe de reflejar lo que pienso porque inmediatamente ella aclara—: Solo al club, no a cenar. Yo también quiero que la cena sea solo para ti y para mí.

Suspiro.

—Claro. Le diré a uno de los guardias que la lleve, para que podamos quedar con ella en el club después de cenar.

Nora grita y me rodea el cuello con los brazos.

—¡Gracias! Ay, ¡qué ganas tengo! ¡Será genial!

Y cuando ella se marcha a comer con sus padres, yo me quedo con Lucas para descubrir cómo asegurar una de las discotecas más conocidas de Chicago un sábado por la noche.

—¡Vaya! Julian, esto es impresionante —exclama Nora al entrar en el restaurante de alta cocina francesa que he elegido para nuestra cena—. ¿Cómo has conseguido una reserva? Me han dicho que tienen una lista de espera de meses… —Entonces se para y pone los ojos en blanco—. Bueno, no importa. ¿Qué estoy diciendo? ¿Cómo no ibas a tú a conseguir una reserva de entre toda esa gente?

Yo sonrío ante su claro entusiasmo.

—Me alegro de que te guste. Ahora a ver si la comida está tan bien como el ambiente.

El camarero nos acompaña a la mesa, un reservado al fondo del restaurante. Pido agua con gas para los dos, en vez de vino, y también pido el menú degustación y le explico las restricciones que tiene Nora por su embarazo.

—Muy bien, señor —dice el camarero, haciendo una ligera reverencia y, antes de que nos demos cuenta, el primer plato ya está en la mesa.

Mientras mordisqueamos el *risotto* de espárragos y el ravioli de langostino, Nora me habla de la comida con sus padres y de lo feliz que estaban por celebrar su cumpleaños junto a ella.

—Me han regalado un kit de pinceles —dice, sonriendo—. Supongo que mi padre ya no es tan escéptico con mis aficiones.

—Eso es bueno, cariño. No debería serlo. Tienes un talento increíble.

—Gracias. —Me dedica una sonrisa resplandeciente y coge su vaso de agua.

Mientras hablamos, me doy cuenta de que no puedo dejar de mirarla. Esta noche está radiante, más guapa que nunca. Su vestido azul sin tirantes es sexi y elegante al mismo tiempo, aunque es tan corto que me pone nervioso. Cuando la vi bajando las escaleras, con ese vestido y unos tacones de aguja plateados, solo pensaba en subir a follármela sin parar durante tres días. Y que lleve un maquillaje que le pone los labios tan brillantes y carnosos tampoco ayuda. Cada vez que envuelve esos labios en el tenedor me la imagino chupándome la polla y me noto los pantalones demasiado ceñidos.

—¿Sabes que nunca me has contado qué hacías en aquel club cuando nos conocimos? —dice ella cuando vamos por la mitad del tercer plato—. ¿Qué andabas haciendo en Chicago? La mayoría de tus negocios están fuera de los Estados Unidos, ¿no?

—Así es —digo, asintiendo— No estaba aquí para ese tipo de negocios. Un conocido me recomendó a un analista de protección de fondos, así que vine a entrevistarlo para el puesto de gerente de fondos personal.

—Ah. —Nora abre mucho los ojos—. ¿Era el tío con el que quedaste el otro día?

—Sí. Me gustó lo que vi, así que le contraté y luego decidí salir un rato a ver la ciudad. Así es como acabé en aquel club.

—¿Y no te preocupaba la seguridad?

—Me acompañaban algunos hombres, pero no, Al-Quadar todavía no era una gran amenaza y además, no te tenía a ti para preocuparme.

Fue después de conseguir a Nora cuando me volví paranoico por la seguridad. Mi gatita no sabe lo vulnerable que me hace ser, no se da cuenta de lo que llegaría a hacer para protegerla. Si hubiera estado seguro de que Majid la soltaría ilesa, le habría dado el explosivo y cualquier otra cosa que Al-Quadar hubiera pedido. Habría hecho cualquier cosa para recuperarla.

—¿Esperabas liarte con alguna mujer aquella noche? —pregunta Nora, dándole un sorbo a su vaso. Suena relajada, pero la mirada de sus ojos muestra todo lo contrario.

Sonrío, encantado ante sus aparentes celos.

—Quizás —la provoco—. Para eso van muchos hombres a esos lugares, ya sabes. No es para bailar, te lo aseguro.

—¿Para eso fuiste tú? —Se inclina hacia delante, su manita apretando el tenedor—.

¿Pillaste a alguna cuando me marché?

Estoy tentado a provocarla un poco más, pero soy incapaz de ser tan cruel.

—No, gatita. Volví al hotel solo aquella noche, sin poder dejar de pensar en esta preciosa y pequeña chica que conocí. —También soñé con ella. Con su cara, tan parecida a la de Maria… con su sedosa piel y sus delicadas curvas.

Con las oscuras y perversas cosas que quería hacerle.

—Ya veo. —Nora se relaja y aparece una sonrisa en su cara—. ¿Y al día siguiente?

¿Saliste otra vez?

—No. —Cojo un higo relleno de marisco—. No lo necesitaba.

Estaba tan obsesionado que pasaba horas mirando las fotos que le sacaban mis guardias. Entonces ya sabía que jamás desearía a una mujer tanto como a ella.

23

Nora

Cuando salimos del restaurante siento que estoy en el séptimo cielo. La cena de esta noche ha sido lo más parecido que hemos tenido a una cita de verdad y, por primera vez en meses, confío en el futuro.

A lo mejor nunca llegamos a ser «normales», pero eso no quiere decir que no podamos ser felices.

Mientras nos dirigimos hacia la discoteca, me permito fantasear de nuevo con el sueño de que Julian y yo seamos familia. Ahora parece más real, más sólido. Por primera vez, nos imagino criando juntos a nuestro hijo. Sería difícil y los guardias nos rodearían constantemente, pero podríamos hacerlo. Podríamos hacerlo. Viviríamos en la finca casi todo el rato, pero también viajaríamos. Visitaríamos a nuestros padres y amigos e iríamos a Europa y a Asia. Yo me dedicaría a ser artista y el negocio de Julian estaría al fondo de nuestras vidas, y no en el centro de ellas.

No sería la vida con la que soñaba de pequeña, pero, aun así, sería una buena vida. Con el tráfico del centro tardamos media hora en llegar a la discoteca. Salimos del coche y Rosa ya está ahí, esperándonos. Al verme, sonríe y corre hasta el coche.

—Nora, ¡estás preciosa! —exclama antes de volverse hacia Julian—. Y tú también, *señor*. —Nos dedica una amplia y radiante sonrisa—. Muchas gracias por traerme con vosotros esta noche, me muero por ir a una discoteca americana de verdad.

—Me alegro de que hayas venido —le digo, sonriente—. Estás impresionante. —Y lo está. Con unos tacones rojos muy extremados y un vestido amarillo corto, que resalta sus curvas, Rosa está tan atractiva como una modelo.

—¿De verdad lo piensas? —dice, nerviosa—. Me compré este vestido en la ciudad.

Me preocupaba que fuera demasiado.

—Para nada —digo firmemente—. Estás estupenda. Ahora vente, vamos a bailar. —Y cogiéndola del brazo, me dirijo a la entrada de la discoteca, con un Julian divertido siguiendo nuestros pasos.

Hay una cola muy larga de gente esperando para entrar, y eso que el club se encuentra en una parte vieja y con mala fama del centro de Chicago. El lugar debe ser incluso más conocido ahora que hace dos años. Mientras caminamos, los hombres nos miran a Rosa y a mí, mientras que las mujeres miran a Julian, embobadas.

No culpo a esas mujeres, aunque una parte oscura de mí quiera arrancarles los ojos. Mi marido se ha arreglado esta noche, lleva una americana a medida, que le realza la figura, unos vaqueros negros de diseño y está tremendo, como una estrella de cine saliendo del estreno de su película. Pero claro, las estrellas del cine no suelen ocultar pistolas y navajas bajo sus elegantes chaquetas… Intento no pensar en eso.

Con una sola palabra de Julian, el portero nos deja pasar y estamos dentro, colándonos a la multitud que espera. Nadie nos pide los documentos de identidad, ni si quiera en la barra donde Julian le invita a Rosa a una copa. Me pregunto si es porque los hombres de Julian ya avisaron al jefe del club de que vendríamos.

En fin, la verdad es que mola bastante.

Solo son las diez y el club entero está ya botando; lo último de la música pop y dance resuena desde los altavoces. A pesar de no beber alcohol, me siento drogada, como embriagada de la emoción. Me río, agarro a Rosa y a Julian y los arrastro a la pista de baile, donde ya hay un montón de gente moviéndose, muy cerca los unos de los otros.

Cuando llegamos al centro de la pista, Julian me da una vuelta y me atrae hacia sí, agarrándome por la espalda cuando empezamos a movernos al ritmo de la música. Al instante me doy cuenta de lo que está haciendo. De la forma en que me coge, yo le doy la cara a Rosa y estamos los tres como bailando juntos, pero a mí me rodea el enorme cuerpo de Julian. Nadie puede tocarme, ni a propósito ni sin querer, no sin pasar antes por él.

Le pertenezco a Julian, y solo a Julian, incluso en el medio de una pista de baile llena de gente.

Rosa sonríe, como dándose cuenta de sus intenciones. Ella está más emocionada que yo, si eso es posible, y sus ojos brillan mientras mueve el trasero con la nueva canción de Lady Gaga. Al poco se van acercando a ella un par de chicos jóvenes y guapos y yo miro, sonriendo, como ella se pone a ligar con ellos y se va alejando de mí y de Julian.

En cuanto está ocupada, él me gira para mirarnos.

—¿Cómo te encuentras, amor? —me pregunta, su voz profunda atraviesa la música a todo volumen. Las luces de colores parpadean en su cara, haciendo surrealista su atractivo—. ¿Estás cansada? ¿Tienes náuseas?

—No. —Sonriendo, sacudo la cabeza con fuerza—. Estoy perfecta. Mejor que perfecta, de hecho.

—Sí, lo estás —murmura, tirando más de mí hacia él, y yo me pongo roja al sentir el duro bulto en sus pantalones. Él me desea y mi cuerpo reacciona de inmediato, el palpitante ritmo de la música resuena en el repentino dolor de mis entrañas. La gente nos rodea, pero parece que se desvanecen cuando nos miramos el uno al otro fijamente y nuestros cuerpos comienzan a moverse juntos a un ritmo primitivo y sexual. Mis pechos se hinchan y mis pezones se endurecen cuando presiono mi pecho contra el suyo y, a pesar de las capas de ropa, siento el calor que sale de su cuerpo… el mismo que está creciendo en el mío.

—Joder, amor—respira, mirándome desde arriba. Balancea la cadera adelante y atrás mientras nos mecemos juntos, conducidos tanto por la necesidad como por el ritmo de la música—. No te pongas este puto vestido nunca más.

—¿El vestido? —Levanto la vista hacia él y mi cuerpo arde—. ¿Tú crees que es el vestido?

Cierra los ojos y respira profundamente antes de abrirlos para encontrar mi mirada.

—No —dice con una voz ronca—. No es el vestido, Nora. Eres tú. Joder, siempre eres tú.

Casi espero que me agarre y me saque de allí, pero no lo hace. En vez de eso, afloja su abrazo y ahora hay un espacio de varios centímetros entre nosotros. Todavía siento su cuerpo contra el mío, pero la cruda sexualidad de hace un momento se reduce, permitiéndome respirar de nuevo. Bailamos algunas canciones más así y luego empiezo a tener sed.

—¿Vamos a pedir agua? —pregunto, elevando la voz para que me pueda escuchar por encima de la música, y Julian asiente, conduciéndome a la barra. Pasamos por delante de Rosa, que todavía está bailando con esos dos chicos y parece feliz de estar atrapada entre ellos. Le guiño un ojo, le hago un gesto disimulado con el pulgar y salimos de la masa de gente que baila.

Julian me da un vaso de agua fría y, agradecida, me lo bebo de un trago, muerta de la sed. Él me observa beber, sonriendo, y sé que también se acuerda de nuestro primer encuentro, justo aquí en esta barra.

Cuando nos damos la vuelta para volver a la pista, veo a Rosa ir a la parte de atrás, donde están los baños. Me saluda con la mano, riendo, y yo le devuelvo el saludo antes de girarme hacia Julian.

—Bailemos un rato más —digo y, agarrándole de la mano, nos sumergimos de nuevo en la multitud justo cuando empieza una nueva canción.

Al cabo de unos minutos, empiezo a sentirlo: esa sensación de tener la vejiga excesivamente llena.

—Tengo que ir al servicio —le digo a Julian. Él sonríe y me saca de nuevo de la pista de baile. Caminamos a la parte de atrás del club y me pongo en la cola de las chicas mientras él se apoya en la pared, mirando como espero mi turno en el pasillo circular y ensombrecido que lleva a los baños. Me pregunto si también me vigila aquí y casi me río ante la idea de que esté tan preocupado que me tiene que acompañar incluso al baño de chicas.

Afortunadamente no lo hace, sino que se queda a la entrada del estrecho pasillo, con los brazos cruzados sobre el pecho.

La cola es tan larga que tardo casi quince minutos en llegar al final. Cuando por fin llega mi turno, entro al baño, una sala con tres servicios, para hacer mis cosas. Mientras me lavo las manos, me doy cuenta de que Rosa desapareció en esta dirección y no la he visto salir desde entonces.

Saco mi teléfono del bolsito y escribo a Julian: «¿Has visto pasar a Rosa? ¿La ves por alguna parte?».

No obtengo una respuesta inmediata, así que salgo del baño y, cuando estoy a punto de regresar, me llama la atención una mancha de algo rojo a unos metros de mí. Frunciendo el ceño, me adentro en el pasillo circular, pasando los servicios, y entonces lo veo.

Un zapato de tacón de aguja rojo, tirado en el suelo.

Me da un vuelco el corazón.

Me agacho, lo recojo y un escalofrío recorre mi columna vertebral. Ahora no tengo ninguna duda. Es el zapato de Rosa.

Se me acelera el pulso y me enderezo, mirando a mi alrededor. No la veo por ninguna parte. Por la manera en que se curva el pasillo, ni siquiera veo la cola del baño.

Suelto el zapato y vuelvo a coger el teléfono. Tengo un mensaje de Julian, que responde al mío: «No, no la veo».

Estoy empezando a responderle cuando, de repente, a unos metros, se abre una puerta que no había visto. De ella sale un chico bajito y delgado, que cierra la puerta tras él y se apoya en el marco.

Un chico joven, me percato mientras lo miro. Más bien un adolescente, cuya cara pálida y pecosa no tiene ni rastro de una barba. Tiene un aire relajado, casi perezoso, pero hay algo en su forma de mirarme que me hace parar en seco.

—Disculpa. —Me aproximo a él con cuidado, arrugando la nariz ante el fuerte olor a alcohol y tabaco que desprende—. ¿Has visto a mi amiga? Lleva un vestido amarillo…

Escupe en el suelo justo delante de mí.

—Pírate, puta zorra.

Me quedo tan pasmada que retrocedo. Después, el enfado se apodera de mí, mezclado con adrenalina.

—¿Perdona? —Cierro los puños—. ¿Cómo me acabas de llamar? —La postura del chaval cambia, se pone agresivo—. Que cómo…

En ese momento lo oigo. El grito de una mujer tras la puerta, seguido por el sonido de algo que cae.

Mi adrenalina se dispara. Avanzo, sin pensarlo, y levanto el puño izquierdo como me enseñó Julian. El ímpetu de mi movimiento le añade fuerza al puñetazo y el chico se queda sin aliento cuando mi puño le golpea en el plexo solar. Se dobla, y en ese momento subo la rodilla, y le doy en todos los huevos.

Se agacha y suelta un chillido, agarrándose la entrepierna. Yo aprovecho para agarrarle por la nuca, ayudándome del impulso para tirar de él hacia delante y levantar el pie derecho. Me sale mejor que en los entrenamientos.

Él sale despedido hacia delante, agitando los brazos, y se golpea la cabeza en el muro opuesto del pasillo. Después cae el suelo, débil e inmóvil a mis pies.

Le miro, temblando y boquiabierta. No me creo que acabe de hacer esto.

No me creo que haya derrotado a un chico en una pelea, aunque sea a un adolescente borracho.

Otro grito tras la puerta me saca del aturdimiento. Ahora reconozco la voz y una nueva ola de adrenalina inunda mi corazón.

Moviéndome únicamente por instinto, salto por encima del cuerpo tirado del chico y empujo la puerta. La habitación que aparece tras ella es larga y estrecha, con una puerta al otro lado. Junto a ella hay un sofá sucio y en él está mi amiga, forcejeando y sollozando debajo de un hombre.

Por un momento, me quedo tan helada que no soy capaz de reaccionar y, entonces, me doy cuenta de que el vestido amarillo clarito de Rosa está desgarrado y tiene unas manchas rojas.

Una ira caliente y profunda explota en mi pecho y disipa lo poco que me quedaba de precaución.

—¡Suéltala! —grito, irrumpiendo en la habitación. Sorprendido, el chico se aparta de Rosa y entonces, como recordando sus viles intenciones, la agarra por el pelo y la saca a rastras del sofá.

—¡Nora! — chilla Rosa, histérica, apuntando a algo con el dedo; algo detrás de mí.

Me giro, aterrada, pero ya es demasiado tarde.

Tengo a otro hombre encima y el dorso de su mano vuela hacia mi cara. El golpe hace que me choque contra la pared y el impacto sacude cada hueso de mi espalda.

Desconcertada, me hundo en el suelo y, por encima del pitido que tengo en los oídos, oigo a un hombre que dice:

—Puedes follarte a esa si quieres. Yo me voy con esta al coche.

Y mientras unas ásperas manos me arrancan la ropa, veo que el agresor de Rosa la arrastra hacia la puerta trasera.

24

Julian

Me alejo de la pared y me pongo a curiosear por el pasillo, aburrido. Nora ya está al principio de la cola, así que vuelvo a apoyarme en la pared y me preparo para esperar un rato más. También apunto en mi cabeza que nunca volveré a este club. Estas colas deben de ser algo habitual por aquí y veo ridículo que no pongan un servicio más grande para las mujeres.

Cojo el teléfono y compruebo el email por tercera vez. Como era de esperar, no ha aparecido nada durante los últimos tres minutos, por lo que lo guardo de nuevo y me planteo acercarme a la barra y pedirme una copa. Me he abstenido de beber alcohol toda la noche para mantener los reflejos al máximo, por si hay algún peligro, pero una cerveza no debería afectarme nada.

Aun así, decido no pedirla. A pesar de que tengo a varios guardias repartidos por el club, me inquieta no tener a Nora a la vista durante este rato. Habría esperado con ella en la cola, pero el pasillo circular es tan estrecho que solo caben las mujeres y los hombres esporádicos que salen a empujones.

Así que espero, divirtiéndome al ver a los bailarines en la pista. Con tantos cuerpos retorciéndose, la atmosfera es profundamente sexual, pero el parpadeo de las luces y el palpitante ritmo no me hacen nada. Sin Nora entre mis brazos para excitarme, estoy igual que parado en medio de la calle mirando la hierba crecer.

El teléfono vibra en mi bolsillo y me distrae de mis pensamientos. Lo saco, veo un mensaje de Nora y frunzo el ceño.

«¿Has visto pasar a Rosa? ¿La ves por alguna parte?».

Vuelvo a alejarme de la pared y echo un vistazo al pasillo. No veo allí ni a Rosa ni a Nora, pero la chica que estaba detrás de Nora en la cola todavía espera su turno.

Me quedo tranquilo porque tiene que estar dentro del baño y me giro para inspeccionar el club, buscando un vestido amarillo entre la multitud. Es difícil ver, con toda esa gente y la luz tenue, pero el vestido de Rosa es tan brillante que debería localizarla sin problemas.

Sin embargo, no veo nada. Ni junto a la barra ni en la pista de baile.

Me empiezo a preocupar, por lo que me abro paso a codazos entre la gente para llegar al otro lado de la barra y volver a mirar.

Nada. No hay ningún vestido amarillo por ninguna parte.

Mi inquietud se trasforma en pura alarma. Vuelvo a coger el teléfono y compruebo la localización de Nora en su rastreador.

Todavía está en el baño o justo al lado.

Sintiéndome un poco más tranquilo, escribo a Lucas para que avise a los hombres y respondo a Nora antes de regresar a los baños. A lo mejor me estoy volviendo paranoico, pero necesito que Nora esté conmigo. Ahora mismo. Mi instinto me dice que algo va mal y no voy a relajarme hasta que esté segura junto a mí.

Cuando llego al pasillo, veo que la cola de chicas es más larga ahora y que hay incluso una para el baño de hombres. El estrecho pasillo está totalmente bloqueado, así que empujo a la gente a los lados, ignorando sus gritos de indignación.

Nora no está en la cola, aunque el localizador indica que está muy cerca. Me doy cuenta, al pasar por delante del baño, de que tampoco está allí. Según mi aplicación de seguimiento, está a unos nueve metros delante de mí, a la izquierda del pasillo circular. Ya no hay tanta gente a partir de aquí, así que acelero y mi preocupación aumenta.

Un segundo después, lo veo.

Hay un hombre tendido en el suelo junto a una puerta cerrada.

Se me hiela la sangre, siento el miedo, ácido y agrio, en la lengua. Si alguien se ha llevado a Nora, si la han dañado de alguna forma…

No, no me puedo permitir entrar ahí, no cuando ella me necesita.

Me envuelve una calma gélida que me aísla del miedo. Me agacho, cojo la navaja de la funda que tengo en el tobillo y la deslizo en la hebilla del cinturón para poder cogerla mejor. Después, poniéndome en pie, saco la pistola y esquivo el cuerpo, ignorando la sangre que gotea de la frente del hombre.

Según la aplicación, Nora está a tan solo unos pasos a mi izquierda, lo que significa que está tras esa puerta.

Respiro hondo, abro la puerta de un empujón y entro en la habitación. Inmediatamente, a mi derecha, un llanto ahogado capta mi atención. Me giro, veo a dos figuras forcejeando junto a la pared… y se esfuma la poca calma que me quedaba.

Nora, mi Nora, se está peleando con un hombre que le dobla en tamaño. Él está sobre ella; con una mano acalla sus gritos y con la otra le arranca la ropa. Ella tiene una mirada salvaje y furiosa y las manos como garras le arañan la cara y el cuello, dejando manchas de sangre por su piel.

Una niebla roja cae sobre mí, la ira más violenta que jamás he sentido.

De un brinco estoy encima de ellos, apartando al hombre de Nora con todas mis fuerzas. No disparo —sería demasiado arriesgado estando ella tan cerca—, pero ya tengo la navaja en la mano cuando le sujeto en el suelo, apretándole la garganta con el antebrazo. Se está ahogando y se le hinchan los ojos cuando alzo la navaja y se la hundo en un costado, una y otra vez. La sangre caliente sale a chorros que me rocían entero y huelo su terror al saber que va a morir. Me golpea con las manos, pero ni lo noto. Le miro a los ojos mientras lo apuñalo una y otra vez, disfrutando de su último aliento.

—¡Julian! —El llanto de Nora me quita la sed de sangre y me levanto de un salto, dejando el cuerpo sacudirse en el suelo. Nora está temblando. Por su cara corren ríos de rímel y lágrimas cuando intenta ponerse de pie con la ayuda de la pared.

Joder. Un miedo enfermizo llena mi pecho. Corro hacia ella y la tomo en mis brazos, palpando su cuerpo frenéticamente en busca de heridas. Parece que no hay nada roto, pero tiene los labios cortados e hinchados y lleva un pequeño desgarrón en la parte de arriba del vestido. Y el bebé… No, ahora no puedo ni pensarlo.

—Cielo, ¿estás herida? —Casi no me reconozco la voz—. ¿Te ha hecho daño?

Ella sacude la cabeza, su mirada aún salvaje.

—¡No! —Se retuerce entre mis brazos, empujándome con una fuerza inesperada—.

¡Déjame! ¡Tenemos que ir tras ella!

—¿Qué? ¿Quién? —Sorprendido, retrocedo agarrándola del brazo para que no se caiga.

—¡Rosa! ¡Se la ha llevado, Julian! La ha agarrado y la ha sacado a rastras por allí. —Nora apunta con la mano que tiene libre en dirección a la puerta trasera—. ¡Tenemos que ir a buscarla! —Está histérica.

—¿Se la ha llevado otro hombre?

—¡Sí! Dijo que… —A Nora se le traba la voz por el llanto—. Dijo que se la llevaba al coche. Había dos hombres aquí y uno se ha llevado a Rosa.

Me quedo mirándola y la furia se apodera de mí otra vez. Aunque no sea muy cercano a Rosa, la chica me cae bien y está bajo mi protección. La idea de que alguien se haya atrevido a hacer esto, a abusar de ella y de Nora de esta manera…

—¡Rápido! —implora Nora, tirando furiosamente del brazo que la sujeta para llevarme a la puerta—. ¡Vamos, Julian, hay que darse prisa! Acaba de sacarla por allí *ahora mismo*; todavía podemos alcanzarlos.

Joder. Aprieto los dientes, cada musculo de mi cuerpo vibra de la tensión. Nunca en la vida había estado tan indeciso. Nora está herida y todo dentro de mí me grita que ella es mi prioridad, que debería cogerla y llevarla a un lugar seguro lo más rápido posible. Pero, si lo que dice es cierto, la única forma de salvar a Rosa es actuando inmediatamente; y mis hombres tardarán por los menos unos minutos en llegar hasta aquí.

—¡Por favor, Julian! —suplica Nora, sollozando, y el pánico en sus ojos decide por mí.

—Quédate aquí. —Mi tono es frío y cortante cuando suelto su brazo y retrocedo—.

No te muevas.

—Yo voy contigo…

—Y una mierda. —Saco la pistola y la tiro entre sus manos—. Espérame aquí y dispara a quien no reconozcas.

Y, antes de que pueda discutírmelo, voy corriendo hacia la puerta mientras aviso a Lucas de la situación.

Nora

En cuanto Julian desaparece por la puerta, me encojo en el suelo agarrando la pistola que me ha dado. Me tiemblan las piernas y la cabeza me da vueltas; me invaden las náuseas por dentro. Siento que mi cordura pende de un hilo. Saber que Julian va al rescate de Rosa es lo único que me impide sumirme en la más absoluta histeria. Inspiro entre escalofríos, me seco las lágrimas de la cara con el dorso de la mano y, al bajar el brazo, una mancha roja llama mi atención.

Es sangre.

Estoy manchada de sangre.

Me quedo quieta mirándola, asqueada y fascinada al mismo tiempo. Tiene que ser del hombre al que Julian mató. Julian estaba cubierto de sangre cuando me tocó, y ahora tengo los brazos y el pecho manchados de rojo, lo que me recuerda a una de mis pinturas. Por extraño que parezca, la analogía me calma un poco. Cojo otro poco más de aire y levanto la mirada hacia el hombre que yace muerto a unos pocos metros.

Ahora que no me está atacando, observo con sorpresa que lo reconozco. Es uno de los dos jóvenes con los que Rosa estuvo bailando. ¿Significa esto que el segundo atacante es el otro hombre? Con el ceño fruncido, trato de recordar los rasgos del segundo hombre, pero no es más que un borrón en mi memoria. Tampoco recuerdo haber visto nunca al muchacho que guardaba la entrada a esta sala. ¿Estaba con los compañeros de baile de Rosa? Si así fuera, ¿por qué? Nada de esto tiene sentido. Aun si los tres fueran violadores reincidentes, ¿cómo pensaron que se saldrían con la suya tras una agresión tan brutal como esa en un club?

Lo que está claro es que el móvil del muerto ya no importa. Sé que está muerto porque su cuerpo ha dejado de retorcerse. Tiene los ojos abiertos, la mandíbula relajada y un hilo de sangre le recorre la mejilla. También me percato de que apesta a muerte… y a sangre, heces y miedo. A medida que el nauseabundo hedor se hace más presente, me alejo del cuerpo arrastrándome unos pocos metros para arrimarme más contra el sofá.

Han asesinado a otro hombre delante de mí. Aguardo a que el horror y el asco me atormenten, pero no sucede. En su lugar siento una especie de alegría cruel. Visualizo el cuchillo de Julian como en una película, alzándose para volver a hundirse en el costado del hombre una y otra vez, y lo único en lo que pienso es lo contenta que me siento de que esté muerto.

Estoy contenta de que Julian lo haya destripado.

Es extraño, pero esta vez no me molesta mi falta de empatía. Aún siento sus manos en mi cuerpo, con las uñas que me arañan la piel a medida que me desgarra la ropa. Pudo acorralarme aprovechando que me encontraba aturdida por el golpe que recibí, y aunque luché con todas mis fuerzas, supe que llevaba las de perder. Si Julian no hubiera llegado en aquel momento…

No. Corto de raíz ese pensamiento. Julian vino, así que no hay por qué obcecarse en lo peor que hubiera podido pasar. Después de todo, he salido del paso con daños menores. Me late el labio partido y noto la espalda como un enorme cardenal, pero nada que no pueda arreglarse. Mi cuerpo se curará. Ya me ha pasado otras veces y he sobrevivido.

La pregunta de verdad es si Rosa podrá.

Me llena de rabia imaginármela malherida, destrozada y violada. Quiero que Julian asesine al otro hombre de la misma forma salvaje con la que ha matado a este. En realidad, quiero hacerlo yo misma. Habría insistido en acompañarlo, pero discutir con Julian no habría hecho más que retrasar el rescate de Rosa.

Ahora solo me queda aguardar con la esperanza de que Julian la traiga de vuelta.

Veo mi bolsito en el suelo y me arrastro para recogerlo. Cada movimiento que hago me duele, pero necesito alcanzar esa cartera. Ahí está mi móvil, con el que puedo contactar con Julian. Y eso es importante, pues de repente caigo en la cuenta de que Rosa no es la única persona que corre peligro en este momento.

También mi marido.

No. También aparto ese pensamiento. Sé perfectamente lo que Julian es capaz de hacer. Si alguien está capacitado para lidiar con esto, es el hombre que me secuestró. La vida de Julian ha estado ligada a la violencia desde la infancia; matar escoria debe ser para él como quitar la mala hierba, ya sean una o dos.

A no ser que la escoria esté armada o tenga compañía.

No. Cierro los ojos con fuerza, negándome a contemplar esos pensamientos. Julian volverá con Rosa y todo estará bien. Así será. Seremos una familia y construiremos una vida juntos…

Una familia.

Abro los ojos de par en par y dejo escapar un grito ahogado al tiempo que me llevo la mano directamente al estómago. Por primera vez caigo en la cuenta de que, de no ser por Julian, Rosa y yo no habríamos sido las únicas víctimas de los violadores. Si la brutalidad con la que me agredieron no hubiera cesado, no me atrevo a imaginarme lo que le habría pasado al bebé.

Me falta el aire en cuanto ese terrorífico pensamiento me viene a la mente.

Empiezo a temblar de nuevo y se me inundan los ojos de lágrimas. Ni siquiera sé por qué estoy llorando. Todo está bajo control. Tiene que estarlo.

Centro mi atención en la puerta de atrás agarrando el bolso con fuerza. En cualquier momento Julian aparecerá por esa puerta junto a Rosa y todo volverá a la normalidad.

En cualquier momento.

Los segundos pasan tan despacio que me cuesta no gritar. Me quedo mirando fijamente a la puerta hasta que las lágrimas finalmente cesan y los ojos me escuecen de la sequedad. Por más que lo intento, no puedo mantener a raya esas retorcidas imaginaciones, y siento que el miedo que llevo dentro me va a carcomer y engullir hasta no dejar nada.

Al fin, la puerta empieza a abrirse con un chirrido.

Pego un salto, olvidando el dolor y el sufrimiento, aunque enseguida recuerdo las últimas palabras de Julian.

Podría no ser él la única persona que entrara por esa puerta.

Alzo la pistola que me ha dado, apunto con mis temblorosas manos y espero.

Julian

Tras mandarle un mensaje a Lucas, abro la puerta y salgo al callejón situado detrás del club. El hedor de la basura me llena las fosas nasales de inmediato y se mezcla con el penetrante olor a orina. Debe de haber llovido mientras estábamos dentro, pues el asfalto repleto de socavones está mojado y en los aceitosos charcos se refleja la luz de una farola lejana.

Echo un meticuloso vistazo a mi alrededor tratando de controlar la ansiedad y la furia violenta. Ya tendré tiempo para pensar en el rostro cubierto de lágrimas de Nora y en cómo la he cagado, pero ahora debo centrarme en salvar a Rosa.

Se lo debo a las dos por igual.

No veo a nadie cerca, así que me dirijo hacia la calle principal abriéndome camino entre los contenedores de basura. Varias ratas se escabullen al verme pasar por su lado. Me pregunto si sienten el ritmo al que la violencia corre por mis venas: la sed de sangre que aumenta a cada paso que doy.

No basta con una sola muerte. No basta ni por asomo.

Doblo la esquina con el eco húmedo de mis pasos y doy con una bocacalle estrecha donde lo presencio todo: dos figuras están forcejeando junto a un todoterreno blanco a menos de treinta metros de distancia.

Distingo el vestido amarillo de Rosa, a quien el hombre está obligando a entrar en el coche, y es cuando una furia incontrolable se apodera de mí una vez más.

Saco el cuchillo y me precipito sobre ellos.

Me percato del instante en que el agresor de Rosa me ve. Se le abren los ojos como platos, muestra una mueca de terror y, antes de que yo pueda reaccionar, empuja a Rosa contra mí y se introduce en el coche a toda prisa.

Me apresuro a coger a Rosa antes de que caiga al suelo, y ella se aferra a mí llorando desconsoladamente. Trato de tranquilizarla al tiempo que intento liberarme de sus manos, pero ya es demasiado tarde.

El coche se pone en marcha con un rugido y las llantas chirrían, señal de que el agresor de Rosa está pisando a fondo para escaparse como el cobarde que es.

¡Joder! Entre jadeos clavo los ojos en el coche hasta que desaparece de mi vista. Soy consciente de que mis hombres están apostados en la intersección más cercana, pero un tiroteo llamaría demasiado la atención. Sin soltar a Rosa con un brazo, me saco el móvil y le digo a Lucas que siga al coche blanco.

Seguidamente me centro en la mujer que solloza entre mis brazos.

—Rosa. —Sin hacer caso a la adrenalina que late en mi interior, la aparto de mí con suavidad para comprobar la gravedad de sus heridas. Tiene la mitad del rostro hinchado y encostrado por la sangre, además de arañazos y moratones por todo el cuerpo, pero no veo, para mi alivio, ningún hueso roto. Aun así, se encuentra tan alterada que bajo el tono de mi voz como si fuera a hablar con un niño:

—¿Estás muy malherida, cielo?

—Él… ellos… —Sin lograr que sus palabras cobren sentido, se queda de pie temblando con el vestido completamente desgarrado. Aprieto los dientes conteniendo una oleada de furia. Tengo la certeza de que no le resultará fácil superar lo que sea que le haya sucedido.

—Ven, cariño, volvamos con Nora. —Mantengo mi voz en un tono suave y tranquilizador mientras me agacho para levantarla. Ella comienza a temblar con más intensidad en cuanto la sostengo en mis brazos, por lo que aprieto el mentón con más fuerza mientras vuelvo sobre mis pasos hacia el callejón tan rápido como puedo.

Cuando llegamos a la puerta del club, dejo que Rosa vuelva a caminar sobre sus pies. Acto seguido, la guío con cuidado a través de la entrada sosteniéndola por el codo a modo de apoyo.

Nora nos recibe apuntando con la pistola en nuestra dirección. En cuanto nos ve, sin embargo, baja el arma y se le ilumina el rostro.

—¡Rosa! —Tira la pistola y cruza la sala corriendo hacia nosotros—. ¡La has encontrado, Julian! ¡Ay, Dios, la has encontrado! —Cuando llega a nosotros, se pone de puntillas y me abraza con intensidad antes de envolver a Rosa en sus brazos y llevarla hasta el sofá. Puedo oír sus reiteradas fórmulas de consuelo mientras Rosa se aferra a ella entre sollozos y aprovecho para pedir que acerquen nuestro coche al callejón.

Al cabo de unos minutos, el coche está listo.

—Ven, cariño. Tenemos que marcharnos y llevaros a ambas al hospital —digo suavemente al acercarme al sofá y Nora asiente a modo de respuesta con una agitada Rosa aún envuelta en sus brazos. Mi esposa parece estar mucho más calmada; no hay rastro de la histeria que la ahogaba antes. Aun así, necesito contener las ganas de cogerla y asegurarme de que está tan bien como parece. Lo único que me detiene es el hecho de que Rosa se caería si Nora no la ayudara a mantenerse en pie.

Por suerte, mi gatita está dando la talla al cuidar de su traumatizada amiga. Ahora más que nunca, el corazón de acero que yo siempre he visto en ella está haciendo acto de presencia. Pese a que la rabia me bulle por dentro, me siento orgulloso al ver que Nora ayuda a Rosa a levantarse del sofá para después guiarla hasta la salida en dirección al callejón.

Lucas se encuentra apoyado en el coche esperándonos. Nada más fijarse en Rosa, veo cómo su imperturbable expresión se torna más oscura y aterradora.

—Qué hijos de puta —murmura con voz ronca al tiempo que rodea el coche para abrirnos la puerta—.

Putos cabronazos. —No es capaz de apartar la vista de Rosa—. Me los voy a cepillar.

—Ya te digo —coincido mientras veo, no sin cierto grado de sorpresa, cómo aparta con cuidado a una llorosa Rosa de mi mujer y la introduce en el coche. Sus formas son tan inusitadamente solícitas que no puedo evitar preguntarme si hay algo entre ellos dos. Resultaría extraño teniendo en cuenta la obsesión que tiene por la intérprete rusa, pero cosas más marcianas han pasado.

Me encojo mentalmente de hombros y me dirijo a Nora, que está junto al coche con la mano izquierda apoyada en el borde superior del marco de la puerta. A juzgar por su mirada inusualmente distante, parece sumida en su propio mundo. De repente levanta la mano derecha y la coloca sobre su tripa.

—¿Nora? —Me acerco a ella con un temor súbito agarrándome del pecho y es entonces cuando veo que está pálida.

Los calambres que hace pocos segundos sentí vuelven con mayor intensidad y se convierten en un dolor agudo que me perfora el estómago; noto que me falta el aire justo cuando Julian se acerca a mí con una expresión preocupada. Me cuesta respirar, me doblo del dolor y al instante noto que sus fuertes manos me levantan del suelo.

—¡Al hospital, ya! —le grita a Lucas, y en un abrir y cerrar de ojos me encuentro acurrucada en el regazo de Julian mientras que el coche sale disparado del callejón.

—¿Nora? Nora, ¿te encuentras bien? —El pánico sigue instalado en la voz de Rosa, pero no puedo tranquilizarla ahora mismo entre calambrazos y retortijones intestinales. Lo único que puedo hacer es respirar entrecortadamente al tiempo que me aferro a los hombros de

Julian, que me mece hacia delante y hacia atrás. Noto la tensión de su cuerpo bajo el mío.

—Julian. —Me resulta imposible contenerme al notar cómo un fuerte calambrazo me desgarra el vientre y grito. Entre mis muslos noto una humedad cálida y resbaladiza. Sé que, si miro, habrá sangre—. Julian, el bebé…

—Lo sé, cariño. —Me besa en la frente y me mece con más ahínco—. Aguanta. Por favor, aguanta.

Atravesamos las oscuras calles a tal velocidad que las farolas y los semáforos no son más que borrones. Alcanzo a oír a Rosa hablándome mientras me acaricia el pelo con sus suaves manos y me embarga una cierta sensación de culpa al pensar que, después de lo que ha sufrido, ella también tiene que lidiar con esto.

El miedo me tiene atenazada.

El terrible miedo de que ya sea tarde y nada vuelva a estar bien.

—Lo siento mucho, señora Esguerra. —La joven doctora se detiene junto a mi cama y sus ojos color avellana me miran llenos de compasión—. Como habrá podido deducir, ha sufrido un aborto espontáneo. La buena noticia, si puede haber alguna en momentos como este, es que aún se encontraba en su primer trimestre y ya ha dejado de sangrar. Es probable que se produzcan secreciones vaginales y más sangrado durante los próximos días, pero su cuerpo debería recuperar la normalidad con notable rapidez. No habría por qué descartar la posibilidad de intentar ir a por otro bebé pronto… si usted lo desea, claro.

La miro tan fijamente que siento como si me hubieran raspado los ojos con papel de lija. Ya no puedo llorar más. No me quedan más lágrimas que derramar. Siento que Julian, que está sentado al borde de la cama, me coge de la mano. También noto el leve pero constante vaivén de retortijones en el vientre, pero solo puedo pensar en que he perdido al bebé.

Hemos perdido a nuestro bebé y yo tengo la culpa.

—¿Dónde está Rosa? —Tengo la garganta tan inflamada que apenas consigo soltar esas palabras—. ¿Se encuentra bien?

—Está en la habitación contigua —responde la doctora en voz baja. Es sorprendentemente hermosa: un rostro pálido en forma de corazón enmarcado por un cabello castaño y ondulado—. ¿Querría hablar con ella?

—¿Han terminado de examinarla? —La voz de Julian se endurece de un modo que yo nunca había oído antes. Tiene la cara y las manos limpias porque, antes de salir del coche, se ha encargado de quitar con agua casi toda la sangre que nos cubría; pero lleva la chaqueta tan manchada que se ha quedado marrón. Me pregunto qué pensarán los médicos de nuestra apariencia y si serán conscientes de que no toda la sangre es mía.

—Sí, han terminado —vacila durante un segundo la doctora—. Señora Esguerra, su amiga ha dicho que no desea presentar cargos ni hablar con la policía, pero en casos como este, es algo que les recomendamos encarecidamente. Lo mínimo que debería hacer es dejar que nuestra enfermera especializada en casos de agresión sexual recogiera muestras. Quizás usted pueda ayudarnos a convencer a la señorita Martínez…

—¿Necesita que la hospitalicen? —interrumpe Julian, cuya mano se cierra en torno a mis dedos—. ¿O puede volver a casa?

La doctora frunce el ceño.

—Puede irse a casa, pero…

—¿Y mi esposa? —Atraviesa con la mirada a la joven doctora—. ¿Está segura de que no tiene nada más aparte de los moratones?

—Así es, señor Esguerra: como le he explicado antes, todas las pruebas han dado resultados normales. —La doctora no se acobarda ante la mirada de Julian—. No presenta traumatismo ni lesión interna de ningún tipo, y tampoco necesita que se le practique un legrado, procedimiento al que recurrimos cuando el aborto se produce en las primeras etapas del embarazo. Le recomiendo a la señora Esguerra que tome reposo durante los próximos días, tras los que podrá volver a su ritmo de vida normal.

Julian baja la mirada y se vuelve hacia mí.

—¿Cariño? —El tono de su voz se vuelve un poquito más suave—. ¿Quieres quedarte aquí hasta por la mañana, por si acaso, o prefieres volver a casa?

—A casa —Trago saliva con dolor—. Quiero irme a casa.

—Señora Esguerra… —La doctora me pone la mano en el hombro y noto la calidez de sus finos dedos contra mi piel. Levanto la mirada hacia ella, que me dice con suavidad—: Sé que esto no la consolará, pero quiero que sepa que la mayoría de los abortos naturales no pueden evitarse. Es posible que lo que le sucediera a usted y a su amiga haya sido un factor en este desafortunado suceso, pero también podría haberse tratado de algún tipo de anomalía cromosómica. Según las estadísticas, en torno a un veinte por ciento de los embarazos termina en aborto espontáneo y más del setenta por ciento de los casos que se dan en el primer trimestre del embarazo ocurren a causa de estas anomalías; no por culpa de algo que la madre haya hecho o no.

Escucho sus palabras sin mucho interés, por lo que dejo de mirarla a la cara y me fijo en la etiqueta que lleva en el pecho: *doctora Cobakis*. Algo resuena en mi cabeza al leer ese nombre, pero me encuentro tan cansada que no logro averiguar de qué se trata.

Levanto de nuevo la mirada sin mucha energía.

—Gracias —murmuro, deseando que deje de hablar del tema. Aun así, entiendo sus intenciones. Seguro que no es la primera vez que ha tenido que lidiar con la tendencia de una mujer a culpabilizarse de lo que ha fallado en su embarazo. No se da cuenta de que soy yo quien tiene la culpa.

Fui yo la que insistió en ir a ese club. Solo yo tengo la culpa de lo que les ha pasado a Rosa y al bebé. Nadie más.

La doctora me da un ligero apretón en el hombro y se retira.

—Iré a darle el alta a su amiga mientras usted se viste —dice antes de marcharse de la habitación, dejándonos solos a Julian y a mí por primera vez desde que llegamos al hospital.

En cuanto la doctora se va, me suelta la mano y se inclina sobre mí.

—Nora… —Veo que sus ojos están inundados de la misma agonía que me consume por dentro—. Cariño, ¿sigues dolorida?

Sacudo la cabeza a modo de respuesta. Lo que menos me aflige es el malestar físico.

—Quiero irme a casa —suelto con voz ronca—. Por favor Julian, llévame a casa.

—Lo haré. —Me acaricia cálida y suavemente el lado intacto de la cara—. Te prometo que lo haré.

28

Julían

Nunca he conocido vacío tan frío como este, un sentimiento abrasador que late como un dolor punzante. Cuando perdí a Maria y a mis padres, sentí rabia y dolor, pero no esto. No esta horrible sensación que se mezcla con la más fuerte sed de sangre que jamás haya experimentado.

Nora continua inmóvil y callada mientras la subo por las escaleras hasta la habitación. Tiene los ojos cerrados y sus pestañas parecen oscuras medias lunas en sus pálidas mejillas. Lleva así desde que salimos del hospital, casi catatónica por la pérdida de sangre y el cansancio.

Mientras la tumbo en la cama, me doy cuenta de que tiene el pómulo amoratado y el labio partido, y tengo que darme la vuelta para recuperar el control. Siento la violencia que hierve en mi interior, tan tóxica, tan corrosiva, que no puedo tocar a Nora ahora mismo, no sin hacerle daño de alguna manera.

Tras un instante, me siento lo bastante tranquilo para volver a girarme hacia la cama. Nora no se ha movido, sigue acostada donde la he dejado. Veo que se ha quedado dormida. Mientras inspiro despacio, me inclino sobre ella y empiezo a desvestirla. Podría dejarla dormir toda la noche, pero quedan restos de sangre seca en su ropa y no quiero que se despierte así.

Por la mañana ya tendrá bastante que asumir.

Una vez desnuda, me quito la ropa y la levanto, meciendo su pequeño y débil cuerpo contra mi pecho mientras me dirijo al baño. Al entrar en la ducha, enciendo el agua mientras la sujeto fuerte.

Se despierta cuando el cálido chorro le rocía la piel. Abre los ojos sorprendida mientras se agarra, temblorosa, a mis bíceps.

—¿Julian? —Parece asustada.

—Shhh. —La tranquilizo—. Ya está. Estamos en casa. —Parece algo más calmada, así que la pongo de pie y pregunto con voz suave—: ¿Cariño, puedes sostenerte tú sola un momento?

Asiente, y en un instante la ducho y después lo hago yo. En el momento en que termino veo que se está tambaleando y que se esfuerza por tenerse en pie. La envuelvo rápidamente con una toalla grande y la llevo de vuelta a la cama.

Se desmaya antes de llegue a tocar la almohada con la cabeza. La tapo con una sábana y me siento a su lado durante un rato, mirando como su pecho se eleva y descendiente al respirar.

Entonces, me levanto y me visto para ir abajo.

Al entrar al salón, veo que Lucas ya me está esperando.

—¿Dónde está Rosa? —pregunto, manteniendo el tono de voz. Ya pensaré después en Nora, acostada arriba tan herida y vulnerable, y en nuestro hijo; pero por ahora lo aparto todo de mi mente. No puedo permitirme sucumbir ante la ira y la pena, no cuando queda tanto por hacer.

—Está dormida —responde él al tiempo que se levanta del sofá—. Le he dado un sedante y me he asegurado de que se diera una ducha.

—Vale, gracias. —Recorro la habitación para ponerme a su lado—. Ahora cuéntamelo todo.

—El equipo de limpieza se ha encargado del cadáver y ha capturado al chico que Nora dejó sin sentido en el vestíbulo. Lo tienen escondido en un almacén que alquilé en el lado sur.

—Perfecto. —El pecho se me inunda de una expectación salvaje—. ¿Qué sabes del coche blanco?

—Los chicos pudieron seguirlo hasta uno de los rascacielos residenciales del centro. En ese momento, desapareció en un garaje y decidieron no seguirlo por allí. Ya he buscado el número de la matrícula.

Llegados a este punto, se detiene, provocando que pregunte impaciente.

—¿Y?

—Puede que tengamos un problema —responde triste—. ¿Te suena el nombre Patrick Sullivan?

Frunzo el ceño en un intento de recordar dónde lo había oído antes.

—Me suena, pero no sé de qué.

—Los Sullivan son dueños de la mitad de la ciudad. Prostitución, drogas, armas… Sea lo que sea, están metidos. Patrick Sullivan encabeza la familia y tiene comprados a casi todos los políticos y jefes de policía de la ciudad.

—Ah.

Ahora cobra sentido. No he tenido trato con los Sullivan, pero mi negocio se basa en buscar clientes potenciales de Estados Unidos y otros lugares. El nombre Sullivan debió aparecer mientras investigaba, lo que significa que puede que tengamos un problema de verdad.

—¿Que tiene que ver Patrick Sullivan en todo esto?

—Tiene dos hijos —dice Lucas—, o mejor dicho, tenía dos hijos: Brian y Sean. En estos momentos Brian se está marinando es sosa cáustica en el almacén alquilado y Sean es el propietario del coche blanco.

—Entiendo.

Entonces los cabrones que atacaron a Rosa y mi mujer están relacionados. De hecho, más que relacionados. Lo que explica su estúpida arrogancia intentado abusar de dos mujeres a la vez en un club. Como su papá es el pez gordo de la ciudad, deben de estar acostumbrados a ser los tiburones más grandes de la zona.

—Además —continua Lucas—, el chiquillo que tenemos atado en ese almacén es su primo de diecisiete años, el sobrino de Sullivan. Se llama Jimmy. Por lo visto, él y los dos hermanos son íntimos. O más bien, lo eran.

Una repentina sospecha me hace entrecerrar los ojos.

—¿Tienen alguna idea de quiénes somos? ¿Pueden haber escogido a Rosa para vengarse de mí?

—No, no lo creo. —A Lucas se le tensa el rostro—. Los hermanos Sullivan tienen un historial asqueroso con las mujeres. Drogas para violaciones, agresiones sexuales, *gangbangs* con chicas de hermandades femeninas… La lista sigue y sigue. Sí no fuera por su padre, se estarían pudriendo en la cárcel ahora mismo.

—Entiendo. —Hago una mueca—. Bueno, lo habrán deseado cuando hayamos acabado con ellos.

Lucas asiente con tristeza.

—¿Organizo un grupo de ataque?

—No —contesto—. Todavía no.

Me giro y me acerco a la ventana, mirando fijamente el patio oscuro y arbolado. Son las cuatro de la mañana, la única luz visible a través de los árboles viene de la media luna que cuelga en el cielo.

Este es un vecindario tranquilo y pacífico, pero no será así por mucho tiempo. Cuando Sullivan se entere de quién mató a sus hijos y su sobrino, estas limpias y paisajísticas calles se teñirán de rojo.

—Quiero a Nora y sus padres en la finca antes de que hagamos nada —digo, mirando de nuevo a Lucas—. Sean Sullivan tendrá que esperar. De momento, nos encargaremos de su sobrino.

—De acuerdo. —Lucas inclina la cabeza—. Comenzaré los preparativos.

Sale de la habitación y yo me giro para mirar por la ventana de nuevo.

A pesar de la media luna, lo único que veo afuera es oscuridad.

29

Nora

—Nora, cariño…

Una suave caricia que me resulta familiar me despierta de un sueño inquieto. Me obligo a abrir los ojos y, desconcertada, veo a mi madre sentada al borde de la cama, acariciándome el pelo. Me duele tanto la cabeza que tardo un rato en procesar su presencia en la habitación y en darme cuenta de que tiene los ojos rojos e hinchados.

—¿Mamá? —Agarrada a la manta, me incorporo y contengo un gemido por el daño que me causa moverme. Tengo la espalda dolorida y agarrotada, y fuertes calambres en el abdomen—. ¿Qué haces aquí?

—Nos ha llamado Julian está mañana —contesta con voz temblorosa—. Nos ha contado que os atacaron a ti y a Rosa anoche en un club.

—Oh.

Una corriente de ira me despierta del todo. ¿Cómo se atreve Julian a preocupar a mis padres así? Me hubiera gustado inventar algo menos aterrador que contarles, alguna forma más suave de explicarles que he perdido al bebé.

He perdido al bebé.

Siento una angustia tan aguda que no puedo aguantar más y estallo en un llanto roto, acompañado de un mar de lágrimas abrasadoras. Temblorosa, me tapo la boca con las manos, pero es de demasiado tarde.

El dolor brota y se esparce, las lágrimas parecen ácido al contacto con la piel. Noto que los brazos de mi madre me rodean y la oigo llorar, sé que tengo que parar pero no puedo. La pena, saber que yo he hecho esto me supera.

De repente, no es mi madre quien me abraza. En su lugar, estoy envuelta en la sabana apoyada en el regazo de Julian. Sus fuertes brazos me rodean mientras me aprieta contra él, acunándome como a una niña. Oigo la voz de mi padre, baja y punzante, y sé que está consolando a mi madre, intentado calmar su dolor. En algún momento él y Julian han debido entrar en la habitación, pero no sé cuándo ni cómo ha pasado.

Finalmente, Julian me lleva a la ducha. Y allí, lejos de la mirada de mis padres, es cuando por fin recupero el control.

—Lo siento —susurro mientras Julian me seca y me pone un albornoz—. Lo siento mucho. ¿Dónde está Rosa? ¿Cómo está?

—Está bien —responde en voz baja. Por sus ojos, inyectados en sangre, sospecho que no ha dormido mucho esta noche—. Bueno, todo lo bien que cabe esperar. Sigue en su habitación, pero Lucas ha hablado con ella y dice que se está recuperando. Cielo, no tienes que pedir perdón. De verdad.

La culpa se vuelve a apoderar de mí, así que niego con la cabeza.

—Tengo que verla…

—Espera, Nora. —Me agarra del brazo antes de que pueda volver a la habitación—. Antes de que la veas, tenemos que hablar de una cosa con tus padres.

—¿Con mis padres?

Asiente mientras baja la vista mirándome.

—Sí. Por eso les he hecho venir. Tenemos que hablar.

—¿La familia de criminales Sullivan? —Mi padre alza la voz con tono incrédulo—. ¿Me estás diciendo que los hombres que atacaron a mi hija son parte de la mafia?

—Sí —contesta Julian con el rosto rígido y sin expresión. Está sentado a mi lado en el sofá con la mano izquierda apoyada en mi rodilla—. Lo descubrí anoche, después de volver del hospital.

—Tenemos que ir a la policía de inmediato. —Mi madre se inclina hacia delante, tiene las manos apretadas con fuerza sobre su regazo—. Esos monstruos tienen que pagar por esto. Si sabes quienes son…

—Y lo pagarán, Gabriela. —La mirada de Julian se vuelve fría como el acero—. No te preocupes por eso.

—¿Es por tu culpa, verdad? —replica mi padre de manera violenta levantándose con un movimiento brusco—. Vinieron a por ti…

—No —interrumpo. Sigo abrumada por todo de lo que me acabo de enterar, pero si estoy segura de una cosa es que, por una vez, los negocios de Julian no tienen la culpa—. Nos agredieron al azar, papá. No tenían ni idea que quiénes éramos Rosa y yo. Solo estaban… —Entonces lo recuerdo—… lo hicieron por diversión.

—¿Diversión? —Mi padre me mira fijamente, su rostro se tensa mientras se vuelve a sentar—. ¿Esos gilipollas pensaron que agredir a dos mujeres sería divertido?

—Bueno, técnicamente, solo querían a Rosa —contesto con tono apagado—. Yo solo me interpuse.

Julian me aprieta la rodilla mientras me mira. Por primera vez en toda la mañana, veo un destello de rabia tras su impasible rostro. No tengo la más mínima duda de que me culpa por esto, por usar mi cumpleaños para manipularlo e ir a ese club, por intentar rescatar a Rosa yo sola. Por perder al bebé. No sabía que quería hasta que fue demasiado tarde.

No sé cuál será mi castigo, pero sea el que sea, lo tengo más que merecido.

—Tenemos que ir a la policía —dice otra vez mamá—. Tenemos que denunciar…

—No. —Esta vez es Julian quien se levanta y comienza a caminar en frente del sofá—. Eso no sería prudente.

—¿Por qué? —pregunta mi padre al momento—. Es lo que la gente civilizada hace en este país. Acudir a las autoridades…

—Sullivan tiene a las autoridades en el bolsillo. —Julian se detiene y echa una mirada fría a mi padre—. Incluso si no las tuviera, deberíamos mandarle también un correo contándole quienes somos.

—A ver. —Me pongo de pie, ignorando el dolor de mis músculos. Por fin, mi ralentizado cerebro ata cabos y me doy cuenta de porqué Julian ha traído a mis padres aquí. Si el hombre al que Julian destripó anoche es de verdad el hijo del líder de la mafia, mi marido no es el único criminal peligroso en busca de venganza—. Mamá, no podemos hacer eso.

Me mira sorprendida.

—Pero, Nora…

—Sería mejor que los dos os quedarais en casa una temporada —dice Julian mientras se coloca a mi lado—. Solo hasta que pongamos en orden toda esta situación.

—¿Qué? —Mi madre nos mira boquiabierta—. ¿Qué quieres decir? ¿Por qué? Ah. —De repente, se queda callada—. ¿Le hiciste algo a uno de esos hombres ayer, verdad? —dice despacio mientas mira a Julian—. No quieres que sepan quiénes somos porque, porque…

—Sí. Porque uno de los hijos de Sullivan está muerto —dice Julian como quien da el parte del tiempo—. Nos estarán buscando y cuando sepan quiénes somos, irán a por ti y Tony.

Mi madre se queda pálida y mi padre se pone en pie.

—¿Estás diciendo que la mafia nos busca? —Su voz está llena de rabia y desconfianza—. ¿Que puede que nos ataquen por... porque tú...?

—Maté a uno de los hijos de Sullivan por intentar herir a Nora, sí. —Nunca antes había odio la voz de Julian tan fría—. Ya nos preocuparemos de quién tiene la culpa luego. De momento, no quiero que Nora llore la muerte de sus padres, así que sugiero que aviséis a vuestros jefes de que os tomáis unas de vacaciones y hagáis las maletas.

—¿Cuándo nos vamos? —pregunta mamá, que sigue pálida, mientras se levanta—. ¿Y cómo de largas serán estas vacaciones?

—Gabi, no estarás pensando en serio... —comienza a decir mi padre, pero mi madre le pone la mano en el brazo.

—Sí. —Ahora, la voz de mi madre suena firme y su mirada está llena de determinación—. A mí esto me gusta tan poco como a ti, pero ya has oído lo de los Sullivan. Son un problema y si Julian dice que estamos en peligro...

—¿Confías en este asesino? —Mi padre le echa una mirada fulminante—. ¿Crees que estaremos a salvo con él?

—¿Más que aquí con la mafia buscando venganza? Sí, eso creo —replica ella—. ¿Tampoco tenemos muchas más opciones, no?

—Podemos acudir a la policía o al FBI...

—No, Tony, no podemos. No sí lo que dice Julian es verdad.

—¿Cómo no va a estar él en contra de ir a la policía?

Mientras discuten, noto que el dolor de cabeza va a más y, al final, ya no puedo soportarlo.

—Mamá, papá, por favor. —Doy un paso al frente e ignoro el martilleo de mi cabeza—. Quedaos una temporada. No tiene que ser para siempre, ¿verdad, Julian? —Miro a mi marido en busca de confirmación.

Julian, calmado, asiente.

—Tal y como he dicho, hasta que arregle esta situación. Esperemos que no sea más que un mes o dos.

—¿Un mes o dos? ¿Cómo vas a arreglar esto en un mes o dos? —pregunta mi madre mientras mi padre sigue ahí quieto, tenso y temblando por la rabia.

—Gabriela, ¿de verdad quieres saberlo? —contesta él suavemente y mi madre se queda todavía más pálida.

—No, gracias —suena un tanto ronca, carraspea y pregunta—: Entonces ¿qué decimos en el trabajo? ¿Cómo explicamos unas vacaciones tan largas con tan poca antelación? Quiero decir, es más bien una excedencia…

—Podéis decir la verdad: que tu vuestra hija ha sufrido un aborto y que os necesita durante unas semanas.

Las duras palabras de Julian hacen que me encoja. Se da cuenta de mi reacción y se estira para cogerme, sus dedos se doblan sobre mi mano mientras le dice a mi madre en un tono más suave:

—O podéis inventaros otra historia. Eso es cosa vuestra.

—Bueno, haremos eso —dice mi madre en voz baja mientras nos mira.

Cuando miro a mi padre, veo que la ira ha desaparecido de su rostro. En su lugar, parece que se esté aguantando las lágrimas. Se da cuenta de que le miro y se acerca a mí.

—Cielo, lo siento —dice con voz baja y llena de pena—. No te lo pude decir antes, pero siento muchísimo tu pérdida.

—Gracias, papá —susurro y me doy la vuelta para no empezar a llorar otra vez.

En ese momento, Julian me rodea con sus brazos.

—Tony, Gabriela. —Le oigo decir con voz suave. Me quedo quieta mientras sus manos masajean mi espalda haciendo círculos e intento contener las lágrimas con la cara hundida en su pecho—. Por ahora, creo que lo mejor es que Nora descanse. ¿Por qué no habláis esto los dos y le damos otra vuelta más tarde? Lo ideal sería que Nora y vosotros volaseis mañana, antes de que los Sullivan descubran quiénes somos.

—Por supuesto —contesta mi madre en voz baja—. Vamos, Tony, tenemos mucho que hacer. —Y antes de que pueda darme la vuelta, oigo sus pasos saliendo de la habitación.

Una vez que se han ido, Julian me suelta y retrocede para poder mirarme.

—Nora, cariño…

—Estoy bien —le interrumpo, no quiero que sienta lastima por mí. La culpa que había conseguido apartar de mi mente la última hora ha vuelto, más fuerte que nunca—. Voy a ir a ver a Rosa.

Julian me estudia durante un minuto y después da un paso atrás; me deja ir.

—Vale, mi gatita —dice con voz suave—. Adelante.

30

Julian

$\mathcal{S}$oy consciente de la pesada presión que siento en el pecho cuando veo a Nora salir de la habitación. Intenta ser fuerte y esconder su dolor, pero estoy seguro de que lo que pasó anoche la está destrozando. La crisis de esta mañana ha sido solo la punta del iceberg y saber que soy culpable de esto —que soy culpable de todo— se suma a la violenta rabia que me revuelve el estómago.

Todo esto es por mi culpa. Si no hubiera estado tan ansioso por contentarla, por hacerla feliz concediéndole todos sus caprichos, nada de esto hubiera sucedido. Tendría que haber hecho caso a mis instintos y haberla dejado en la finca, donde nadie pudiera tocarla. Como mínimo, tenía que haberme negado a ir a ese dichoso club.

Pero no, me he vuelto blando. He permitido que mi obsesión por ella me nuble el juicio y ahora está pagando los platos rotos. Ojalá no la hubiera dejado ir sola a ese baño, ojalá hubiera escogido otro club… Los remordimientos me reconcomen hasta que siento que me va a explotar la cabeza.

Tengo que encontrar una vía de escape para mi ira y la necesito ya.

Me giro y voy derecho hacía la puerta principal.

—He traído aquí al primo —dice Lucas en cuanto salgo a la entrada—. Supuse que hoy no querrías hacer el viaje hasta Chicago.

—Perfecto. —Lucas me conoce demasiado bien—. ¿Dónde está?

—En la furgoneta de ahí. —Señala una furgoneta negra aparcada estratégicamente tras los árboles más alejados de los vecinos.

Me dirijo hacía ella, con una sombría determinación mientras Lucas me acompaña.

—¿Nos ha dado algo de información ya? —pregunto.

—Nos ha dicho los códigos de acceso al garaje y a los ascensores del edificio de su primo —contesta él—. No fue difícil hacerle hablar. Supuse que sería mejor dejarte el resto del interrogatorio, por si querías hablar con él en persona.

—Bien pensado. Claro que quiero. —Me acerco a la furgoneta, abro las puertas traseras y miro en el oscuro interior.

Hay un chico delgado tumbado dentro, está amordazado. Tiene los tobillos atados a las muñecas por detrás de la espalda, retorcido de una manera muy poco natural, y la cara ensangrentada e hinchada. Me llega un fuerte olor a sudor, miedo y orina. Lucas y mis escoltas han hecho bien su trabajo: le han dado una buena paliza.

Ignoro el hedor, me subo a la furgoneta y me doy la vuelta.

—¿Está insonorizada? —pregunto a Lucas, que sigue fuera.

Asiente.

—En un noventa por ciento.

—Bien. Debería ser suficiente.

Cierro las puertas y me encierro con el chico. Enseguida empieza a retorcerse en el suelo y a hacer ruidos desesperados tras la mordaza.

Saco mi cuchillo y me agacho a su lado. Forcejea con fuerza, los ruidos de pánico se escuchan cada vez más alto. Hago caso omiso de la mirada de terror y lo cojo del cuello para inmovilizarlo. Introduzco el cuchillo entre la mordaza y su mejilla cortando el trozo de tela. Un hilo de sangre brota de su mejilla, por donde el cuchillo le ha cortado. Lo veo y disfruto del espectáculo. Quiero más. Quiero ver la furgoneta llena de sangre.

Como si me leyera el pensamiento, el adolescente empieza a gimotear.

—Tío, por favor, no lo hagas —suplica lloriqueando—. ¡No hice nada! Lo juro, no hice nada…

—Cállate. —Lo miro fijamente, dejando que crezca la expectación—. ¿Sabes por qué estamos aquí?

Niega con la cabeza.

—¡No! Lo juro —balbucea—. No sé nada. Estaba en la discoteca, había una chica y no sé qué pasó. Me he despertado en un almacén y yo no he hecho nada…

—¿No le pusiste la mano encima a la chica del vestido amarillo? —Inclino la cabeza a un lado mientras juego con el cuchillo entre los dedos. Ya sé cómo se sienten los gatos cuando juegan con los ratones; estas cosas resultan divertidas.

El chico abre mucho los ojos.

—¿Qué? ¡No, joder, no! ¡Te juro que no tengo nada que ver con eso! Le dije a Sean que era mala idea…

—¿Entonces sabías lo que iban a hacer?

Al instante se da cuenta de lo que acaba de admitir, el chico empieza a balbucear otra vez. Tiene la cara magullada y llena de mocos y lágrimas.

—¡No! ¡Nunca me cuentan nada hasta que lo hacen, así que no lo sabía! Te lo juro, no lo supe hasta que estuvimos allí. Me dijeron que vigilase la puerta, les dije que no era justo y me repitieron que lo hiciera. Entonces la chica vino y le dije que se fuera…

—Cállate. —Aprieto el filo cortante del cuchillo contra su boca. Se calla de golpe y se le inundan los ojos de miedo—. Mira —digo suavemente—. Escúchame con atención. Me vas a contar dónde duerme, come, caga, folla y lo que sea que haga tu primo Sean. Quiero una lista con cada lugar al que pueda ir. ¿Entendido?

Asiente mínimamente y aparto el cuchillo. Al momento, el chico empieza a vomitar nombres de restaurantes, discotecas, clubs de lucha clandestina, hoteles y bares. Grabo todo con mi móvil y, cuando ha acabado, le sonrío.

—Buen trabajo.

Sus labios partidos tiemblan con un débil intento de contestar una sonrisa.

—¿Ahora vas a dejar que me vaya, no? Porque te juro que no tuve nada que ver con eso.

—¿Dejarte ir? —Miro el chuchillo, como si me pensase lo que ha dicho. Entonces lo miro y vuelvo a sonreír—. ¿Por qué? ¿Por traicionar a tu primo?

—Pero… ¡Te lo he contado todo! —Sus ojos se vuelen a poner blancos—. ¡No sé nada más!

—Lo sé. —Aprieto el cuchillo contra su estómago—. Y eso significa que ya no me eres útil.

—¡Lo soy! —empieza a gritar—. ¡Puedes pedir un rescate por mí! Soy Jimmy Sullivan, el sobrino de Patrick Sullivan, pagará por recuperarme. Te lo juro, lo hará…

—Sí, estoy seguro. —Dejo que la punta del cuchillo se clave, disfrutando al ver la sangre brotar al rededor del cuchillo. Al retirar la vista me encuentro con la mirada petrificada del chico—. Es una lástima que su dinero sea lo último que necesito.

Y mientras suelta un grito de pánico, lo abro por la mitad y veo cómo la sangre se derrama formando un precioso y oscuro río de sangre.

Tras limpiarme las manos en una toalla que alguien muy considerado ha dejado en la furgoneta, abro la puerta y salgo de un salto. Lucas me está esperando, así que le digo que se ocupe del cadáver y vuelvo a casa.

Es extraño, pero no me siento mejor. El asesinato debería haber liberado algo de tensión, aliviado la necesidad ardiente de violencia; pero en su lugar, parece que solo ha añadido un vacío en mi interior que crece y se vuelve más oscuro a cada momento.

Quiero a Nora. La necesito más que nunca. Pero cuando entro a casa lo primero que hago es meterme a la ducha. Estoy cubierto de sangre y no quiero que me vea así.

Como el violento asesino que sus padres me acusan de ser.

Cuando acabo, compruebo la aplicación de rastreo de Nora. Para mi descontento, sigue en la habitación de Rosa. Me planteo ir a por ella, pero decido dejarla un rato más y ponerme al día con el trabajo mientras tanto.

Al encender el portátil veo que la bandeja de entrada está llena de los típicos correos. Rusos, ucranianos, el Estado Islámico, cambios de contrato con los proveedores, un fallo de seguridad en una de las fábricas de Indonesia… los miro por encima hasta que me encuentro un correo de Frank, mi contacto de la CIA.

Lo abro y al leerlo me quedo helado.

31

Nora

—Hola.

Empujo la puerta de la habitación de Rosa y me acerco a su cama con una bandeja con infusiones y bocadillos.

La encuentro tumbada de lado, de espaldas a la puerta, envuelta en una gruesa manta. Dejo la bandeja sobre la mesita de noche, me siento en el lateral de la cama y le acaricio ligeramente el hombro.

—¿Rosa? ¿Te encuentras bien?

Se da la vuelta para mirarme y casi retrocedo al ver el moretón de su cara.

—¿Tan mal está? —dice al ver mi reacción.

Su voz suena algo áspera, pero se muestra increíblemente calmada. Tiene la cara hinchada, pero los ojos secos.

—Bueno, yo no diría que está bien —digo con tacto—, ¿cómo te encuentras?

—Posiblemente mejor que tú —dice tranquilamente—. Siento mucho lo del bebé, Nora. No me puedo ni imaginar por lo que estaréis pasando Julian y tú.

Asiento, intentando ignorar la punzada de dolor que se me clava en el pecho.

—Gracias. —Me obligo a sonreír—. ¿Tienes hambre? Te he traído algo de comer.

Ella se incorpora con una mueca de dolor y mira desconfiada a la bandeja.

—¿Lo has preparado tú?

—Por supuesto. Ya sabías que era capaz de hervir agua y meter queso en pan, ¿no? Solía hacerlo constantemente antes de que Julian me secuestrara y me obligara a vivir entre todo este lujo.

Rosa esboza una sonrisa.

—Ah, sí. Aquellos tiempos oscuros cuando tenías que valerte por ti misma.

—Eso es. —Alcanzo la taza humeante y se la ofrezco a Rosa—. Aquí tienes. Manzanilla con miel. Según Ana, cura todos los males.

Rosa da un sorbo a la taza y me mira arqueando una ceja.

—Impresionante. Es casi tan bueno como el que hace Ana.

—Espera. —Frunzo el ceño exageradamente—. ¿Casi? Y yo aquí pensando que ya tenía controlado todo este asunto de preparar infusiones.

Esta vez su sonrisa es más evidente.

—Estás muy cerca, te lo aseguro. A ver, déjame probar uno de esos bocadillos. Lo cierto es que tienen una pinta buenísima.

Le acerco el plato y la observo comerse uno.

—¿No me acompañas? —dice cuando va por la mitad.

Niego con la cabeza.

—No, ya he comido algo antes en la cocina —le explico.

—Yo tampoco debería tener hambre —dice Rosa después de dar el último mordisco a su bocadillo—. Lucas me ha traído una tortilla esta mañana temprano.

—Ah, ¿sí? —Pestañeo ante la sorpresa—. No sabía que supiera cocinar.

—Ya, yo tampoco. —Toma los últimos bocados y me devuelve el plato—. Estaba muy bueno, Nora. Muchas gracias.

—De nada. —Me levanto ignorando el doloroso entumecimiento en la espalda—. ¿Puedo hacer algo más por ti? ¿Te traigo un libro para leer?

—No, estoy bien así. —Vuelve a hacer una mueca de dolor y aparta la manta dejando al descubierto la camiseta larga y mueve los pies suspendidos sobre el suelo—, voy a levantarme. No puedo estar en la cama todo el día.

Le frunzo el ceño.

—Por supuesto que puedes. Deberías descansar todo el día, tómatelo con calma.

—¿Descansar como lo estás haciendo tú? —Me lanza una mirada burlona y va hacia el armario cruzando la habitación—. Estoy harta de remolonear en la cama.

Quiero hablar con Lucas y averiguar qué ha sido de los cabrones que nos atacaron.

La miro.

—Rosa…

Dudo, no sé si continuar.

—Quieres saber lo que pasó anoche con esos tipos, ¿verdad? —Se sube los vaqueros cuando de repente para y me mira con ojos brillantes—. Quieres saber lo que me hicieron antes de que llegarais.

—Solo si tú quieres contármelo —digo rápidamente—. Si te sientes incómoda…

Levanta la mano y me deja con la frase a medias. Entonces respira hondo y procede.

—Me siguieron hasta el lavabo. —Se intuye solo una pizca de fragilidad en su voz—. Cuando salí, allí estaban dos de ellos. El mayor, Sean, dijo que querían enseñarme una sala VIP que había en la parte de atrás. Ya sabes, como las que salen en las pelis.

Asiento; se me hace un nudo en la garganta.

—Así que, ilusa de mí, los creí.

Se vuelve hacia el armario. La observo en silencio mientras se quita la camiseta y se pone un sujetador, seguido de una camiseta de manga larga de color negro. Arañazos y moretones le surcan piel, algunos con forma de dedos. Me esfuerzo por ocultar mi reacción cuando se da la vuelta para mirarme.

—Como antes les había contado que esta era la primera vez que visitaba el país, pensé que solo querían que me lo pasara bien.

—Ay, Rosa…

Doy un paso hacia ella con el pecho dolorido, pero ella levanta la mano.

—No —traga saliva—, déjame terminar.

Me detengo a poco más de medio metro de ella y al poco tiempo prosigue.

—En cuanto pasamos los servicios, fuera de la vista de la gente que estaba en la cola, el más joven, Brian, me agarró y me empujó dentro de un cuarto. También había un chico joven, adolescente, que lo estuvo viendo todo hasta que Sean lo mando fuera al pasillo para vigilar que nadie entrara. Creo que iban a… —Se detiene un segundo hasta que logra recomponerse—… iban a dejarle participar cuando hubieran acabado.

Mientras habla, vuelvo a sentir toda la rabia que sentí en el club. La había enterrado bajo toda la presión del dolor y por la agonía de mi propia pérdida, pero ahora de nuevo soy consciente de ella. Fuerte y ardiente, la ira me llena hasta que casi me hace temblar. Aprieto los puños con fuerza.

—Creo que ya conoces el resto de la historia —continúa Rosa con la voz más quebradiza a cada segundo—, llegasteis justo cuando intentaba deshacerme de Sean. Si no hubiera sido por ti… —Se viene abajo y esta vez no soy capaz de contenerme.

Acorto la distancia entre nosotras y la abrazo; ella empieza a temblar. Debajo de toda mi ira, me siento impotente, completamente incapaz de hacer lo que tengo que hacer. Lo que le pasó a Rosa es la peor pesadilla de toda mujer y no tengo ni idea de cómo consolarla. Desde fuera, lo que Julian me hizo en la isla puede parecer lo mismo, pero incluso desde el primer momento traumático, él me dio cierta apariencia de ternura. Sí, me sentí violada, pero también me sentí amada, por muy contradictorio que pueda sonar.

En ningún momento me sentí como Rosa debe de estar sintiéndose ahora.

—Lo siento —susurro acariciándole el pelo—. Lo siento mucho. Esos cabrones pagarán por lo que te han hecho. Haré que lo paguen.

Se sorbe los mocos y se separa de mí. Le brillan los ojos, colmados de lágrimas.

—Sí. —Su voz suena ahogada a medida que se aparta—. Yo también quiero que lo paguen, Nora. Lo deseo más que nada en el mundo.

—Yo también —susurro mirándola.

Quiero que esos agresores mueran. Los quiero eliminados de la forma más brutal posible. Está mal pensar así, es enfermizo, pero no me importa. No dejo de ver las imágenes del hombre que Julian mató anoche, lo que trae una sensación peculiar de satisfacción. Y quiero que Sean pague de la misma manera. Quiero que Julian se desate contra él, quiero ver cómo mi marido emplea esa magia salvaje.

Un golpe en la puerta nos sobresalta a ambas.

—Adelante —exclama Rosa usando su manga para secarse las lágrimas.

Para mi sorpresa, entra Julian. Lleva un semblante tenso y extrañamente preocupado. Se ha cambiado de ropa y tiene el pelo mojado, como si acabara de darse una ducha.

—¿Qué ocurre? —pregunto de inmediato con el corazón desbocado—. ¿Ha pasado algo?

—No —dice Julian cruzando la habitación—. Aún no. Pero tendremos que adelantar la hora de salida. —Se para frente a mí—. Acabo de enterarme de que están circulando retratos robot de nosotros tres en la oficina local del FBI. El hermano que sobrevivió debe de tener muy buena memoria para recordar caras. Los Sullivan nos están buscando y si de verdad tienen tan buenos contactos como creemos, no disponemos de mucho tiempo.

El miedo se me clava en el pecho como un alambre de espino.

—¿Crees que ya saben quiénes son mis padres?

—No lo sé, pero yo no lo descartaría. Llámalos y diles que empaqueten todo lo que puedan. Los recogeremos dentro de una hora y os llevaré a todos al aeropuerto.

—Espera un momento. ¿*Nos* llevarás? ¿Y qué pasa contigo?

—Yo tengo que ocuparme de la amenaza de los Sullivan. Lucas y yo nos quedaremos atrás con la mayoría de los hombres.

—¿Qué? —De repente me cuesta respirar—. ¿Qué quieres decir con que os quedaréis atrás?

—Tengo que limpiar todo este desastre —dice él, inquieto—. ¿Vamos a perder tiempo hablando de este asunto o vas a llamar a tus padres?

Me trago mis objeciones.

—Los llamo ahora mismo —digo, tajante, y cojo el móvil.

Julian tiene razón, ahora no es el momento de discutir sobre el tema. Pero si cree que voy a ceder a esto sumisamente, está completamente equivocado.

Pienso hacer todo lo que esté en mi mano para no perderlo de nuevo.

32

Julián

$\mathcal{P}$asamos el viaje de camino a casa de los padres de Nora sumidos en un intenso silencio. Yo estoy ocupado organizando la distribución de la seguridad con mi equipo, mientras Nora no deja de enviar mensajes a sus padres, que parecen estar bombardeándola a preguntas acerca del repentino cambio de planes. Rosa nos observa en silencio; la inflamación azulada del rostro le esconde la expresión.

Cuando llegamos, Nora se apresura a entrar en la casa y yo la sigo. No quiero dejarla sola ni siquiera media hora. Rosa no quiere estar en medio, así que se queda en el coche con Lucas. Cuando entro me doy cuenta de lo acertada que ha estado Rosa quedándose en el coche.

Dentro, la casa de los Leston parece una casa de locos. Gabriela va de un lado para otro, tratando de meter todo lo que puede en la maleta enorme, mientras que su marido se desgañita explicando por teléfono que tiene que dejar el país en ese momento y que no le ha sido posible avisar con más antelación.

—Me van a despedir —murmura afligido cuando cuelga.

Resisto la necesidad de decir que ningún trabajo merece jugarse la vida.

—Si te despiden, me encargaré de conseguirte otro puesto, Tony —digo mientras me siento en la mesa de la cocina.

El padre de Nora me dedica una mirada asesina a modo de respuesta, pero no le hago ni caso y me limito a concentrarme en las docenas de correos que se han amontonado las últimas horas en mi bandeja de entrada.

Cuarenta minutos más tarde, Nora consigue que sus padres dejen de meter cosas en las maletas.

—Mamá, tenemos que irnos —le insiste cuando a su madre se le olvida coger otra cosa—. Te prometo que tenemos insecticida en la casa. Y podemos pedir todo lo que necesites y nos lo traerán allí. No vivimos en la jungla en plan literal, ¿sabes?

Eso parece calmar a Gabriela. La ayudo a cerrar la enorme maleta y me la llevo hasta el coche. La maldita debe de pesar por lo menos ciento diez kilos y suelto un gruñido por el esfuerzo de subirla al maletero de la limosina.

Mientras tanto, el padre de Nora sale con otra maleta más pequeña.

—Yo la cojo —digo mientras trato de alcanzarla, pero él la aparta.

—Ya me encargo yo —dice en tono cortante.

Me retiro para dejar que lo haga. Si quiere continuar cabreado, es asunto suyo.

Una vez metido todo en el maletero, los padres de Nora se suben al coche y Rosa se cambia para sentarse delante, al lado de Lucas.

—Así tendréis más espacio —explica ella, como si en la parte trasera de la limusina no cupieran diez personas sin problema.

—¿De verdad hace falta que estén aquí todos estos coches? —pregunta la madre mientras me siento al lado de Nora—. Es decir, ¿realmente es tan peligroso?

—Probablemente no, pero no quiero arriesgarme —respondo mientras salimos del acceso para coches.

Además de los veintitrés escoltas divididos entre siete todoterrenos, los cuales se encuentran ahora al ralentí en esta silenciosa manzana, también dispongo de unas cuantas armas escondidas bajo los asientos. Es un tanto excesivo para un viaje tranquilo a Chicago, pero ahora que hay problemas, me preocupa que no sea suficiente. Tendría que haber traído más hombres, más armas, pero no quería que Frank y los demás pensaran que estaba aquí para hacer negocios.

—Es de locos —murmura Tony mirando a través de la ventana tintada el desfile de coches siguiéndonos—. No me quiero ni imaginar lo que nuestros vecinos deben de estar pensando.

—Seguro que se pensarán que eres VIP, papá —dice Nora con una alegría forzada—. ¿Acaso nunca te has preguntado cómo se debe sentir el Presidente? Siempre viajando con el Servicio Secreto…

—No, lo cierto es que no.

El padre de Nora se vuelve para mirarnos y su expresión se endulza al mirar a su hija.

—¿Cómo te encuentras, cariño? —pregunta—. Deberías de estar descasando en lugar de vivir esta locura.

—Estoy bien. —Se pone algo tensa—. Pero si no te importa, preferiría no hablar de ello.

—Por supuesto, cariño —dice su madre parpadeando deprisa para contener las lágrimas, supongo—. Lo que necesites.

Nora trata de dedicarle una sonrisa a su madre pero falla estrepitosamente en el intento. Me dirijo hacia ella incapaz de contenerme y le cubro los hombros con el brazo atrayéndola hacia mí.

—Tranquila, cielo —murmuro contra su pelo mientras se acurruca a mi lado—. No tardaremos en llegar y podrás dormir en el avión, ¿vale?

Nora suelta un suspiro y se acerca a mi hombro.

—Suena bien— musita.

Parece cansada, así que le acaricio el pelo disfrutando de su suave tacto. Podría pasarme la vida así, notando el calor de su pequeño cuerpo y disfrutando de su delicado aroma. Parte del dolor acumulado en el pecho disminuye por primera vez desde el aborto, la pena se diluye un poco. La rabia aún me corroe por dentro, pero por ahora ese terrible vacío ha dejado de expandirse.

No sé cuánto tiempo llevamos así, pero cuando miro al otro lado de la limusina veo que los padres de Nora nos miran de una forma extraña. Sobre todo Gabriela, que parece fascinada. Me limito a fruncir el ceño y recoloco a Nora para que esté más cómoda. No me gusta que estén presenciando esto. No quiero que sepan cuánto dependo de mi gatita, cuánto la necesito.

Mi mirada hace que aparten la vista y continúo acariciando el pelo de Nora hasta que salimos de la carretera interestatal y entramos en una de doble carril.

—¿Falta mucho para llegar? —pregunta el padre de Nora al cabo de unos minutos—. Vamos a un aeropuerto privado, ¿no?

—Así es —afirmo—. Creo que no estamos muy lejos. Apenas hay tráfico, así que llegaremos allí en unos veinte minutos. Uno de mis hombres ha ido antes para ir preparando el avión por lo que podremos despegar nada más llegar.

—¿Y podemos irnos así? ¿Sin pasar por la aduana? —pregunta la madre de Nora.

Todavía parece extraordinariamente interesada en la forma en que estoy abrazando a Nora.

—¿Nadie nos impedirá volver a entrar al país o algo así?

—No —digo—. Tengo un arreglo especial con…

El coche acelera repentinamente antes de que pueda terminar de explicar. La aceleración es tan aguda y repentina que apenas logro mantenerme erguido y agarrarme a Nora, que se queda boquiabierta y se agarra a mi cintura. Sus padres no tienen tanta suerte. Caen de lado, casi volando por el largo asiento de la limusina.

El panel que nos separa del conductor rueda hacia abajo y aparece el rostro sombrío de Lucas en el espejo retrovisor.

—Tenemos compañía —dice lacónicamente—. Los tenemos encima y vienen pisando fuerte.

33

Nora

Se me para el corazón un instante y la adrenalina me explota en las venas.

Antes de que pueda reaccionar, Julian ya ha entrado en acción. Me desata el cinturón de seguridad, me agarra del brazo y me tira al suelo de la limusina.

—Quédate ahí —grita.

Me quedo mirándolo atónita mientras levanta el asiento, que deja al descubierto un enorme alijo de armas.

—¿Pero qué...? —balbucea mi madre justo cuando la limusina pega un volantazo que me lanza contra el lateral del asiento de cuero acolchado.

Mis padres se ponen a gritar aferrándose el uno al otro y Julian se sujeta del borde del asiento levantado para evitar caerse.

Entonces lo oigo.

Es el *ta-ta-ta-ta-ta* de una metralleta.

Alguien nos está disparando.

—¡Gabriela! —Mi padre está blanco como el papel—. ¡Agárrate a mí!

La limusina pega otro volantazo y mi madre vuelve a gritar, asustada. Por alguna razón, Julian se mantiene firme y se encuentra inclinado sobre el alijo al tiempo que la limusina acelera cada vez más. Desde el suelo, lo único que alcanzo ver son las copas de los árboles que pasan a toda velocidad. Debemos de estar volando sobre el asfalto.

Vuelven a dispararnos. Los árboles pasan cada vez más rápido y los tonos verdes se difuminan ante mis ojos. El corazón me late tan fuerte que casi ahoga el sonido chirriante de los neumáticos de allá fuera.

—¡Ay, Dios!

Ante los gritos de mi madre, me agarro a un asiento y logro ponerme de rodillas para mirar por la ventana trasera.

El panorama que me encuentro parece sacado de una película de *A todo gas*.

Detrás de los siente todoterrenos de nuestros escoltas, hay toda una horda de coches. Alrededor de una docena son todoterrenos y furgonetas, pero también hay tres Hummers con metralletas enormes montadas sobre sus techos. Hay hombres con rifles de asalto asomándose por las ventanillas, abriendo fuego contra nuestros escoltas, que hacen lo mismo. Mientras los observo atónica, veo que uno de los coches de nuestros perseguidores ha logrado acercarse a uno de nuestros todoterrenos y lo ha embestido por el lateral en un aparente intento de sacarlo de la carretera. Ambos coches se salen del carril y saltan chispas allí donde ambos lados colisionan. Oigo más disparos y a continuación el coche de los perseguidores vuelca y empieza a dar vueltas de campana.

Uno menos, faltan quince.

Veo el cálculo clarísimo en mi mente. *Quince coches contra ocho, contando nuestra limusina.* Las probabilidades no están a nuestro favor. Mi corazón late desbocado mientras continúa esta batalla a alta velocidad en medio de una lluvia de disparos.

¡Buuum! Un sonido ensordecedor me hace vibrar y me sacude entera.

Anonadada, veo que uno de los todoterrenos de los escoltas vuela y explota en el aire. Le deben de haber alcanzado en el depósito de gasolina, me digo aturdida, y luego oigo a Julian gritar mi nombre.

Me pitan los oídos. Me vuelvo y veo que me lanza un objeto mullido.

—¡Ponte esto! —grita justo antes de lanzar otros dos objetos iguales a mis padres.

Incrédula, me doy cuenta de que son chalecos antibalas.

Pesa bastante, pero me las apaño para ponérmelo aunque la limusina derrape cada dos por tres. Oigo a mis padres ayudándose el uno al otro, me giro y veo que Julian ya lleva puesto su propio chaleco.

También lleva una AK-47, que me lanza y se vuelve para sacar una gran arma de aspecto inusual. Lo miro perpleja, pero luego reconozco lo que es: un lanzagranadas de mano. Julian ya me lo había enseñado antes en la finca.

Salgo de mi estado de conmoción y me incorporo en el asiento, cogiendo el rifle de asalto entre mis torpes manos. Debo poner de mi parte, por muy aterrador que pueda llegar a ser. Sin embargo, antes de que pueda bajar la ventanilla y comenzar a disparar, Julian me empuja de nuevo hacia el suelo.

—¡Abajo! —vocifera—. ¡Y no te muevas, joder!

Asiento, tratando de controlar mi respiración. La adrenalina hace que todo se acelere y se ralentice al mismo tiempo, se adueña de mi percepción, que se difumina y se perfila al mismo tiempo. Oigo a mi madre sollozar, y a Rosa y Lucas gritando algo en el asiento delantero. Entonces veo que a Julian le cambia la cara cuando se vuelve hacia la ventana delantera.

—¡Joder!

La palabra brota de su garganta y me aterroriza por su intensidad.

Incapaz de permanecer quieta, me pongo de rodillas otra vez… y, de repente, se me corta la respiración.

En la carretera que se extiende ante nosotros, a solo unos cientos de metros de distancia, la policía tiene bloqueados todos los carriles… y nosotros vamos hacia allí a una velocidad de vértigo.

34

Julián

La parte fría y racional de mi mente advierte al instante dos cosas: no tenemos escapatoria y los cuatro coches de policía que nos bloquean el paso están rodeados por hombres que llevan el uniforme de los GEO.

Nos estaban esperando, lo que significa que están en nómina de Sullivan y han venido a matarnos a todos.

Este pensamiento me enfurece y me aterra a la vez. No temo por mí, pero saber que Nora podría morir hoy, que nunca más la podría abrazar...

No, joder, no. Bruscamente, aparto ese pensamiento que me paraliza y analizo la situación. Llegaremos a la barrera de la policía dentro de menos de veinte segundos. Sé lo que Lucas pretende hacer: embestir entre los dos coches que están más separados entre sí. El hueco entre los coches es poco más de medio metro, pero vamos a doscientos kilómetros por hora y el coche está blindado, lo que significa que el impulso está de nuestra parte.

Solo tenemos que sobrevivir al impacto.

—¡Agarraos! —grito a los padres de Nora mientras sujeto el lanzagranadas con la mano derecha y me echo al suelo para cubrir a Nora con mi cuerpo.

Unos segundos después, nuestra limusina choca contra los coches patrulla con una fuerza brutal. Oigo a los padres de Nora gritar y noto la inercia del impacto que me arrastra hacia delante. Tenso cada músculo de mi cuerpo intentando dejar de deslizarme.

Funciona, pero va de un pelo. Mi hombro choca contra el asiento pero al menos mantengo a Nora a salvo debajo de mí. Sé que la estoy aplastando con mi peso, pero es la mejor opción. Escucho el sonido metálico de las balas golpeando el lateral y las ventanas del coche. Nos están disparando.

Si estuviéramos en un coche normal ya nos habrían acribillado a balazos.

En cuanto noto que la limusina acelera, me levanto y veo por el rabillo del ojo que los padres de Nora han sobrevivido al choque. Tony se toca el brazo con una mueca de dolor mientras que Gabriela parece solo aturdida.

No tengo tiempo de mirar más detenidamente. Si tenemos la suerte de sobrevivir a esto, debemos ocuparnos de los hombres de Sullivan y tenemos que hacerlo ahora.

Sigo teniendo el lanzagranadas en la mano, así que pulso un botón en el lateral de la puerta para abrir el techo corredizo. Me pongo de pie en medio del pasillo y saco la cabeza y los hombros del coche. Levanto el arma apuntando a los vehículos que nos persiguen, entre los que hay un coche de policía que encabeza a quince vehículos que pertenecen a Sullivan.

No, son *trece* vehículos, me corrijo después de contar deprisa. Mis hombres han conseguido cargarse a dos en los últimos minutos.

Ya es hora de igualar las cosas

Las balas vuelan a toda velocidad cerca de mi cabeza, pero no les hago caso; intento apuntar con cuidado. Solo me quedan seis disparos en el lanzagranadas, así que no puedo desperdiciarlos.

¡Buuum! El primer disparo sale con gran fuerza. El retroceso me golpea el hombro, pero la granada llega a su objetivo: el coche de policía que tenemos justo detrás. El coche sale volando, explota en el aire y cae de lado envuelto en llamas. Uno de los Hummer colisiona contra él y veo satisfecho cómo los dos coches estallan y sacan de la carretera a una de las furgonetas de Sullivan.

Solo quedan once vehículos enemigos.

Apunto otra vez. Ahora mi objetivo es más ambicioso: un Hummer que está más atrás. El todoterreno lleva un lanzagranadas de monotiro en el techo; es el que ha eliminado uno de nuestros coches antes. Estoy seguro de que usarán el arma contra nosotros en cuanto la recarguen.

¡Buuum! Otro fuerte retroceso; por desgracia, fallo el tiro. En el último segundo, el Hummer gira bruscamente y embiste violentamente uno de nuestros coches.

La impotencia me consume al ver cómo el coche da vueltas de campana hasta que sale de la carretera.

Ahora solo nos quedan cinco todoterrenos y nuestra limusina.

Dejando de lado todas las emociones, intento disparar a una furgoneta cercana. *¡Buuum!* Ahora sí, le doy de lleno. El vehículo gira y explota haciendo que dos coches de Sullivan choquen por detrás a gran velocidad.

Quedan ocho vehículos enemigos.

Apunto con el arma otra vez haciendo todo lo que puedo para contrarrestar el zigzag de la limusina. Sé que Lucas está conduciendo así para que seamos un objetivo más difícil, pero a la vez, hace que ellos sean un objetivo más difícil para mí. *¡Buuum!*, disparo y otro coche explota llevándose al todoterreno que iba detrás.

Seis coches enemigos y me quedan dos granadas por disparar.

Respiro hondo y apunto otra vez… y en ese momento los dos Hummer prenden fuego. Dos de nuestros todoterrenos vuelan por el aire y salen de la carretera dando vueltas de campana.

Nos quedan tres coches.

Contengo la rabia, sujeto el arma con fuerza y apunto al Hummer que nos está alcanzando Uno, dos… *¡buuum!* La granada da en el objetivo. El enorme coche se sale de la carretera y empieza a salirle humo del capó.

Un Hummer y cuatro todoterrenos enemigos.

Y solo me queda una granada.

Cojo aire, apunto, pero, antes de apretar el gatillo, uno de los coches enemigos gira bruscamente chocándose con otro. Uno de los nuestros debe de haber disparado al conductor, lo que acaba de mejorar nuestra suerte. Las fuerzas de Sullivan se han reducido a un Hummer y dos todoterrenos.

Aliviado, lo intento otra vez... Y de repente lo oigo: el inconfundible ruido de las hélices de un helicóptero en la distancia.

Levanto la vista y veo un helicóptero de la policía que se acerca por el oeste.

Mierda.

O son más policías corruptos o este altercado ha llegado a oídos de las autoridades estadounidenses.

Sea como sea, ninguna de las dos es buena señal.

Nora

En cuanto oigo ese sonido desconocido, se me disparan los niveles de adrenalina. No sabía que alguien podía sentirse así, anestesiado e intensamente vivo al mismo tiempo. Tengo el corazón a mil y se me eriza la piel del miedo. Sin embargo, el pánico que me paralizaba antes ha desaparecido; se ha ido en algún momento entre la segunda y la tercera explosión.

Al parecer una se puede acostumbrar a todo, incluso a los coches que explotan por los aires.

Agarrando el arma que me dio Julian, me sujeto con la mano que me queda libre al asiento, incapaz de apartar la vista de la batalla que se libra fuera del coche. La carretera que dejamos atrás parece sacada de una zona de guerra, con coches destrozados y en llamas que se amontonan en un estrecho tramo de la autopista.

Como si estuviéramos en un videojuego, solo que las víctimas son reales.

¡Buuum! Solo con pulsar un botón del mando, el coche sale volando. *¡Buuum!* otro más. *¡Buuum! ¡Buuum!* Me encuentro a mí misma dirigiendo mentalmente cada granada, como si pudiera guiar los disparos de Julian con mis pensamientos.

Un juego. Un juego de disparos muy realista con unos efectos de sonido increíbles. Lo pienso así para poder sobrellevarlo mejor. Puedo fingir que no hay docenas de cadáveres ardiendo detrás de nosotros, tanto de su bando, como del nuestro. Puedo decirme a mí misma que el hombre al que amo no está en medio de la limusina sujetando un lanzagranadas exponiendo su cabeza y su torso a la lluvia de balas de ahí fuera.

Sí, un juego que ahora también incluye un helicóptero. Lo oigo y, si trepo por el asiento y me acerco a la ventana, lo veo también.

Es un helicóptero de la policía que viene directamente hacia nosotros.

Debería ser un alivio que las autoridades estén intentando mediar en el asunto, pero el ataque que acabamos de sufrir no parecía un intento para restablecer el orden. Vi que el coche patrulla que nos perseguía iba junto al grupo de Sullivan. No pretendían arrestar a todos los criminales implicados en esta letal persecución.

Querían acabar con nosotros.

De nuevo, el terror se apodera de mí y se lleva toda mi falsa calma. Esto no es un juego. Hay hombres muriendo ahí fuera y, de no ser por la limusina blindada y por lo hábil que es Lucas conduciendo, ya estaríamos muertos también. Si fuera solo yo, no importaría mucho. Pero todas las personas a las que quiero están en este coche. Si les pasase algo…

No, no, para. Noto que empiezo a hiperventilar y me obligo a apartar ese pensamiento. No puedo entrar en pánico ahora. Miro hacia delante y veo a mis padres en el asiento agarrándose fuertemente el uno al otro y sujetándose al cinturón de seguridad. Están tan pálidos que su piel parece de color verde. Creo que están en *shock* porque mi madre ya no grita.

Lucas da un volantazo hacia la derecha y casi me tira del asiento.

—¡Voy al hangar! —grita desde delante y reparo en que acabamos de abandonar la autopista y ahora circulamos por una carretera estrecha. El pequeño aeropuerto se divisa a lo lejos; nos atrae con la promesa de la salvación. El ruido del helicóptero nos avisa de que lo tenemos justo encima de nosotros, pero si podemos llegar al avión y despegar…

¡Buuum! De repente solo veo negrura y el sonido se desvanece un segundo. Jadeando, me agarro al borde del asiento intentando sujetarme a algo desesperadamente mientras que la limusina da un bandazo y acelera aún más. Cuando recupero los sentidos, me doy cuenta de que un todoterreno de los nuestros que llevábamos detrás ha sido disparado y ahora en su techo hay un enorme agujero que echa humo. Lo observo horrorizada mientras choca con otro de nuestros coches con una fuerza devastadora. Las ruedas chirrían y los dos coches

se convierten en una maraña de metal que rueda hasta salirse de la carretera.

Aterrada, caigo en la cuenta de que el helicóptero nos ha disparado y se ha cargado dos de nuestros coches; ahora solo nos protege uno.

Me giro y vuelvo a lanzar una mirada fugaz a la ventana delantera. El hangar, donde está nuestro avión, está cerca, muy cerca. Menos de cien metros y estaremos ahí. Seguro que podremos sobrevivir…

¡Buuum! Me pitan los oídos. Me doy la vuelta y veo que el Hummer de detrás empieza a arder. Julian debe de haber haberle disparado, reparo con alivio. Solo les quedan el helicóptero y dos todoterrenos y nosotros aún tenemos hombres en el último coche. Un par de tiros más y estaremos a salvo.

—¡Nora! —Unos brazos fuertes me rodean y me arrastran hacia el suelo. Julian, furioso, se agacha junto a mí—. Te he dicho que no te levantes, joder.

En una milésima de segundo advierto dos cosas: está herido y tiene las manos vacías. El lanzagranadas debe haberse quedado sin munición.

¡Buuum! Una explosión sacude la limusina y ambos saltamos por los aires. Noto ligeramente que Julian me abraza, protegiéndome con su cuerpo, pero aun así siento el impacto brutal cuando chocamos contra la pared. Me quedo sin aire y el interior del coche da vueltas. Se me nubla la vista cuando algo afilado me atraviesa la piel. Noto un martilleo en la cabeza, como si el cerebro quisiera salirse.

—Nora. —La voz de Julian llega a mis oídos a pesar del zumbido. Mareada, intento enfocar la vista. En cuanto lo consigo, me percato de que estamos en el suelo otra vez y que está tumbado sobre mí. Tiene la cara cubierta de sangre que le gotea y cae encima de mí también. Dice algo que no consigo entender.

Lo único que veo es su sangre roja que se derrama vilmente.

—Estás herido —digo con una voz ronca que se parece muy poco a la mía—. Julian, estás herido.

Me agarra la barbilla con fuerza para hacerme callar.

—¡Escúchame! —me grita—. Dentro de exactamente un minuto, quiero que corras, ¿me entiendes? Corre directa al puto avión y no pares, pase lo que pase.

Le miro sin entender nada. *Glop, glop, glop.* Las gotas de sangre siguen cayendo y me mojan la cara. Tienen un sabor metálico y caliente. Sus ojos son azul intenso, en medio de tanto rojo, azul. Increíblemente bonitos…

—¡Nora! —ruge, sacudiéndome—. ¿Me escuchas?

La sacudida hace que disminuya el zumbido de mi cabeza y al fin le encuentro sentido a sus palabras.

Que corra. Quiere que corra.

—¿Y... tú? —quiero decir, pero me corta.

—Quiero que cojas a tus padres y os echéis a correr sin parar. —Su voz es cortante y su mirada me quema—. Te llevarás una pistola, pero no quiero que te hagas la valiente, ¿me entiendes, Nora?

Consigo asentir ligeramente.

—Sí.

A pesar del martilleo que me noto en la cabeza, me doy cuenta de que el coche sigue en marcha, que sigue avanzando a pesar de que nos acaban de dar. Todavía oigo el helicóptero encima de nosotros, pero de momento seguimos vivos.

—Sí, te entiendo.

—Bien.

Me aguanta la mirada unos segundos y entonces, como si no se pudiera resistir, inclina la cabeza y me besa apasionadamente. Noto la sal y el metal de su sangre y ese sabor tan único suyo y quiero que me siga besando para hacerme olvidar la pesadilla que estamos viviendo. De repente, sus labios bajan hacia mi cuello y noto la calidez de su aliento mientras me susurra al oído:

—Por favor, coge a tus padres e iros todos al avión, cariño. Thomas ya está allí y puede pilotar el avión si es necesario. Lucas cuidará de Rosa. Esta es nuestra única oportunidad de salir de esta con vida. Así que cuando te diga que corras, tú corres. Yo iré detrás de ti, ¿vale?

Y antes de que pueda decir nada, se levanta, tira de mí para ponerme de rodillas y me da la AK-47 que se me ha caído antes. Al levantarme tan deprisa, la cabeza me da vueltas, pero me sobrepongo al mareo y sujeto el arma con todas mis fuerzas. Me siento extraña, como si mi cuerpo no quisiera cooperar, pero puedo centrarme lo suficiente para ver que la ventana trasera ha desaparecido y que sale humo de la parte de detrás del coche. Para mi alivio, mis padres siguen atados a los asientos; sangrando y aturdidos, pero vivos.

La ventana trasera debe de haberse roto porque hay cristales por todo el coche. Eso explicaría la sangre de mis padres y de Julian.

La limusina empieza a reducir la velocidad y Julian me coge la cara para asegurarse de que le presto atención.

—Dentro de diez segundos —dice cortante— abriré esta puerta y saldré. En ese momento escapáis por la otra. ¿Entendido, Nora? Sales y corres como loca.

Asiento y cuando me suelta me giro hacia mis padres.

—Quitaos los cinturones —les digo con voz ronca—, vamos a correr hacia el avión en cuanto se detenga el coche.

Mi madre no reacciona, está aturdida, pero mi padre intenta desabrocharse con torpeza. Por el rabillo del ojo veo que nos aproximamos al hangar y corro a ayudarles, decidida a estar preparada antes de que el coche se detenga por completo.

Logro desabrochar el cinturón de mi madre, pero el de mi padre está atascado y los dos tiramos de él desesperadamente, mano a mano, mientras la limusina acelera al entrar por una gran puerta a un edificio con pinta de almacén.

—¡Date prisa! —grita Julian en cuanto la limusina da un frenazo hasta pararse. Casi salgo volando otra vez pero consigo agarrarme al cinturón—. ¡Ahora, Nora! —chilla abriendo su puerta—. ¡Salid ya!

La hebilla del cinturón por fin se desatasca y agarro la mano de mi padre, mientras él agarra la de mi madre. Empujamos la otra puerta y salimos del coche; caemos al suelo de bruces. Con el corazón a mil, giro la cabeza buscando nuestro avión y, de repente, lo veo.

Está cerca de la salida en el lado contrario del hangar; nos separan una decena de aviones.

—¡Por aquí! —Me incorporo y tiro de mi padre—. Vamos, vamos. ¡Tenemos que irnos!

Empezamos a correr. Detrás de nosotros oigo otro chirrido de frenos seguido de un tiroteo. Giro la cabeza, veo a Julian y a Lucas disparando a un todoterreno que justo acaba de entrar en el edificio después de nosotros. Rosa está corriendo también justo detrás. Se me va a salir el corazón por la boca. Freno un poco. Todo por dentro me dice que me gire, que ayude a Lucas y a Julian, pero entonces me acuerdo de sus palabras.

Nuestra única oportunidad de sobrevivir es que entremos todos en el avión. Pero a mis padres les cuesta moverse, a pesar de mi ayuda.

Reprimo la idea de volver a la limusina.

—¡Date prisa! —le grito a Rosa, que casi nos ha alcanzado.

Los cuatro empezamos a correr otra vez. Mi padre tira de mi madre; está pálido y tiene la mirada perdida, pero está avanzando y eso es lo único que me importa. Si sobrevivimos, me ocuparé de las secuelas psicológicas de mis padres y asumiré las consecuencias de todo esto.

Pero ahora solo debemos preocuparnos por sobrevivir.

Sin embargo, no puedo parar de mirar rápidamente hacia lo que está pasando detrás. El miedo por perder a Julian me forma un nudo enorme en la garganta. No puedo imaginarme perderlo otra vez. No creo que pueda sobrevivir a ello.

La primera vez que miro, veo a Julian y a Lucas refugiándose detrás de la limusina, intercambiando disparos con unos hombres escondidos tras el todoterreno. Hay dos muertos en el suelo y un inmenso agujero en el limpiaparabrisas del todoterreno.

Aun en mi estado de pánico, siento un atisbo de orgullo. Mi marido y su mano derecha saben lo que hacen cuando se trata de matar.

Cuando miro por segunda vez, la situación es incluso mejor. Cuatro enemigos muertos y Lucas rodeando la limusina para intentar acabar con el último tirador mientras Julian le cubre las espaldas.

La tercera vez, el último tirador ha sido ya abatido y los disparos cesan. El hangar se queda en un silencio extraño después de tanto estruendo. Lucas y Julian están de pie, aparentemente ilesos, y empiezo a llorar de alegría.

Lo hemos conseguido. Hemos sobrevivido.

Ya estamos cerca del avión y veo a Thomas, el conductor que me llevó a la peluquería, al lado de la puerta.

—Por favor, súbelos —le digo con voz temblorosa y asiente mientras dirige a mis padres y a Rosa por las escaleras.

—Ahora voy —le digo a mi padre cuando me mira para que me una a ellos—, necesito un momento.

Le suelto la mano y me giro hacia la limusina.

—Julian —le saludo levantando la AK-47 por encima de mi cabeza—. Por aquí, ¡vamos!

Me mira y esboza una gran sonrisa que le ilumina la cara.

Medio riendo, medio llorando, empiezo a correr hacia él, haciendo caso omiso a todo, solo soy consciente de mi alegría. De repente, el muro de al lado de la limusina explota y Lucas y él saltan por los aires.

Julían

*D*olor. Oscuridad

Por un segundo, vuelvo a estar en aquella habitación sin ventanas en la que Majid me cortó la cara. Me dan arcadas solo de pensarlo y me sube la bilis por la garganta. Entonces, mi mente se despeja y percibo un leve zumbido en los oídos.

Eso no pasó en Tayikistán.

Tampoco sentía este calor allí.

Demasiado calor. Tanto calor que me quema.

¡Mierda! El subidón de adrenalina me saca del aturdimiento. Ruedo varias veces sobre mí mismo para apagar las llamas que consumían mi chaleco. Me entran nauseas, me martillea la cabeza del dolor, pero, cuando paro, el fuego se ha apagado.

Jadeando con fuerza, sigo tumbado intentando recobrar el sentido. ¿Qué cojones acaba de pasar?

El zumbido que noto en la cabeza cesa un instante y cuando abro los ojos solo veo escombros que arden a mi alrededor.

Una explosión. Tiene que haber sido una explosión.

En cuanto me doy cuenta, la oigo: una ráfaga de disparos seguidos de más tiros.

Se me para el corazón. *¡Nora!*

El pánico me sacude y reemplaza todo lo demás. Ya no siento dolor; me levanto tambaleándome y las rodillas ceden un segundo antes de que puedan soportar mi peso.

Miro a los lados buscando de dónde salen los disparos y entonces la veo.

Una pequeña figura que corre velozmente a cobijarse detrás de un enorme avión, después de otra ráfaga de disparos. Detrás de ella, hay un grupo de cuatro hombres armados vestidos con el uniforme de los GEO.

En una centésima de segundo, asimilo el resto de la escena. La pared del hangar más cercana a la limusina está destruida, está hecha pedazos, y por la apertura veo el helicóptero en tierra con las hélices mudas.

Mis hombres en el último todoterreno deben de haber perdido la batalla y nos han dejado a merced de los hombres de Sullivan que quedaban.

Antes de dar forma a todo ese razonamiento, ya estoy en marcha. La limusina está ardiendo a mi lado, pero el fuego está detrás, no delante, así que aún tengo un par de segundos. Me acerco al todoterreno rápidamente y de un tirón abro la puerta y me subo. Las armas aún están en la reserva, así que cojo dos ametralladoras y salgo del coche sabiendo que puede explotar de un momento a otro. Al salir, reparo en que Lucas está intentando levantarse a unos diez metros de donde me encuentro. Está vivo y me invade una lejana sensación de alivio.

Pero no tengo tiempo para pensar mucho más en eso. A menos de cien metros, Nora está corriendo entre los aviones, intercambiando disparos con sus perseguidores. Mi pequeña gatita contra cuatro hombres armados. Ese pensamiento me enfurece y a la vez me aterra.

Agarrando las dos ametralladoras, una en cada mano, comienzo a correr. En un momento tengo una perfecta visión de los hombres de Sullivan. Disparo.

¡Ra-ta-tá! La cabeza de un hombre explota *¡Ra-ta-tá!* Otro hombre cae.

Al darse cuenta de lo que está pasando, los dos hombres que quedan comienzan a dispararme. Ignorando las balas que vuelan a mi alrededor, continúo corriendo y disparando, haciéndolo lo mejor que puedo, moviéndome en zigzag entre los aviones. Incluso con el chaleco que me protege el pecho, no soy inmune a un tiroteo.

¡Ra-ta-tá! Algo me atraviesa el hombro izquierdo y deja un dolor abrasador a su paso. Maldigo y agarro las armas aún más fuerte y devuelvo los disparos; uno de los hombres se esconde detrás de un camión de servicio. El segundo continúa disparándome y, mientras sigo corriendo, Nora sale de detrás de uno de los aviones y le dispara; sus enormes ojos negros contrastan con la palidez de su rostro.

¡Pop! La cabeza del tirador explota en el aire por el tiro. Nora se gira y empieza a disparar al tirador que está detrás del camión.

Aprovechando la distracción, cambio de rumbo y me muevo sigilosamente alrededor del camión donde se resguarda el último hombre. Cuando aparezco detrás de él, lo veo apuntando a Nora y, con un rugido de rabia, aprieto el gatillo y lo acribillo a balazos.

Se desploma al lado del camión, hecho un montón de carne ensangrentada.

No hay más tiros y el silencio que sigue es ensordecedor.

Jadeando, bajo las armas y salgo de detrás del camión.

Nora

Al ver a Julian salir de detrás del camión, ensangrentado pero vivo, dejo caer la AK-47. Mis dedos ya no pueden sostener la pesada arma. La emoción que me embarga supera la felicidad y el alivio.

Es euforia. Una increíble y salvaje euforia por haber matado a nuestros enemigos y haber sobrevivido.

Cuando la pared explotó y los hombres armados entraron corriendo en el hangar, pensé que habían matado a Julian. Cegada por la furia, abrí fuego contra ellos y, cuando empezaron a dispararme, corrí sin pensar, actuando por puro instinto.

Sabía que no duraría más que un par de minutos y no me importaba. Solo quería vivir lo suficiente para matar a tantos como fuese capaz.

Pero ahora Julian está aquí, frente a mí, tan vivo y enérgico como siempre.

No sé si corro hacia él o es él el quien corre hacia mí, pero de alguna forma acabo en sus brazos. Me estrecha tanto que apenas puedo respirar, y me cubre de cálidos y apasionados besos el rostro y el cuello. Con las manos me recorre el cuerpo en busca de heridas; todo el horror del pasado desaparece y da paso a una alegría incontenible.

Hemos sobrevivido, estamos juntos y nada podrá separarnos nunca más.

—Estos dos estaban junto al helicóptero —dice Lucas cuando salimos del hangar para buscarlo.

Al igual que Julian, está ensangrentado y a duras penas se mantiene en pie, lo que no hace que sea menos mortífero, como demuestra el estado de los dos hombres tendidos en la hierba. Ambos gimen y gritan, uno agarrándose el brazo que sangra y el otro intentando contener la abundante hemorragia de la pierna.

—¿Es quien creo que es? —pregunta Julian con voz ronca, señalando con la cabeza al mayor. Lucas sonríe con crueldad.

—Sí. El mismísimo Patrick Sullivan, junto con Sean, el preferido de sus hijos y también el único que le queda.

Miro al hombre más joven y reconozco sus retorcidos rasgos. Es el que atacó a Rosa, el que huyó.

—Me imagino que habrán venido en el helicóptero para observar la situación y aterrizar en el momento adecuado —continúa Lucas, haciendo una mueca mientras se sujeta las costillas—. Pero el momento adecuado no ha llegado. Han debido enterarse de quién eras y llamado a todos los maderos que les debían favores.

—¿Los hombres que hemos matado eran polis? —pregunto, empezando a temblar a medida que empieza a desvanecerse el subidón de adrenalina—. ¿También los de los todoterrenos?

—A juzgar por su equipamiento, muchos de ellos lo eran —responde Julian, rodeándome la cintura con el brazo derecho. Agradezco el apoyo, ya que me noto las piernas como hechas puré—. Es probable que algunos fuesen corruptos, pero otros simplemente seguían a ciegas las órdenes de sus superiores. Seguro que les han dicho que éramos criminales peligrosos. Quizás incluso terroristas.

—Vaya.

El pensamiento me da dolor de cabeza y, de pronto, soy consciente de todas mis magulladuras. El dolor me azota como un tsunami, seguido por un agotamiento tan intenso que me inclino sobre Julian mientras se me nubla la vista.

—Mierda.

Al murmurar ese taco, mi mundo se inclina y se vuelve horizontal. Julian me levanta y me sujeta contra su pecho.

—Voy a llevarla al avión —lo oigo decir, y uso toda la fuerza que me queda para negar con la cabeza.

—No, estoy bien. Bájame, por favor —le pido empujándolo por los hombros.

Para mi sorpresa, Julian obedece y me pone en pie con cuidado. Todavía tiene la mano en mi espalda, pero deja que me sostenga por mí misma.

—¿Qué pasa, cielo? —pregunta mirándome.

Señalo a los dos hombres que sangran.

—¿Qué vas a hacer con ellos? ¿Los vas a matar?

—Así es —responde Julian. Sus ojos tienen un brillo helado—. Lo haré.

Inspiro profundamente y luego espiro. La chica que Julian trajo a la isla se habría opuesto, le habría dado algún motivo para perdonarles la vida, pero ya no soy esa chica. El sufrimiento de esos hombres no me afecta. He empatizado más con un escarabajo boca arriba de lo que empatizo con esta gente, y me alegro de que Julian vaya a ocuparse de la amenaza que suponen.

—Creo que Rosa debería estar presente cuando lo hagas —dice Lucas—. Querrá ver cómo se imparte justicia.

Julian me mira, y yo asiento. Puede que sea un error, pero, en este momento, parece justo que presencie el final del hombre que le hizo daño.

—Tráela —ordena Julian. Lucas se dirige al hangar y nos deja a solas con los Sullivan.

Vigilamos a nuestros prisioneros en un silencio absoluto; a ninguno de los dos nos apetece hablar. El mayor ya está inconsciente debido a la abundante pérdida de sangre, pero el que atacó a Rosa todavía tiene suficiente voz para suplicar clemencia. Sollozando y retorciéndose en el suelo nos ofrece dinero, favores políticos, acceso a todos los cárteles de los Estados Unidos… Todo lo que queramos si lo dejamos marchar. Jura que no volverá a tocar a ninguna mujer, dice que ha sido un error, que no sabía, que no se había dado cuenta de quién era Rosa… Al no obtener ningún tipo de reacción por nuestra parte, sus intentos de negociación se vuelven amenazas, y yo desconecto, segura de que nada de lo que diga nos hará cambiar de opinión. La ira que me invade es fría como el hielo y no deja lugar a la compasión.

Por lo que le ha hecho a Rosa y por el bebé que perdimos, Sean Sullivan no merece más que la muerte.

Un momento después, Lucas vuelve del hangar trayendo consigo a una Rosa temblorosa. Sin embargo, nada más ver a los dos hombres, su cara recobra el color y su mirada se endurece. Acercándose a su atacante, lo observa durante un par de segundos antes de levantar la vista hacia a nosotros.

—¿Puedo? —pregunta extendiendo la mano y Lucas sonríe fríamente, entregándole su rifle. Con las manos firmes, apunta hacia su agresor.

—Hazlo —dice Julian, y yo veo morir a un hombre más mientras su cara salta por los aires.

Antes de que el eco del disparo de Rosa deje de oírse, Julian se acerca al inconsciente Patrick Sullivan y le dispara varias veces en el pecho.

—Hemos acabado —dice, alejándose del cadáver, y los cuatro volvemos al avión.

De camino a casa, Thomas pilota el avión mientras Lucas descansa en la cabina principal con Julian, con Rosa y conmigo. Al ver que todos estamos vivos, mi madre estalla en llantos, así que Julian la acompaña a ella y a mi padre al dormitorio del avión, diciéndoles que se den una ducha y se relajen. Quiero ir a ver cómo están, pero la combinación de agotamiento y bajón postadrenalina me alcanza finalmente.

En cuanto estamos en el aire, me duermo en el asiento mientras Julian me coge la mano con fuerza.

No recuerdo el aterrizaje ni el camino hasta casa. Cuando vuelvo a abrir los ojos, ya estamos en casa, en nuestro dormitorio, y el doctor Goldberg me está limpiando y vendando los rasguños. Recuerdo vagamente a Julian limpiándome la sangre en el avión, pero del resto del viaje apenas recuerdo nada.

—¿Dónde están mis padres? —pregunto mientras el doctor me quita un trocito de cristal del brazo con unas pinzas—. ¿Cómo se encuentran? ¿Y Rosa y Lucas?

—Están todos durmiendo —responde Julian, observando el procedimiento. Su cara está gris del agotamiento y su voz suena más cansada que nunca—. No te preocupes, están bien.

—Los he atendido nada más llegar —dice el doctor Goldberg, mientras me venda la herida del brazo, que ahora sangra—. Tu padre se ha hecho mucho daño en el codo, pero no se ha roto nada. Tu madre estaba en *shock*, pero no tiene más que algunos arañazos del cristal roto y un ligero traumatismo cervical. La señorita Martínez también está bien. Lucas Kent tiene un par de costillas rotas y algunas quemaduras, pero se recuperará.

—¿Y Julian? —pregunto, mirando a mi marido. Ya está limpio y vendado. El doctor debe haberlo atendido mientras yo dormía.

—Una leve conmoción, al igual que tú, así como quemaduras de primer grado en la espalda, unos puntos en el brazo donde le rozó una bala y algunas magulladuras. Y, por supuesto, estas pequeñas heridas por los cristales voladores. —Mientras me quita otro trozo de cristal del brazo, hace una pausa y, mirándonos a ambos como buscando las palabras adecuadas, añade finalmente—: Me he enterado de lo del aborto. Lo siento mucho.

Asiento, luchando por contener las lágrimas que se me agolpan en los ojos. La mirada compasiva del doctor Goldberg duele más que cualquier esquirla de cristal, y me recuerda lo que hemos perdido. La profunda tristeza que había enterrado durante nuestra batalla por la supervivencia ha vuelto, más aguda y fuerte que nunca.

Puede que hayamos sobrevivido, pero no hemos salido ilesos.

—Gracias —dice Julian, con voz ronca, levantándose y caminando hasta la ventana. Sus movimientos son rígidos y erráticos, y su postura irradia tensión. Consciente de su error, el doctor termina de atenderme en silencio y se despide con un «buenas noches» entre dientes, dejándonos a solas con nuestro dolor.

Tan pronto se ha ido el doctor Goldberg, Julian vuelve a la cama. Nunca lo había visto tan hecho polvo. Prácticamente se tambalea al andar.

—¿Has dormido algo en el avión? —le pregunto, mientras lo veo quitarse la camiseta y el pantalón de chándal que debe de haberse puesto cuando llegamos a casa. Siento una punzada en el pecho al verle las heridas. «Algunas magulladuras» se queda muy corto. Tiene moratones por todo el cuerpo, y gran parte de su musculosa espalda y torso está cubierta de gasa blanca.

—No, quería estar pendiente de ti —responde cansado, metiéndose en la cama, a mi lado. Acostado boca abajo, me envuelve con un brazo y me acerca a él—. Pensé que podrías tener una conmoción por el golpe que te diste en el coche —murmura, con la cara a pocos centímetros de la mía.

—Entiendo. —No puedo apartar la mirada de sus ojos, azul intenso—. Pero tú también tienes una conmoción, por la explosión.

Asiente.

—Sí, ya me he dado cuenta. Razón de más para permanecer despierto antes.

Lo miro mientras mi caja torácica se estrecha alrededor de mis pulmones. Siento que me ahogo en sus ojos, inmersa cada vez más profundamente en esos hipnóticos estanques azules. Sin previo aviso, imágenes de la explosión se cuelan en mi mente y traen consigo todo el horror de lo que ha pasado. Julian saliendo despedido tras la explosión, la violación de Rosa, el aborto, los aterrados rostros de mis padres mientras nos alejábamos a toda velocidad por la autopista en medio de una lluvia de balas… Todas esas horribles escenas se mezclan en mi mente y me inundan con un dolor y una culpa asfixiantes.

En apenas dos días, perdí a mi bebé y casi pierdo a todas las personas que me importan. Todo porque yo nos arrastré a todos a aquel club.

Las lágrimas que brotan de mis ojos parecen sangre exprimida directamente de mi alma. Cada una de ellas me escuece a través de los conductos lagrimales, y de mi garganta salen sonidos feos y roncos. Mi nuevo mundo no es simplemente oscuro; es negro, sin atisbo de esperanza.

Cierro los ojos con fuerza e intento encogerme en un ovillo lo más pequeño posible, para evitar que el dolor estalle hacia afuera, pero Julian no me deja. Me envuelve en sus brazos mientras me desmorono y su ancho cuerpo me da calor mientras me acaricia la espalda y susurra entre mi pelo que hemos sobrevivido, que todo se arreglará y que pronto volveremos a la normalidad… Su voz grave me envuelve e invade mis oídos hasta que no puedo evitar escuchar y sus palabras me reconfortan a pesar de que sé que no son ciertas.

No sé cuánto tiempo me paso llorando así, pero finalmente el dolor más intenso se calma y me percato del tacto de Julian, de su enorme fuerza. Su abrazo, que una vez fue mi prisión, es ahora mi salvación, lo que evita que me hunda en la desesperación.

A medida que mis lágrimas cesan, me doy cuenta de que lo estoy abrazando tan fuerte como él a mí, y de que mi contacto también le proporciona consuelo. Nos consolamos mutuamente y, de alguna forma, eso alivia mi sufrimiento, disipando un poco la oscura niebla que pesa sobre mí.

Me ha abrazado mientras lloraba otras veces, pero nunca de esta manera. Directa o indirectamente, él siempre había sido la causa de mis lágrimas. Nunca antes habíamos estado unidos en el dolor, nunca habíamos sufrido conjuntamente. Lo más cerca que estuvimos de sufrir una pérdida compartida fue la espantosa muerte de Beth, y ni siquiera entonces tuvimos la oportunidad de llorarla juntos. Tras la explosión del almacén, lloré a Julian y a Beth yo sola, pero para cuando él volvió a por mí, yo sentía más ira que duelo.

Esta vez es distinto. Mi pérdida es la suya. Más suya que mía, de hecho, ya que él deseaba este bebé desde el principio. La diminuta vida que crecía dentro de mí, que él protegía con tanto empeño, se ha ido, y no puedo ni imaginarme cómo debe de sentirse Julian.

Cuánto debe de odiarme por lo que he hecho.

El pensamiento me hace pedazos de nuevo, pero esta vez consigo contener el dolor. No sé qué pasará mañana, pero de momento me está consolando y yo soy lo bastante egoísta para aceptarlo y confiar en que su fuerza me ayude a pasar por esto.

Dejando escapar un suspiro agitado, me acurruco más cerca de mi marido, escuchando su latido fuerte y acompasado.

Aunque ahora Julian me odie, lo necesito.

Lo necesito demasiado como para dejarlo marchar.

38

Julian

A medida que la respiración de Nora se vuelve más lenta y regular, su cuerpo se relaja contra el mío. De vez en cuando aún la sacude un escalofrío, pero también estos cesan cuando se duerme más profundamente.

Yo también debería dormir. No he pegado ojo desde la noche antes del cumpleaños de Nora, lo que significa que llevo despierto más de cuarenta y ocho horas.

Cuarenta y ocho horas que han sido de las peores de mi vida.

Hemos sobrevivido. Todo se arreglará. Pronto volveremos a la normalidad. Mis frases de consuelo para Nora resuenan en mis oídos. Quiero creerme mis propias palabras, pero la pérdida es demasiado reciente y el dolor demasiado intenso.

Un niño. Un bebé que era mitad yo y mitad Nora. Probablemente todavía no era más que una bolita de células con potencial, pero, aun con diez semanas, esa diminuta criatura me había hecho rebosar de emoción, me tenía completamente a su merced.

Habría hecho cualquier cosa por él y ni siquiera había nacido.

Murió antes de tener la oportunidad de vivir.

Una furia amarga se me agolpa en la garganta, esta vez solamente hacia mí mismo. Hay tantas cosas que podría —y debería— haber hecho para evitarlo… Sé que obsesionarse con ello no vale de nada, pero mi exhausto cerebro se resiste a dejarlo pasar. Conjeturas inútiles me rondan la cabeza sin parar. Me siento como un hámster en una rueda, corriendo sin llegar a ninguna parte. ¿Qué habría pasado si hubiese dejado a Nora en la finca? ¿Y si hubiese llegado antes al baño? ¿Y si…? Mi mente va a mil por hora y el vacío se cierne sobre mí una vez más. Sé que, si no tuviese a Nora conmigo, caería en la locura. Me absorbería la nada.

Estrechando su cuerpo menudo y cálido, miro fijamente la oscuridad, deseando con desesperación algo inalcanzable: una absolución que ni merezco ni encontraré.

Nora suspira mientras duerme y frota su mejilla contra mi pecho, con sus suaves labios presionados contra mi piel. Cualquier otra noche, ese gesto me habría excitado, despertando esa lujuria que me atormenta siempre en su presencia. Esta noche, sin embargo, ese tierno contacto no hace más que aumentar la presión que se me forma en el pecho.

Mi niño ha muerto.

La cruda rotundidad de esta realidad me golpea, derribando los escudos que me tenían adormecido desde la infancia. No puedo hacer nada al respecto. Nadie puede. Podría exterminar a todo Chicago y aun así no cambiaría nada.

Mi niño ha muerto.

El dolor me desborda como un río desborda una presa. Trato de luchar contra él, de contenerlo, pero eso solo lo empeora. Los recuerdos me llegan como un tsunami. Los rostros de todas las personas que he perdido flotan en mi mente. El bebé, María, Beth, mi madre, mi padre tal y como era en esos escasos momentos en los que lo quería… El arrebato de dolor me abruma y solo queda espacio para esta nueva pérdida de la que ahora soy consciente.

Mi niño ha muerto.

La angustia me quema. Es insoportable, pero al mismo tiempo cauteriza.

Mi niño ha muerto.

Temblando, me abrazo todavía más a Nora, al tiempo que paro de luchar y dejo entrar al dolor.

Las
Consecuencias

39

Dos semanas después de llegar a casa, Julian considera que ya es seguro que mis padres vuelvan a Oak Lawn.

—Les pondré más vigilancia durante unos meses —explica mientras nos dirigimos a la zona de entrenamiento—. Tendrán que aceptar algunas limitaciones en lo que se refiere a centros comerciales y lugares con mucha gente, pero podrán volver al trabajo y continuar con la mayoría de sus actividades cotidianas.

Asiento, no demasiado sorprendida. Julian me ha ido informando de sus logros en este campo y sé que los Sullivan ya no son una amenaza. Con las mismas tácticas implacables que utilizó con Al-Quadar, mi marido ha logrado lo que las autoridades no han conseguido en décadas: ha librado a Chicago de su familia de criminales más importante.

—¿Y qué pasa con Frank? —pregunto mientras pasamos junto a dos guardias que luchan en la hierba—. Creía que la CIA no quería que ninguno de nosotros volviese al país.

—Cedieron ayer. Me costó convencerlos, pero ahora nadie debería impedir que tus padres vuelvan.

—Ah.

Puedo imaginar cuáles fueron las técnicas de persuasión de Julian, a juzgar por la destrucción que dejamos a nuestro paso. Ni siquiera el equipo de encubrimiento enviado por la CIA había logrado que se mantuviese en secreto la historia de nuestra batalla a toda velocidad. Puede que la zona que rodea el aeropuerto privado no esté demasiado poblada, pero las explosiones y los disparos no habían pasado desapercibidos. Durante las dos últimas semanas, en las noticias solo se ha hablado de la operación clandestina en Chicago para «detener al mortífero traficante de armas».

Mientras Julian especulaba en el coche, los Sullivan se habían cobrado algunos importantes favores para organizar el ataque. El jefe de policía, antiguamente un topo de los Sullivan y ahora un amasijo sangriento flotando en sosa cáustica, tomó la información que los Sullivan habían recabado sobre nosotros, y utilizó el pretexto del «traficante de armas que intentaba introducir explosivos de contrabando en la ciudad» para reunir apresuradamente a los GEO. Justificaron que se les unieran los hombres de los Sullivan como «refuerzos de otra zona» y les ocultaron toda la acelerada operación a los demás organismos de seguridad, razón por la que nos habían cogido desprevenidos.

—No te preocupes —dice Julian, malinterpretando mi expresión tensa—. Aparte de Frank y algunos oficiales de alto rango, nadie sabe que tus padres estuvieron involucrados en lo sucedido. Lo de la seguridad extra es solamente por precaución.

—Ya lo sé —respondo—. No los dejarías regresar si no fuera seguro.

—No —dice Julian con voz suave, deteniéndose en la entrada del gimnasio de lucha—. No lo haría.

Su frente está perlada de sudor debido al calor húmedo, y su camiseta sin mangas se pega a sus músculos bien definidos. Todavía tiene un par de cicatrices a medio curar por la cara y el cuello, de las esquirlas de cristal, pero nada le restan a su potente atractivo.

A menos de un metro de mí, mirándome con sus penetrantes ojos azules, mi marido es la imagen de la masculinidad, vibrante y saludable.

Trago saliva y aparto la mirada. Se me eriza la piel, acalorada, al recordar cómo me desperté esta mañana. Puede que no hayamos tenido relaciones desde el aborto, pero eso no significa que Julian se haya abstenido del sexo conmigo. *De rodillas, con su polla en la boca, atada y con su lengua en el clítoris…* Las imágenes mentales me hacen arder, incluso con la omnipresente culpa oprimiéndome.

¿Por qué Julian está siendo tan bueno conmigo? Desde que hemos vuelto, he estado esperando a que me castigue, a que exprese de alguna manera la ira que debe de sentir, pero, hasta ahora, no ha hecho nada. Más bien al contrario: ha estado sorprendentemente tierno conmigo, más atento incluso que durante el embarazo, en algunos aspectos. Este cambio en su comportamiento es sutil: más besos y caricias a lo largo del día, masajes corporales cada noche, pedirle a Ana que me prepare mis comidas favoritas… No es nada que no haya hecho antes, simplemente ha aumentado la frecuencia de estos pequeños gestos desde que volvimos de Estados Unidos.

Desde que perdimos a nuestro hijo.

Me escuecen los ojos al llenarse de lágrimas repentinamente, y agacho la cabeza para ocultarlas mientras paso por al lado de Julian para entrar al gimnasio. No quiero que me vea llorar otra vez, ya ha tenido suficiente en las últimas semanas. Quizás por eso se resista a castigarme; cree que no soy lo suficientemente fuerte para soportarlo, teme que vuelva a ser el desastre afectado por un ataque de pánico que era después de lo de Tayikistán.

Pero no volveré a eso, ahora lo sé. Esta vez es diferente.

Yo soy distinta.

Camino hacia las colchonetas, me inclino y empiezo a estirar, aprovechando este tiempo para reponerme. Cuando me vuelvo hacia Julian, mi cara no refleja el dolor que me asalta en momentos aleatorios.

—Estoy lista —digo colocándome en la colchoneta—. Vamos allá.

Durante la siguiente hora, mientras Julian me entrena para derribar a un hombre de noventa kilos en siete segundos, consigo mantener a raya todos los pensamientos de pérdida y culpa.

Tras la sesión de entrenamiento, vuelvo a casa a ducharme y bajo a la piscina a darles la noticia a mis padres. Tengo los músculos agotados, pero rezumo endorfinas por el ejercicio tan intenso.

—Entonces, ¿podemos volver? —Mi padre se sienta en su sillón mientras su rostro se debate entre la desconfianza y el alivio—. ¿Y qué pasa con todos esos policías? ¿Y los contactos de los mafiosos?

—Seguro que está todo bien, Tony —dice mi madre antes de que me dé tiempo a responder—. Julian no dejaría que volviésemos si no estuviese todo resuelto.

Vestida con un traje de baño amarillo, está bronceada y parece descansada, como si hubiese pasado las dos últimas semanas en un resort, lo que, en cierto modo, no está tan lejos de la realidad. Julian se ha desvivido para asegurarse de que mis padres estuviesen cómodos, para que sintiesen que realmente estaban de vacaciones. Libros, películas, deliciosos manjares e incluso bebidas de frutas en la piscina: todas estas cosas se les había proporcionado, obligando a mi padre a admitir que mi vida en el complejo de un traficante de armas no era tan horrible como se había imaginado.

—Exacto, no lo haría —confirmo, sentándome en un sillón junto al de mi madre—. Julian dice que podéis iros cuando queráis. El avión puede estar listo mañana mismo, aunque, evidentemente, nos encantaría que os quedaseis más tiempo.

Como era de esperar, mi madre niega con la cabeza.

—Gracias, cariño, pero creo que deberíamos volver a casa. Tu padre está preocupado por el trabajo, y mis jefes me preguntan cada día cuándo voy a volver…

Su voz se va apagando y me sonríe a modo de disculpa.

—Por supuesto —le sonrío a mi vez, haciendo caso omiso de la ligera presión que me oprime el pecho.

Sé qué hay tras esa voluntad de marcharse, y no son ni sus trabajos ni sus amigos. A pesar de todas las comodidades de las que disfrutan aquí, se sienten encerrados, confinados por las torres de vigilancia y los drones que sobrevuelan la selva. Lo veo en la forma en la que miran a los guardias armados, en el miedo que se refleja en sus caras cada vez que pasamos junto al área de entrenamiento y oyen disparos. Para ellos, vivir aquí es como estar en una cárcel de lujo atestada de criminales peligrosos.

Y uno de esos criminales es su propia hija.

—Deberíamos ir a hacer las maletas —dice mi padre, levantándose—. Creo que lo mejor será que nos vayamos mañana a primera hora.

—De acuerdo.

Intento no dejar que sus palabras me hagan daño. Es una tontería sentirse rechazada porque mis padres quieran volver a casa. Este no es su sitio, lo sé tan bien como ellos. Puede que las heridas físicas de la persecución en coche se hayan curado, pero las heridas emocionales son otro asunto.

Harán falta más que unas pocas horas de terapia con la doctora Wessex para que mis padres se recuperen tras haber visto coches explotar y gente morir.

—¿Queréis que os ayude a hacer las maletas? —pregunto, mientras mi padre cubre los hombros de mi madre con una toalla—. Julian está hablando con su contable y yo no tengo nada que hacer antes de cenar.

—No te preocupes, cielo —dice mi madre con delicadeza—. Ya nos las arreglamos solos. ¿Por qué no te das un baño antes de cenar? El agua está muy buena.

Y, dejándome junto a la piscina, se dirigen apresuradamente hacia la comodidad del aire acondicionado dentro de la casa.

—¿Se van mañana por la mañana? —Rosa parece sorprendida cuando la informo de la inminente partida de mis padres—. Es una pena. Ni siquiera he podido enseñarle a tu madre el lago del que les habías hablado.

—No pasa nada —digo, recogiendo un cesto de la colada para ayudarla a cargar la lavadora—. Esperemos que vengan a visitarnos en otra ocasión.

—Esperemos, sí —repite Rosa, y frunce el ceño al ver lo que estoy haciendo—. Nora, deja eso. No deberías… —y se calla de repente.

—¿No debería coger peso? —termino, sonriéndole sarcásticamente—. Ana y tú os olvidáis constantemente de que ya no soy una inválida. Ya puedo volver a levantar pesos, luchar y disparar cuanto quiera.

—Por supuesto —Rosa parece arrepentida—. Lo siento —dice echándole la mano a mi cesta—, pero no deberías hacer mi trabajo.

Suspiro y cedo ante sus órdenes, consciente de que insistiendo solo conseguiré que se enfade. Ha estado especialmente sensible con eso desde que llegamos; no quiere que nadie la trate de manera diferente.

—Me han violado, no amputado los brazos —le soltó a Ana cuando trató de asignarle tareas más ligeras de limpieza—. No me va a pasar nada por pasar la aspiradora o la mopa.

Como era de esperar, Ana rompió a llorar, y Rosa tuvo que pasarse veinte minutos intentando calmarla. La pobre señora ha estado muy sensible desde nuestro regreso, llorando abiertamente mi aborto y la violación de Rosa.

—Se lo está tomando peor que mi propia madre —me dijo Rosa la semana pasada, y yo asentí, nada sorprendida. Aunque solo había visto a la señora Martínez un par de veces, la rechoncha y severa mujer me parecía una versión más madura de Beth, con el mismo caparazón duro y la misma actitud cínica ante la vida. Cómo conseguía Rosa estar siempre tan alegre con una madre así, para mí será siempre un misterio. Incluso ahora, después de todo por lo que ha pasado, la sonrisa de mi amiga es solamente un poco más frágil, y la chispa de sus ojos solo un poco menos brillante. Con las heridas prácticamente curadas, nadie diría que Rosa ha sobrevivido a una experiencia tan traumática, sobre todo teniendo en cuenta su férrea insistencia en que todo el mundo la trate con normalidad.

Suspiro de nuevo y miro mientras carga la lavadora rápida y eficientemente, separando la ropa de color y colocándola en una ordenada pila en el suelo. Cuando termina, se vuelve hacia mí.

—¿Sabías que Lucas ha localizado a la intérprete? —me dice—. Creo que irá a por ella después de llevar a tus padres a casa.

—¿Te lo ha dicho él?

Asiente.

—Me lo encontré esta mañana y le pregunté cómo iba el asunto. Así que sí, me lo ha dicho él.

—Entiendo.

No lo entiendo para nada, pero decido no entrometerme. Rosa ha estado cada vez más reservada con respecto a su no-relación con Lucas, y no quiero presionarla. Me imagino que me lo contará cuando esté preparada. Si es que hay algo que contar, claro.

Se gira para poner la lavadora, y me pregunto si debería contarle lo que descubrí ayer… lo que todavía no le he contado a Julian. Al final me decido, puesto que ella ya conoce parte de la historia.

—¿Te acuerdas de aquella doctora joven y guapa que me atendió en el hospital? —pregunto, apoyándome en la secadora.

Rosa se gira hacia mí, desconcertada por el cambio de tema.

—Sí, creo que sí. ¿Por qué?

—Se apellida Cobakis. Recuerdo haberlo leído en su etiqueta y pensar que me sonaba de algo, como si ya lo hubiese oído antes.

Ahora Rosa parece intrigada.

—¿Y es así? Quiero decir, ¿lo habías oído?

Asiento.

—Sí, pero no me acordaba de dónde y ayer por fin caí en la cuenta. Había un hombre llamado George Cobakis en la lista que le di a Peter.

Rosa abre mucho los ojos.

—¿La lista de culpables de lo que le pasó a su familia?

—Sí —digo respirando profundamente—. No estaba segura, así que anoche consulté mi correo electrónico y ahí estaba. George Cobakis, de Homer Glen, Illinois. En un primer momento me fijé en el nombre por el lugar.

—Hala —Rosa me mira con la boca abierta—. ¿Crees que aquella doctora tan amable está relacionada con ese tal George?

—Estoy segura. Busqué el nombre de George Cobakis en internet y ella aparecía en los resultados. Es su mujer. Un periódico local escribió sobre una recaudación de fondos para los veteranos y sus familias, y pusieron una foto de los dos como pareja que había hecho mucho por la organización. Al parecer él es periodista, un corresponsal en el extranjero. No tengo ni idea de por qué habrá acabado su nombre en esa lista.

—Mierda. —Rosa parece tan horrorizada como fascinada—. ¿Y qué vas a hacer?

—¿Qué opciones tengo?

Esa pregunta ha estado atormentándome desde que descubrí la relación. Antes de eso, los nombres de la lista eran tan solo eso: nombres. Pero ahora uno de esos nombres tiene cara. Una foto de un hombre sonriente de pelo oscuro junto a su inteligente y bella esposa.

Una esposa a la que yo había conocido.

Una mujer que se quedará viuda si el antiguo asesor de seguridad de Julian lleva a cabo su venganza.

—¿Has hablado de esto con tu marido? —pregunta Rosa—. ¿Lo sabe?

—No, todavía no.

Y tampoco estoy segura de querer que lo sepa. Hace unas semanas le hablé a Rosa de la lista que le había mandado a Peter, pero no le dije que se la había enviado contra la voluntad de Julian. Esa parte y lo que pasó después de que nos enterásemos de mi embarazo es algo demasiado privado.

—Me imagino que Julian dirá que, ahora que la lista está en manos de Peter, ya no hay nada que hacer —digo tratando de imaginar la reacción de mi marido.

—Y probablemente tenga razón —Rosa me mira fijamente—. Es una faena que hayamos conocido a la mujer y todo eso, pero si su marido está involucrado de alguna manera en lo que le pasó a la familia de Peter, no sé cómo podemos interferir.

—Tienes razón. —Respiro hondo una vez más, intentando hacer desaparecer la ansiedad que me acompaña desde ayer—. Ni podemos ni deberíamos.

A pesar de que yo le haya dado esa lista a Peter.

A pesar de que pase lo que pase será otra vez culpa mía.

—Esto no es problema tuyo, Nora —dice Rosa, intuyendo mi preocupación—. Peter habría averiguado esos nombres de un modo u otro. Estaba demasiado decidido como para que no sucediese. No eres responsable de lo que vaya a hacerle a esa gente; el responsable es él.

—Desde luego —murmuro, tratando de sonreír—. Por supuesto, ya lo sé.

Y mientras Rosa continúa clasificando la colada, cambio de tema para hablar de los nuevos fichajes en la guardia.

40

Julian

Cuando termino de hablar con el contable, me levanto, me estiro y siento cómo se libera la tensión muscular. De inmediato, pienso en Nora y compruebo su ubicación en el móvil. Ahora lo hago como mínimo cinco veces al día; una costumbre tan arraigada como cepillarme los dientes por la mañana.

Está en casa, justo donde yo esperaba que estuviese. Satisfecho, dejo el móvil a un lado y cierro el ordenador, convencido de haber hecho suficiente ya por hoy. Entre todo el papeleo para una sociedad fantasma y las entrevistas que he hecho para las posibles incorporaciones de la guardia, he estado trabajando más de doce horas al día. Hace tiempo no me habría importado —los negocios eran lo único por lo que vivía—, pero ahora el trabajo es una distracción molesta.

Me impide pasar tiempo con mi hermosa esposa, extrañamente distante.

No sé cuándo empecé a percatarme de ello, de la manera en la que los ojos de Nora huyen de los míos. De la manera en la que se guarda algo para sí misma incluso durante el sexo. Al principio achaqué su actitud retraída a la pena y a las secuelas del trauma, pero conforme pasaron los días observé que había algo más.

La distancia entre nosotros es sutil, apenas perceptible, pero está ahí. Habla y actúa como si todo fuera normal, pero puedo asegurar que no lo es. Sea cual sea el secreto que me está escondiendo, le está afligiendo y está levantando un muro entre nosotros. Lo he notado durante el entrenamiento de hoy y eso me ha convencido para llegar al fondo del asunto.

Según los médicos, al fin se ha recuperado por completo del aborto; y de una forma u otra, esta noche va a contármelo todo.

A la hora de cenar, contemplo a Nora mientras habla con sus padres, asimilo con ansia cada mínimo movimiento de sus manos, cada parpadeo de sus largas pestañas. No me lo hubiera imaginado, pero mi obsesión por ella ha llegado a otro nivel desde nuestro regreso. Es como si todo el dolor, la ira y el sufrimiento dentro de mí se fusionaran y sintiera cómo me arrancan el corazón, una impresión tan intensa que me desgarra por dentro.

Un deseo centrado en ella por completo.

Cuando terminamos el plato principal me doy cuenta de que apenas he abierto la boca y he pasado casi toda la comida absorto en su sus padres. Aunque su padre ya no me trata de forma hostil abiertamente, sé que los Leston todavía desearían liberar a su hija de mis garras. Por supuesto, no permitiría que me la quitaran, pero no tengo ningún problema con que los tres pasen algún tiempo solos.

Por esto mismo, en cuanto Ana saca el postre pongo la excusa de que estoy lleno y me voy a la biblioteca para dejar que terminen sin mí.

Una vez allí, me siento en un diván al lado de la ventana y me entretengo respondiendo correos con el móvil. Entonces se vuelve a deslizar en mi mente el desconcierto por la distancia inusual de Nora. La manera en la que ha estado estas dos últimas semanas me recuerda a cuando empecé a rastrearla a la fuerza. Es como si estuviera molesta conmigo, excepto que esta vez no tengo ni idea del porqué.

Cuando miro el reloj de la pared me fijo en que ya ha pasado media hora desde que me levanté de la mesa. Con suerte, Nora ya habrá subido las escaleras. No obstante, cuando miro su ubicación veo que sigue en el comedor.

Un poco irritado, me planteo coger un libro y leer mientras espero, pero entonces tengo una idea mejor.

Selecciono otra aplicación del móvil, activo la señal de audio escondida en el comedor, me pongo los auriculares por *Bluetooth* y me acuesto en el diván para escuchar.

Al instante, la voz frustrada de Gabriela retumba en mis oídos.

—...murió gente —dice enfadada—. ¿Cómo puede no importarte? Había policías entre esos criminales, hombres buenos que solo seguían órdenes.

—Y si hubieran seguido esas órdenes nos habrían matado. —Nora tiene un tono extrañamente cortante. Me incorporo y escucho con más atención—. ¿Acaso es mejor morir por la bala de un hombre bueno que defenderse y vivir? Siento no mostrar el remordimiento que esperas, mamá, pero no lamento que todos estemos sanos y salvos. No es culpa de Julian que pasara todo eso. Si algo...

—Él fue quien mató al hijo de ese mafioso —interrumpe Tony—. Si hubiera actuado de forma civilizada, llamado a emergencias en vez de recurrir al asesinato...

—Si hubiera actuado de forma civilizada, me hubieran violado y Rosa habría sufrido mucho más antes de que la policía llegara —dice Nora con un tono fuerte y crispado—. Tú no estabas allí, papá. No lo entiendes.

—Tu padre te entiende perfectamente, cariño. —La voz de Gabriela está mucho más calmada ahora, vencida por el cansancio—. Y sí, quizás tu marido no pudo quedarse parado y esperar a que llegara la policía, pero sabes tan bien como yo que podría haberse abstenido de matar a aquel hombre.

¿Abstenerme de matar al hombre que atacó y casi violó a Nora? Me hierve la sangre con una furia repentina.

Aquel maldito cabrón tuvo suerte de que no lo castrara y le metiera las pelotas por las entrañas. La única razón por la que murió con tanta facilidad fue porque Nora estaba allí y me preocupaba más ella que mi furia.

—Quizás hubiera podido —dice Nora con el mismo tono de su madre—. Pero todo apuntaba a que no hubieran arrestado a los Sullivan, dados sus contactos. ¿Es eso lo que quieres, mamá, que hombres como aquellos sigan haciendo esto a otras mujeres?

—No, claro que no —dice Tony—, pero eso no le da el derecho a Julian para actuar como juez, jurado y verdugo. Cuando mató a ese hombre, no sabía quién era, así que no puedes poner esa excusa. Tu marido lo mató porque él quería y no por ninguna otra razón.

Por unos instantes se hace el silencio en mis auriculares. Aumenta la furia en mi interior y la indignación se refuerza mientras espero a ver qué tiene que decir Nora. Me importa una mierda lo que sus padres piensen de mí, pero me importa mucho que estén tratando de poner a su hija en mi contra.

Por fin, Nora habla.

—Sí, papá, tienes razón, lo hizo. —Su voz suena serena y estable—. Mató a ese hombre por haberme atacado sin pensarlo dos veces. ¿Quieres que lo condene por eso? Pues no puedo. No lo haré. Porque si yo hubiera podido, habría hecho lo mismo.

Otro silencio prolongado y entonces dice:

—Cariño, cuando saliste del avión y sonaban todos esos disparos, ¿eras tú? —pregunta Gabriela en voz baja—. ¿Disparaste a alguien? —Una pausa corta, después todavía más bajo—: ¿Mataste a alguien?

—Sí. —El tono de Nora no cambia. Me la imagino sentada allí, frente a sus padres, sin vacilar—. Sí, mamá.

Una inhalación brusca, después otros latidos de silencio.

—Te lo dije, Gabs. —Ahora habla Tony, su voz está apagada por la tristeza—. Te dije que seguro que lo había hecho. Nuestra hija ha cambiado; él la ha cambiado.

Se oye un ruido como el de una silla arrastrándose por el suelo y después, con voz temblorosa:

—Oh, cariño. —Le sigue un llanto ahogado.

—No llores, mamá. Por favor, no llores. Siento haberte decepcionado. Lo siento mucho… —susurra Nora.

No soporto escuchar ni una palabra más. De un salto, me levanto del diván y salgo de la biblioteca, decidido a ir a por Nora y llevarla arriba. El sentimiento de culpa es lo último que necesita y, si tengo que protegerla de sus propios padres, que así sea.

De camino por el pasillo, los oigo hablar de nuevo y disminuyo el paso sin ser consciente.

—No nos has decepcionado, cariño —dice el padre de Nora con voz ronca—. No es eso, en absoluto. Es solo que creemos que ya no eres la misma… que aunque regresaras con nosotros, no sería lo mismo.

—No, papá —responde Nora en voz baja—. No lo sería.

Pasan unos segundo más, después su madre habla de nuevo:

—Te queremos, cariño —dice con una voz apagada y cansada—. Por favor, no olvides que te queremos.

—Lo sé, mamá. Y yo también os quiero a los dos. —La voz de Nora se quiebra por primera vez—. Siento que las cosas hayan ocurrido de esta manera, pero ahora este es mi sitio.

—Con él. —Curiosamente, la voz de Gabriela no suena resentida, solo resignada—. Sí, ahora nos damos cuenta. Él te quiere. Nunca pensé que diría esto, pero es cierto. La manera en la que estáis juntos, la manera en la que te mira… —Suelta una risa débil—. Ay, cariño, daríamos lo que fuera para que fuese otra persona. Un buen hombre, un hombre atento, alguien que tuviera un empleo normal y te comprara una casa cerca de nosotros…

—Julian me compró una casa cerca de vosotros —interrumpe Nora, y su madre se ríe otra vez, con un tono un poco histérico.

—Es verdad —dice cuando se calma un poco—. La compró.

Ahora las dos mujeres se ríen juntas y respiro aliviado. Puede que Nora no necesite que interfiera después de todo.

Otro ruido de una silla arrastrándose por el suelo, después dice Tony con brusquedad:

—Estamos aquí para ti, cariño. Pase lo que pase, siempre estaremos aquí para ti. Si algo cambia alguna vez, si alguna vez quieres dejarlo y volver a casa…

—No lo haré, papá. —La confianza que inspira su voz me anima y ahuyenta el resto de mi enfado. Me siento tan satisfecho que casi no me percato cuando añade con suavidad:

—A no ser que él quiera.

—Oh, no lo hará —dice el padre de Nora con un toque resentido—. Es evidente. Si fuera por él, nunca estarías a más de tres metros.

No presto atención a todas sus palabras. Reflexiono en cambio en la extraña intervención de Nora. «A no ser que él quiera». Lo había dicho casi como si temiera que fuera así. ¿O ella quería que fuese así? Me recorre por el cuerpo una sospecha. ¿Es por eso por lo que ha estado tan distante estos últimos días? ¿Porque quiere que la deje marchar? ¿Porque ya no quiere seguir conmigo y espera que la deje marcharse como una forma de expiar lo que pasó?

Noto una opresión en el pecho con un dolor repentino, como si un nuevo enfado se encendiera en mis adentros. ¿Es eso lo que mi gatita espera? ¿Algún tipo de gesto señorial en el que le doy la libertad? ¿En el que le suplico que me perdone y finjo arrepentirme por haberla raptado desde el principio?

Y una mierda.

Me arranco los auriculares de las orejas, una furia profunda me atraviesa mientras subo los peldaños de la escalera de dos en dos.

Si Nora piensa que voy a llegar hasta ahí, no podría estar más equivocada.

Es mía y lo seguirá siendo hasta el resto de nuestras vidas.

41

Nora

Cansada, pero también alterada después de hablar con mis padres, subo las escaleras hacia nuestra habitación. Aunque una parte de mí todavía desea haber podido proteger a mi familia de mi nueva vida, me alivia que ahora sepan la verdad.

Que conozcan la mujer en la que me he convertido y aun así me quieran.

Llego a la habitación, abro la puerta y entro. No hay ninguna luz encendida y mientras cierro la puerta a mis espaldas me pregunto dónde estará Julian. Aunque me alegro de haber tenido la oportunidad de enfriar los ánimos con mis padres, que se levantara de la mesa sin una buena excusa me preocupa. ¿Había pasado algo o solo se había cansado de nosotros?

¿Se había cansado de *mí*?

Justo cuando se me pasa por la cabeza ese pensamiento tan desgarrador, vislumbro la sombra de una persona junto a la ventana.

El pulso se me dispara y me recorre por la piel un hormigueo con un terror primitivo mientras busco a tientas el interruptor de la luz.

—Déjala así —dice Julian en la oscuridad y mis rodillas casi se doblan de alivio.

—Gracias a Dios. Por un momento no sabía quién eras —comienzo a decir, entonces me percato del duro tono de su voz—. Tú… —termino con duda.

—¿Quién sería, si no? —Se da la vuelta y atraviesa la habitación mientras se acerca con el sigilo de un depredador—. Es nuestra habitación. ¿O se te ha olvidado? —continúa.

Coloca sus manos en ambos lados de la pared detrás de mí y me deja enjaulada. Inhalo, sorprendida, y aprieto las palmas de las manos contra la pared fría. Es evidente que Julian no está de humor y no tengo ni idea de qué lo ha provocado.

—No, claro que no —digo despacio mientras contemplo sus facciones ensombrecidas. Hay tan poca luz que lo único que puedo ver es el brillo borroso de sus ojos—. ¿Qué…?

Se acerca un poco más y junta la mitad inferior de su cuerpo al mío. Me quedo sin aliento al sentir su polla dura contra mi vientre. Está desnudo y empalmado; su olor a macho me envuelve mientras me mantiene atrapada. Aunque la única capa que nos separa es mi vestido, siento el deseo que palpita dentro de él; deseo y algo mucho más oscuro.

Mi cuerpo se despierta de una sacudida y se me acelera el pulso con un arrebato de miedo. Esto tiene que ser el castigo que estaba esperando. Como los médicos me habían dicho que estaba en buen estado hace unas horas, se me ha acabado el indulto.

—¿Julian? —digo con voz ahogada mientras me agarra de la nuca y casi rodea mi cuello con sus largos dedos. Su enorme cuerpo se muestra fuerte, firme e intransigente entorno al mío. Un poco más de fuerza y me romperá el cuello. Este pensamiento me tranquiliza, aunque siento un dolor vacío en el corazón, mis pezones se endurecen de la excitación. La furia que desprende puede palparse y hace que algo salvaje despierte en mi interior, avivando el fuego oscuro de mis adentros.

Si por fin decide castigarme, me aseguraré de recibir el puto castigo que me merezco.

Se inclina hacia mí, su aliento caliente en mi rostro, y en ese momento doy el primer paso. Cierro el puño derecho, me muevo hacia arriba con todas mis fuerzas y le golpeo la parte inferior de la mandíbula. Al mismo tiempo giro a la derecha mientras rompo la sujeción de mi cuello, esquivo su brazo extendido y doy la vuelta para golpearle la espalda.

Pero él ya no está ahí.

Durante el medio segundo que he tardado en dar la vuelta, Julian se ha movido tan rápido y tan letal como un asesino. En lugar de darle en la espalda, el canto de mi mano se estrella contra su codo y grito porque el impacto me produce una sacudida de dolor por el brazo.

—¡Joder! —Su bufido enfadado va acompañado de un movimiento borroso rápido.

Antes de que pueda reaccionar, me tiene rodeada en sus brazos, mis muñecas cruzadas delante del pecho y su pierna izquierda enrollada en mis rodillas para que no pueda dar patadas. Como me tiene agarrada por detrás, no puedo morderlo y por desgracia mis intentos de darle un cabezazo en el mentón cesan pronto porque mantiene la cabeza lejos de mi alcance.

Todo ese entrenamiento y me ha reducido en solo tres segundos.

La frustración se mezcla con la adrenalina y la furia que se cuece en mi interior. Furia hacia él por burlarse de mí con ternura estas dos últimas semanas y, sobre todo, furia hacia mí misma.

Mi culpa, mi culpa, todo es mi culpa. Estas palabras son como un redoble violento en mi mente. La culpa, cortante y sofocante, asciende en mi garganta y me ahoga al juntarse con una pena que duele.

Rosa. Nuestro bebé. Decenas de hombres muertos.

El sonido que sale de mi garganta es una mezcla entre un gruñido y un gemido. Aunque sea inútil, empiezo a pelear, dando sacudidas y retorciéndome contra el dominio inquebrantable de Julian. No llevo mucha ventaja, pero con una de sus piernas enrollada en las mías, mis movimientos frenéticos y erráticos bastan para que le haga perder el equilibrio.

Con una palabrota, cae hacia atrás, mientras todavía me coge con fuerza. Su espalda recibe todo el impacto de la caída. Yo apenas siento el golpe cuando gruñe y se da la vuelta de inmediato; me inmoviliza contra el duro suelo de madera. Hago caso omiso de su gran peso sobre mí y sigo peleando, luchando con todas mis fuerzas. La madera fría me aprieta la cara, pero apenas siento el malestar.

Mi culpa, mi culpa, todo es mi culpa.

Jadeando y gimiendo a medias, intento darle patadas, arañarle, hacerle sentir aunque sea una pequeña parte del dolor que me consume por dentro. Se me resienten los músculos por el esfuerzo, pero no me detengo; no cuando Julian me tuerce hacia atrás las muñecas y las ata en la parte baja de mi espalda con su cinturón, y tampoco cuando me levanta por el codo y me tira a la cama.

Peleo mientras me arranca el vestido y la ropa interior, me agarra el pelo y me obliga a ponerme de rodillas. Peleo como si me fuera la vida en ello, como si el hombre que me agarra fuese mi peor enemigo en vez de mi gran amor. Peleo porque es lo suficientemente fuerte para soportar la furia que llevo dentro.

Porque es lo suficientemente fuerte para apartarla de mí.

Mientras me retuerzo de su dominio brutal, su rodilla abre a la fuerza mis piernas y empuja su polla por mi sexo. Con un ímpetu salvaje, me penetra por detrás y grito de dolor, de alivio indescriptible por su posesión. Estoy mojada, pero no lo suficiente, y cada impulso severo me desgarra en carne viva, me lastima, me sana.

Mis pensamientos se dispersan, el cántico en mi mente desaparece y todo lo que queda es la sensación de su cuerpo dentro del mío, del dolor y de la satisfacción atroz de nuestra necesidad.

Estoy llegando al orgasmo cuando Julian empieza a hablarme, me dice que siempre seré suya, que nunca perteneceré a nadie que no sea él. Hay una amenaza oscura implícita en sus palabras, una promesa de que no se detendrá ante nada. Su crueldad debería aterrorizarme, pero mi cuerpo estalla de liberación, el miedo es lo último que tengo en la mente.

Todo de lo que soy consciente es dicha plena y completa.

Me da la vuelta sobre mi espalda y me doy cuenta de que en algún momento, he dejado de pelear. La furia se ha esfumado y en su lugar hay agotamiento profundo y alivio.

Alivio de que Julian me siga queriendo. De que me castigará, pero no me echará.

Así que cuando me agarra los tobillos y los apoya en sus hombros, no me resisto. No lucho cuando se inclina hacia delante, casi doblándome por la mitad, y no forcejeo cuando recoge parte del abundante flujo de mi sexo y me lo frota entre las nalgas. Solo cuando noto la viscosidad en la otra entrada, emito un sonido de protesta; contraigo el esfínter mientras le empujo el pecho con ambas manos. Es un gesto débil, sobre todo simbólico —no tengo ninguna posibilidad de sacarme de encima a Julian de esta manera—, pero incluso ese leve indicio de resistencia parece enfurecerlo.

—No, no puedes —gruñe, y en la luz tenue de la ventana veo el brillo oscuro de sus ojos—. No puedes negarme esto, negarme nada. Yo te poseo... cada centímetro de ti. —Empuja hacia delante y su enorme polla me obliga a abrirme mientras susurra con dureza—: Si no relajas ese culo, mi gatita, te arrepentirás.

Me estremezco de excitación perversa, mis uñas atacan su pecho a la vez que el apretado músculo se da por vencido ante el despiadado placer. La invasión ardiente es atroz y mis adentros se agitan mientras él empuja cada vez más. Hace meses que no me trataba de esta manera y mi cuerpo ha olvidado cómo soportarlo, cómo relajarse ante esa sensación excesiva. Cierro los ojos con fuerza e intento respirar durante el proceso, ser fuerte; pero las lágrimas, esas lágrimas estúpidas y traicioneras, brotan de todos modos.

Sin embargo, no es el dolor lo que me hace llorar, ni la retorcida reacción de mi cuerpo ante esto. Es el hecho de saber que mi castigo no ha terminado, que Julian todavía no me ha perdonado.

De que nunca me perdonará.

—¿Me odias? —La pregunta se me escapa antes de que pueda contenerme. No quiero saberlo, pero al mismo tiempo, no soporto quedarme callada. Abro los ojos, miro a la figura oscura encima de mí—. Julian, ¿me odias?

Permanece en silencio, su polla muy dentro de mí.

—¿Odiarte? —Su gran cuerpo se pone tenso, su voz áspera de deseo se llena de incredulidad—. ¿Qué cojones, Nora? ¿Por qué iba a odiarte?

—Por el aborto. —Me tiembla la voz—. Porque nuestro bebé murió por mi culpa.

Por unos segundos no responde y después, con una palabrota en voz baja, la saca y me deja sin aliento del dolor.

—¡Joder! —Me libera y regresa a la cama. La ausencia repentina de su calor y su gran peso sobre mí me sobresalta, igual que cuando enciende la luz de la mesita de golpe. Mis ojos tardan un instante en acostumbrarse al resplandor y distinguir la expresión de su cara.

—¿Crees que te culpo por lo que pasó? —pregunta con voz ronca y se sienta sobre sus piernas. Sus ojos arden con intensidad mientras me mira fijamente, su polla está todavía erecta—. ¿Crees que fue tu culpa?

—Claro que sí. —Me incorporo y siento en mi interior una honda dolencia punzante, donde él estaba clavado—. Fui yo quien quiso ir a Chicago e ir a ese club. De no ser por mí, nada de esto habría…

—Para. —Su orden severa vibra a través de mí al tiempo que contrae el rostro en un gesto parecido al dolor—. Para, nena, por favor.

Me quedo callada y lo observo con desconcierto. ¿No iba de eso toda esta escena? ¿Mi castigo por decepcionarlo? ¿Por ponerme en peligro a mí misma y a nuestro bebé?

Todavía sosteniéndome la mirada, respira hondo y se me acerca.

—Nora, mi gatita… —Me coge la cara con sus manos grandes—. ¿Cómo se te ha ocurrido pensar que te odio?

Trago saliva.

—Espero que no me odies, pero sé que estás enfadado…

—¿Crees que estoy enfadado porque querías ver a tus padres? ¿Porque querías bailar y pasártelo bien? —Sus orificios nasales se ensanchan—. Joder, Nora, si alguien tiene la culpa de ese aborto, soy yo. No debería haberte dejado ir sola a ese baño.

—Pero no podías saberlo…

—Ni tú tampoco —interrumpe. Respira hondo, baja las manos a mi regazo y me coge de las mías en un apretón cariñoso—. No fue culpa tuya —dice con un tono brusco—. Nada de esto fue culpa tuya.

Me humedezco los labios secos.

—¿Entonces por qué…?

—¿Que por qué estaba enfadado? —Su preciosa boca se tuerce—. Porque pensaba que querías dejarme. Porque he malinterpretado algo que has dicho a tus padres esta noche.

—¿Qué? —digo frunciendo el ceño—. ¿Qué he…? Ah. —Me acuerdo del comentario improvisado por el miedo y la inseguridad—. No, Julian, eso no es lo que quería decir —empiezo a excusarme, pero me aprieta las manos antes de que pueda explicarme más.

—Lo sé —dice con suavidad—, créeme, nena, ahora ya lo sé.

Nos miramos en silencio; el ambiente está impregnado de ecos de sexo violento y de sentimientos oscuros, con las secuelas de deseo, dolor y pérdida. Resulta extraño, pero en este momento lo he entendido mejor que nunca. Veo al hombre detrás del monstruo, al hombre que me necesita tanto que haría cualquier cosa para conservarme junto a él.

Al hombre que necesito tanto que haría cualquier cosa para permanecer junto a él.

—¿Me quieres, Julian? —No sé qué me da la valentía para hacer esa pregunta, pero tengo que saberlo, de una vez por todas—. ¿Me quieres? —repito sin dejar de mirarlo a los ojos.

Por un instante, no se mueve, no dice nada. Me sujeta las manos tan fuerte que duele. Siento la lucha en su interior, el conflicto del deseo con el miedo. Espero, aguantando el aliento y sé que puede que nunca se abra se esta manera, que nunca admita la verdad ni siquiera para sí mismo. Así que cuando habla, casi me pilla por sorpresa.

—Sí, Nora —dice con voz ronca —. Sí, te quiero. Joder, te quiero tanto que duele. No lo sabía, o quizás no quería saberlo, pero siempre ha estado ahí. He pasado casi toda mi vida tratando de no sentir, de no dejar que la gente se me acercara, pero me enamoré de ti desde el principio. Me ha costado dos años darme cuenta de ello.

—¿Qué te hizo darte cuenta? —susurro, el corazón me duele con un placer aliviado. «Me quiere». Hasta este momento, no sabía hasta qué punto ansiaba esas palabras, hasta qué punto me había pesado su ausencia—. ¿Cuándo lo supiste?

—Fue la noche en la que volvimos a casa. —Se le mueve la nuez al tragar saliva—. Cuando estaba aquí tendido contigo. Me permití sentir en ese momento: el dolor de perder a nuestro bebé, el dolor de perder a todas las demás personas en mi vida, y me di cuenta de que trataba de protegerme de la agonía de perderte. De que evitaba amarte para así no destruirme. Pero ya era demasiado tarde. Ya estaba enamorado de ti. Desde hacía tiempo. Obsesión, adicción, amor; todo es lo mismo. No puedo vivir sin ti, Nora. Perderte me destrozaría. Puedo resistir cualquier cosa menos eso.

—Ay, Julian... —No puedo ni imaginarme lo que le había costado a este hombre fuerte y despiadado reconocer esto—. No me vas a perder. Estoy aquí. No me voy a ninguna parte.

—Ya sé que no te irás. —Entrecierra los ojos y todo rastro de vulnerabilidad desaparece de sus rasgos—. Que te quiera no significa que quiera dejarte marchar.

Suelto una risa débil.

—Claro. Lo sé.

—Nunca. —Parece sentir la necesidad resaltar esto.

—También lo sé.

Entonces me mira fijamente, sus manos sostienen las mías y siento el impulso de la orden que no pronuncia. Quiere que yo también confiese lo que siento, que le desnude mi alma como él acababa de desnudar la suya ante mí. Así que le doy lo que exige.

—Te quiero, Julian —digo, y dejo que vea la verdad en mi mirada—. Siempre te querré, y no quiero que me dejes marchar.

No sé si él se mueve hacia mí o si yo doy el primer paso, pero de alguna manera su boca está sobre la mía, sus labios y lengua me devoran a la vez que me agarra en su abrazo ineludible. Nos unimos de dolor y placer, de violencia y pasión.

Estamos unidos en nuestra forma de amar.

A la mañana siguiente, estoy junto a la pista de aterrizaje y veo cómo despega el avión que devuelve a casa a mis padres. Cuando no es más que un puntito en el cielo, me giro hacia Julian, que está a mi lado cogiéndome de la mano.

—Dímelo otra vez —digo con suavidad mientras lo miro.

—Te quiero. —Sus ojos resplandecen cuando coinciden con mi mirada—. Te quiero, Nora, más que a la vida misma.

Sonrío, mi corazón está más ligero de lo que ha estado en semanas. La sombra del dolor todavía me acompaña, así como el persistente sentimiento de culpa, pero la oscuridad ya no lo nubla todo. Puedo imaginarme el día en el que el dolor desaparecerá, cuando todo lo que sienta sea alegría y júbilo.

Nuestros problemas no se han acabado; es imposible porque somos lo que somos, pero el futuro ya no me asusta. Dentro de poco tendré que poner sobre la mesa el plan de venganza de esa doctora atractiva y de Peter, y en algún momento del futuro tendremos que plantearnos la posibilidad de tener otro hijo y cómo lidiar con el peligro constante de nuestras vidas.

Pero, de momento, no tenemos que hacer nada más salvo disfrutar el uno del otro.

Disfrutar de estar vivos y enamorados.

EPÍLOGO

Julian

—¡Nora Esguerra!

Cuando el rector de la Universidad de Stanford anuncia su nombre, veo a mi mujer cruzar el escenario ataviada con la misma toga y birrete negros que el resto de los graduados. El traje ondea alrededor de su pequeña figura escondiendo el bulto pequeño, pero ya visible, de su vientre: el bebé que esta vez ambos esperamos con impaciencia.

Cuando se detiene frente al funcionario de la universidad, Nora le estrecha la mano al son de los aplausos y se gira para sonreír a cámara; su delicado rostro brilla a la luz del sol de la mañana.

El flash se dispara y me sobresalta aunque ya lo estuviera esperando.

Me doy cuenta de que tengo agarrada la pistola en la cintura y me obligo a soltarla y a retirar la mano del arma. Un centenar de nuestros mejores guardias aseguran la zona y no me hace falta. Aun así, me siento mejor si la llevo conmigo, igual que sé que Nora se alegra de llevar su semiautomática en el bolso. Aunque la inauguración de su segunda exposición de arte en París salió a pedir de boca, ambos estamos un poco paranoicos hoy… y dispuestos a hacer lo que sea para garantizar la seguridad de la niña que está en camino.

Otro flash se dispara a mi lado. Miro hacia los asientos de la derecha y veo a los padres de Nora haciendo fotos con su cámara nueva. Parecen tan orgullosos como yo. Al notar mi mirada en ellos, la madre de Nora me mira y me regala una cálida sonrisa antes de volver a prestar atención al escenario.

El siguiente graduado ya está arriba, pero no presto atención a quién es. Solo veo a mi gatita bajando por el lado izquierdo del escenario. Sostiene la carpeta de cuero con el diploma y la borla del birrete cuelga al otro lado de su cara, lo que representa su nueva posición como graduada.

Está preciosa, todavía más que en su graduación del instituto hace cinco años.

Mientras abre paso entre las filas de graduados y sus familias, nuestros ojos se encuentran y siento cómo mi corazón se expande y se llena con la mezcla de posesión oscura y amor tierno que siempre me ha hecho sentir.

Mi cautiva. Mi mujer. Mi mundo entero.

La querré hasta el fin de los tiempos y nunca, jamás, la dejaré marchar.

Agradecimiento

¡Gracias por leer! Si quieres dejar tu valoración, te lo agradeceré muchísimo.

Aunque Siempre tuya finaliza con la trama de Nora y Julian, existe una secuela con Lucas y Yulia. Se llama Atrápame y vendrá pronto.

Si quieres que te avise cuando se publique el próximo libro, no dudes en apuntarte a mi newsletter en www.annazaires.com/book-series/espanol.

Sobre la Autora

Anna Zaires es una autora de novelas eróticas contemporáneas y de romance fantástico, cuyos libros han sido éxitos de ventas en el New York Times y el USA Today, y han llegado al primer puesto en las listas internacionales. Se enamoró de los libros a los cinco años, cuando su abuela la enseñó a leer. Poco después escribiría su primera historia. Desde entonces, vive parcialmente en un mundo de fantasía donde los únicos límites son los de su imaginación. Actualmente vive en Florida y está felizmente casada con Dima Zales —escritor de novelas fantásticas y de ciencia ficción—, con quien trabaja estrechamente en todas sus novelas.

Si quieres saber más, pásate por
www.annazaires.com/book-series/espanol/.

9 781631 423543